河出文庫

# ダーク・ヴァネッサ 下

ケイト・エリザベス・ラッセル
中谷友紀子 訳

河出書房新社

# ダーク・ヴァネッサ　下

# 二〇一七年

スーパーからの帰り、アイスクリームの大パックやワインの瓶でいっぱいの重たい袋を提げて歩いていると、母から電話がある。「感謝祭はどうするの、帰るつもり？」何度訊かせるのと言いたげな、いらだった口調だ。感謝祭のことなど話してもいないのに。

「帰ってほしいんだと思ってたけど」

「あなた次第よ」

「帰ってほしくない？」

「いいえ、ほしいけど」

「なら、なに？」

長い間。「料理が面倒なの」

「じゃあ、しなければ」

「しないと気が咎めるし」

「母さん、料理なんてしなくていい」わたしは買い物袋を肩にかけなおす。瓶がぶつかる音を聞かれていなければいいけれど。「これならどう？　冷凍のフライドチキンを買うの、青い箱に入ったやつを。それを食べればいい。毎週金曜に食べてたの、覚えてる？」

母が笑う。「もう長いこと食べてないわね」

コングレス通りを進み、バスターミナルを通りすぎ、通行人を見下ろすロングフェローの像を通りすぎる。電話の向こうでニュースの音声が聞こえる。評論家らしき声に続いて、トランプの声。

母がうめき、背後の音声が消える。「あいつが出てくるたびに音を消してやるの」

「よくそんなの一日じゅう見てられるものね」

「そうよね、わかってる」

自宅のアパートメントが見えてくる。話を切りあげようとしたとき、母が言う。

「そういえば、あなたが昔いた学校がこのあいだニュースに出てたみたいよ」

足は止まらないまま、頭と目が停止する。自宅前を通りすぎ、次の通りを渡ってもまだ歩きつづける。母が話を続けるつもりかと息を殺して待つ。母は〝昔いた学校〟と言っただけで、〝あの男〟とは言っていない。
「まあ、なにせ」母がため息とともに続ける。「あそこは昔からひどいところだったし」

ほかの女子生徒たちに関する報道を受けて、ブロウィック校はストレインに無給の停職処分を下し、新たに調査を開始した。今回は警察も関与することになる。少なくとも、テイラーのフェイスブックの投稿とニュース記事のコメント欄をあさったかぎりでは、そうらしい。そういった多少は信憑性のありそうな情報の断片が、噂や非難や懸念の声にまぎれている。〝簡単なことだ、小児性愛者は全員去勢しろ〟と騒ぎたてる人々。決めつけを避けた慎重派の意見もいくつか——〝有罪が証明されるまでは誰もが無罪なのでは？　司法に判断を委ねるべきだ。告発が信用に足るものとはかぎらない。想像力のたくましい情緒不安定な十代の少女の言葉の場合はとくに〟。コメントの嵐に頭がくらくらするばかりで、ストレインからはなにも聞かされていないため、状況がつかめない。電話は何日も鳴らないままだ。

連絡したい気持ちを、自制心を総動員してこらえている。メッセージを書き、削除してはまた書く。メールも下書きのまま残し、電話しようと番号を呼びだして発信ボタンに指を触れはするものの、そこでやめる。これまでずっと従順でいて、なにが事実で、なにが道徳的ヒステリーで、なにが真っ赤な嘘なのか、ストレインに言われるままに受け入れてきたけれど、それでも現実を見失ってはいない。洗脳によって分別をなくしてはいない。自分が怒るべきなのは知っているから、その感情が手の届かない遠い場所に、峡谷の対岸にあるように思えても、精いっぱい怒っているふりを続けることにする。なにもせずにただ待ち、沈黙にものを言わせつつ、テイラーが記事を繰り返しシェアする様子を見守る。そこには突きあげた拳の絵文字と、追い打ちをかけるような言葉が添えられている。〝どんなに逃げ隠れしようと、真実はかならずあなたを見つけだす〟

ようやくストレインから連絡がある。早朝に電話で。枕の下で着信音が鳴りだし、振動がマットレスに広がる。夢のなかでそれが湖に響くモーター音に変わる。水中を泳いでいて、そばをスピードボートが通過したときのような、荒々しく鈍いうなりだ。応答したわたしはまだ夢うつつで、湖水を舌に感じ、黒々としたその水をつらぬく日の光が湖底の朽ち葉や折れ枝にまで、深々とした泥にまで達するさまを眺めている。

電話の向こうでストレインが震える息を吐く。泣いたあとのようにざらついた音。

「もうおしまいだ。だが、きみを愛していたことはわかってほしい。私がモンスターだったとしても、きみのことはたしかに愛していた」戸外にいるようだ。風の音にさえぎられ、言葉が聞きとりにくい。

身を起こして窓に目をやる。まだ日の出前で、空は黒から紫へと変わりつつある。

「電話を待ってたのに」

「わかってる」

「なぜ言わなかったの。おかげで、新聞で知る羽目になったじゃない。知らせてくれたらよかったのに」

「あんなことになるとは知らなかったんだ。予想外だった」

「向こうはどういう人たち？」

「さあ。ただの教え子だ。誰でもない。ヴァネッサ、なにがなんだかさっぱりなんだ。自分がなにをしたのかもはっきりしない」

「猥褻（わいせつ）行為で告発されてる」

彼は黙りこむ。わたしがそんな言葉を口にするのを聞いてショックを受けたのだろう。これまで責めるようなことは言わなかったから。

「事実じゃないと言って。ここで誓って」低い風のうなりに耳を澄ます。

「事実かもしれないと思っているんだな」問いかけたのではなく悟ったような声だ。

一歩引いてみて、忠誠心の限界とともにわたしにしのび寄った疑念に初めて気づいたような。

「彼女たちになにをしたの」

「なにを想像している？　私になにができると？」

「なにかしたんでしょ。でないと、あんな告発はされないはず」

「流行り病みたいなものだ。理屈なんてない」

「でも、あんな若い子たちが」声がうわずり、すすり泣きが漏れる。ほかの誰かが泣くのを見ているような、わたしの役を演じる女優を目にしているような感覚に襲われる。大学時代のルームメートのブリジットにストレインのことを打ち明けたとき、映画みたいな人生だねと言われたのを思いだす。心は同意しないまま自分の身体が主役を演じるのを見ている恐ろしさを、ブリジットは知らない。だからお世辞のつもりで言ったのだ。十代の女の子なら誰でも映画みたいな人生に憧れるものだから。退屈を持てあまし、注目の的になることをひたすら望んでいるのだから。

そんなことを気にしても無駄だ、頭が変になるだけだとストレインが答える。「そ、い、いんなことって？　なにがあったの？」そのときの状況を頭に描く必要がある。教室のどこにいたのか、彼の机の陰かテーブルの前か、照明はどんな状態だったのか、彼はどんな触り方をしたのか、そういった説明がほしい。なのに涙が止まらない。聞いてくれ、泣くのをやめて話をさせてくれと彼が言う。

「彼女たちには同じようなことはしていないんだ、わかってくれ。きみとのこととは違う。きみのことは愛していたんだ、ヴァネッサ。愛していた」

電話が切れたとき、次に起きることがわかる。わたしの無気力さに業を煮やしたアイラに、自分がストレインを告発すると言われたことがあった。「アイラ、もしそんなことをしたら」わたしは落ち着きはらった冷ややかな声で告げた。「誰かに彼のことを話したりしたら、二度と会わない。あなたの前から消えるから」

携帯を見つめながら、緊急通報番号にかけそうになる気持ちを、非合理で無根拠だと抑えこむ。というより、本当は怖いからだ。すべてを明らかにすることなしに状況を説明できそうにない。わたしが何者で、彼が何者かを。かけたって無駄だ、自分にそう言い聞かせる。彼の居場所さえ、戸外の風が強いところとしかわからない。それだけではなんの手がかりにもならない。そのとき彼からのメッセージに気づく。電話の直前に送信されたものだ。〝自分の思うようにしてほしい。公表したければ、そうしてくれ〟

画面に指を走らせて返信を打つ。〝公表なんかしたくない。絶対にしない〟。メッセージが送信されるが、既読はつかない。

ふたたびまどろみに落ち、やがて死んだような深い眠りに引きこまれて、十一時十五分にようやく目覚めたときには、ストレインの遺体が川から引きあげられたあとだった。午後五時にはポートランドの地元紙に記事が出た。

**ブロウィック校のベテラン教師、ノルンベガ川で遺体発見**

ノルンベガ――ブロウィック校のベテラン教師で、当地在住のジェイコブ・ストレイン（59）が土曜日の早朝死亡した。

ノルンベガ郡保安官事務所の発表によれば、本日午前、ストレインの遺体はノルンベガ川のナロウズ橋付近で発見された。

〝ストレイン氏は橋から身を投げたものと思われる。午前六時五分、飛び降りようとしている人がいるとの通報が寄せられ、落下の瞬間を通報者が目撃した。犯罪の可能性を示すものは確認されていない〟と郡保安官事務所は述べている。

ストレインはモンタナ州ビュートに生まれ、ノルンベガの寄宿学校で三十年にわたり教鞭をとり、地元では名の通った人物だった。木曜日に本紙はストレインが捜査の対象となっていることを報じた。ブロウィック校の在校生および卒業生五名によって、二〇〇六年から二〇一六年にかけての期間に性的虐待を受けたとの告発がなされたためである。

郡保安官事務所はストレインの死を自殺と判断しつつ、捜査は続行するとしている。

記事には卒業アルバム用に最近撮られたストレインの写真が掲載されている。青い背景布の前にすわっていて、ネクタイは見覚えがあるだけでなく、手触りまで覚えている。濃紺の地に小さな菱形の刺繡が入ったものだ。ひどく老けこんで見え、髪は薄く白くなり、髭のない顔は血色が悪く、首の皮膚と瞼はすっかりたるんでいる。身体も小さくなったようだ。少年みたいな小ささではなく、衰えて縮んだ老人の小ささだ。視線はまっすぐカメラに向かわず、やや左にそれていて、とまどったように小さく口が開いている。なにが起きたのか、自分がなにをしたのか十分に理解できないような、当惑した表情だ。

翌日、彼が橋から身を投げる前日の消印が捺(お)された郵便小包が届く。中身はポラロイド写真に手紙、グリーティングカード、アメリカ文学の授業でわたしが書いた作文のコピーで、底には黄ばんだコットンの布が敷かれている。初めてベッドをともにしたとき、わたしのために買ったイチゴ柄のパジャマだ。添え書きはないが、説明は必要ない。これは証拠のすべて、彼が手もとに置いていたもののすべてだ。

事件は州全域に報じられる。地元のニュース番組では特集が組まれ、ブロウィック校のキャンパスや松の並木道を歩く生徒たちや、白い下見板張りの寮舎や、管理部棟の列柱のファサードが次々と画面に現れる。長めに映しだされる人文学科棟。そして新聞記事に載ったのと同じストレイン(STRANE)の写真と、その下に添えられたスペルミスのある氏名——JACOB　STRAIN。追いつめられたジェイコブ。

時を忘れて記事のコメント欄やフェイスブックの投稿やツイッターのスレッドに目を通すあいだも、ストレインの名前をグーグルアラートに設定した携帯電話へひっきりなしに通知が入る。ノートパソコンに十五個のタブを開いて片っ端からチェックし、すべてのコメントを読み終えると、今度はニュース動画を再生する。初めてそのニュースを見たときにはバスルームに飛んでいって吐いてしまったが、我慢して何度も目を通したせいですでに麻痺している。ストレインの写真が画面に現れてもなにも感じない。〝五名の教え子から告発を受け〟というニュースキャスターの言葉にたじろぐこともない。

二十四時間もするとニュースは南へ広がる。ボストンとニューヨークの新聞に取りあげられ、解説記事も出はじめる。ここ最近の告発の流れを絡ませて、〝これは行きすぎた罰なのか〟〝告発が死を招くとき〟〝いまこそ法手続きによらない断罪の危険性について議論を〟といった見出しがつけられている。解説記事ではストレインとともにテイラーにも焦点があてられ、度を越した告発者の典型として描かれている。みずからの行動が招く結果を顧みもしない、ミレニアル世代の社会正義の戦士（ソーシャル・ジャスティス・ウオリアー）として。ソーシャルメディアではテイラー擁護派も見られるものの、非難の声が上まわっている。利己的、残酷、人殺し。あの女がストレインの死を招いた、自殺に追いやったのだ。男権主義者がホストを務めるポッドキャストでは、この事件に一エピソードを割き、ストレインをフェミニズムの暴虐の犠牲者と呼んで、リスナーにテイラーへの攻撃を呼びかけている。電話番号と住所、勤務先も特定される。テイラーのフェイスブックには、おまえをレイプし、殺し、身体を切り刻んでやると脅す匿名の男たちからのメールやメッセージのスクリーンショットがアップされる。そして数時間後、彼女は消える。プロフィールは非公開に変わり、公開コンテンツはすべて見えなくなる。あまりにあっけなく。

そのあいだわたしは何日も欠勤して開いたパソコンにかじりつき、ベッドサイドテーブルを食べ物の包み紙と空き瓶でいっぱいにする。お酒を飲み、煙草を吸いながら、ストレインが送ってきた写真の自分をしげしげと眺める。幼い顔、華奢な手足。そこに写ったわたしはありえないほど若く、そのうちの一枚では上半身裸で歯を見せて笑いながらカメラに向かって両腕を伸ばしている。別の一枚では、ステーションワゴンの助手席にだらしなくすわり、カメラをにらみつけている。彼のベッドにうつぶせに寝そべり、腰から下をシーツで隠したものもある。三枚目のものを撮られたあとそれを見て、彼がそんな姿をセクシーに思うことを不思議に感じながら、自分もそう思いこもうとしたことを覚えている。ミュージックビデオのワンシーンみたいだと自分に言い聞かせたことを。

パソコンを引き寄せ、〝フィオナ・アップル　クリミナル〟とググってビデオを再生すると、ふてくされた表情としなやかな身体をした十代のフィオナが現れる。わたしは悪い子だったとフィオナが歌い、バツイチ男にバーの裏通りでそう訊かれたことを思いだす。**悪い子だったか。なあ、悪い子だったんだろ、お見通しだぞ。**わたしのせいで罪人になったとストレインが嘆いていたことも思いだす。そのことに大きな力を感じていた。わたしは彼を刑務所送りにもできたし、とりわけ反抗的な気分のときにはそれを想像してみることもあった。狭苦しい独房でわたしを思うしかないストレインを。

ビデオが終わると、写真をかき集めて箱に突っこむ。むかつく箱に。普通の女の子なら、靴の空き箱にはラブレターや干からびたコサージュを詰めてあるはず。わたしのもとにあるのは児童ポルノの束だ。わたしが利口なら、すべてを、とりわけ写真を燃やしてしまうはずだ。まともな人間の目にそれがどう映ることか。明白な犯罪の証拠、性的人身売買組織からの押収品のように見えるはずだ。でも、燃やすことはできない。自分自身に火を点けるみたいに感じるだろうから。

自分が写ったものでも、そういった写真を所持していると逮捕される可能性はあるのだろうか。もしかするとわたし自身がプレデターになりつつあるのだろうか、十代の女の子たちがそばにいるときの胸の高鳴りは、わたしのなにかを物語っているのだろうか。人を虐待する人間は、決まって幼少期に虐待を受けているという。その連鎖はその気になれば断つことができるとも言われる。でも、わたしはゴミ出しや掃除もできないほどやる気のない人間だ。いや、そもそもこんな話はわたしには当てはまらない。虐待なんて受けてはいない、そんなことは起きなかった。

考えるのはやめて死を悼もう。でも、追悼記事もなく、葬儀の詳細もわからず、赤の他人が書いた記事しかないのに、どうやって悼めば？　喪主が誰かさえ知らない、アイダホに住む妹さんだろうか。葬儀があったとしても、誰が参列するだろう。わたしは行けない。わたしを見た人たちは事情を察して訊くはずだ。なにがあったんです？　どんなことをされました？

脳が暴走をはじめ、いきなり室内でストロボが光ったような気がしたので、抗不安薬を飲み、マリファナを吸って横になる。お酒のお代わりは薬が効くのを待ってからにする。度を越さないように。わたしは慎重だ。だから自分に問題があるとしても、たいしたことではないはずで、そもそもなんの問題もないかもしれない。

大丈夫。お酒も、マリファナも、薬も、ストレインのことだって、なにもかも大丈夫。なんでもない。普通のことだ。面白味のある女はみんな、若いころに年上の恋人と付きあっている。通過儀礼というやつだ。少女としてそこを通り、出てきたときには大人の女とまではいかないものの、ほぼそうなっている。より自分を知り、自分の持つ力を知るようになる。自己を認識するのはいいことだ。世界のなかの自分の立ち位置がわかり、自信につながる。ストレインは同年代の男の子たちには到底不可能な形で、わたしに自分を知る機会をくれた。誰がなんと言おうと、クラスの女の子たちと同じならよかったとは思わない。さんざん口や手でさせられた挙句、アバズレと呼ばれて捨てられるなんてごめんだ。少なくともストレインはわたしを愛していた。少なくともわたしは大事にされるのがどんな気持ちか知っていた。彼はキスさえしていないのに、わたしの前にひざまずいたのだ。

もう一サイクル——飲んで、吸って、薬を一錠。思いきりローになって水中にもぐり、空気なしで泳ぎたい。その願望を理解してくれたのは彼だけだった。死にたいのではなく、すでに死んだ状態になりたいのだ。アイラにもその気持ちを説明しようとしたことがある。少し聞いただけでアイラは心配し、そうやって心配されるとろくなことにならなかった。心配すると、人はわかりもしないことに首を突っこもうとする。「ヴァネッサ、きみが心配なんだ」と言われるたび、わたしの生活はめちゃくちゃになった。

ウィスキー、マリファナ、でも薬はなし。自分の限界は知っている。こんな状況にしては、頭もしっかりしている。自分の面倒は自分で見られる。ほら見て、わたしは大丈夫。問題ない。

パソコンを手にしてミュージックビデオをまた再生する。下着姿の十代の少女たちが身をくねらせ、その頭や手を顔の映らない男たちが下半身に導く。フィオナ・アップルは十二歳のときにレイプされた。その経験について語ったインタビュー映像を見たとき、わたしも十二歳だった。フィオナの語りは率直で、レイプという言葉もほかの語と同じようにさらりと口にしていた。それが起きたのは自宅アパートメントのすぐ外で、男がことをすませるあいだ、ドアの奥で飼い犬の鳴き声が聞こえていたという。一部始終を聞きながら、わたしはシェパードの老犬を抱きしめ、毛皮に熱い涙をこぼした。自分は幸運にも安全と愛情をしっかり与えられ、レイプの心配はまるでなかったけれど、それでもショックは大きかった。そのときすでに、自分に待っていることをなんとなく感じとったのだと思う。というより、感じない女の子がいるだろうか。そういった暴力の脅威は心に重くのしかかる。危険を頭に繰り返し植えつけられ、しまいには避けられないものだと感じるようになる。いつわが身に起きるのかと思いながら成長することになる。

〝フィオナ・アップル　インタビュー〟とググり、目がかすんでくるまで読みふける。一九九七年の《スピン》誌の記事で、〈クリミナル〉のミュージックビデオのことを語ったくだりを目にしたとき、思わずくぐもった泣き笑いが漏れる。〝見ていると、ハンバート・ハンバートにでもなったみたいな気持ち悪さを覚えるはず〟。どの糸を引っぱっても、『ロリータ』につながっている気がする。その記事の後半で、フィオナはレイプ犯と自分のレイプ被害について、インタビュアーにいくつか問いを発している。「幼い女の子を傷つけるのにどれだけの強さが必要だと思う？　その子がそれを乗り越えるのに必要な強さは？　ふたりのうち、強いのはどっち？」問いは投げかけられたままだが、答えは明らかだ。彼女のほうが強い。だからわたしも強い。人から受けてきた評価よりずっと。

わたしはレイプされたわけじゃない。いわゆるレイプとは違う。ストレインに痛くされたことはあるものの、それは話が別だ。それでもレイプされたと主張することはできるだろうし、信用もされるだろう。いま起きている、つらい経験をした女性たちが次々に進みでて証言を積みあげていくムーブメントに参加することもできるけれど、そこに仲間入りするために嘘をつくつもりはない。自分が被害者だと思う気はない。テイラーのような女性たちはそう呼ばれることで慰めを得ていて、それは結構なことだが、わたしは彼が最後に電話してきた相手なのだ。そしてこう告げられた――きみとのこととは違う。きみのことは愛していたんだ、愛していた。

クリニックに入っていくと、わたしをひと目見てルビーが言う。「調子が悪そうね」

目を上げて視線を合わせようとするものの、ルビーの肩に巻かれたオレンジのパシュミナまでしか届かない。

「なにがあった?」

わたしは唇を舐める。「悲しいことがあって。大事な人が亡くなったの」

ルビーが胸を手で押さえる。「まさか、お母さんが?」

「違う。ほかの人」

ルビーが説明を待つ。数秒が過ぎ、眉が一段とひそめられる。普段のわたしはクリニックに来るまえに話題をいくつか用意してきて、単刀直入にそれを話す。ルビーが訊きだすまでもない。

深呼吸をひとつする。「もし法律に触れるようなことを打ち明けたら、通報する義務はある?」

驚いたように、ゆっくりと返事がある。「内容による。誰かを殺したとか言われたら、通報しなきゃならないけど」

「誰も殺してない」

「そうよね」

話の続きを待つルビーを見て、急にもったいぶるのがばかばかしくなる。

「いま悲しんでいることには、性的虐待が関係してる。というか、ほかの人には虐待に見えそうなことが。わたしはそう思ってないけど。とにかく、わたしが頼まないかぎり、誰にも話さないって約束してほしい」

「虐待は、あなたの身に起きたこと？」

ルビーの背後の窓に目を据えたまま、わたしはうなずく。

「あなたの明確な許可がないかぎり、聞いたことはなにひとつ口外しない」

「わたしが未成年のときに起きたことだったら？」

ルビーがせわしなく瞬きする。「関係ない。いまは成人しているから」

わたしはバッグから携帯電話を出して差しだす。ストレインの自殺の記事を表示させてある。画面をスクロールするルビーが顔を曇らせる。「あなたもこれに関係しているということ？」

「これが例の先生なの、わたしが……」口ごもり、どう説明すべきか考えるが、ふさわしい言葉が浮かばない。そもそも存在しない。「まえに話したことがあるでしょ。覚えてるかどうかわからないけど」

何カ月かまえ、お互いにまだ気心が知れていないころのことだ。当時、ルビーは長いワークアウト後のクールダウンのように、セッションの最後にいくつかなにげない質問をした。出身や趣味といった、ありきたりで退屈な問いばかりで、ある週はものを書くことについて訊かれた。大学ではどんなことを学んだのか、本格的に興味を持ったのは何歳か。「熱心に指導してくれた先生がいたとか？」なんの気なしに訊かれただけなのに、わたしの顔はくしゃくしゃになった。泣いたからではなく、あたふたして息を切らし、ティーンエイジャーみたいにくすくす笑いだしたせいだ。両手で顔を隠して指の隙間から覗くと、ルビーはあっけにとられてこちらを凝視していた。

やっとのことでわたしは返事をした。「すごく熱心な先生がひとりいたけど、ちょっとややこしくて」そう口にした瞬間、室内の重力が増した。まるでストレインがわたしの身体に乗りうつったかのように。

「訳ありってわけね」

相変わらずそわそわしながら、わたしはうなずいた。

やがて、ひどく静かな声でルビーが訊いた。「その人を愛していたの？」なんと答えたかは覚えていない。なんとなく肯定はしたはずで、そのまま別の話題に移ったもののの、わたしはその問いかけに呆然としたままだった。いまでもしている。その問いの衝撃に。わたしは彼を愛していたのか。それまで打ち明けた相手のなかには、そんな質問をした人はいなかったはずだ。彼と寝たのか、きっかけはなんだったのか、どんなふうに終わったのか、訊かれるのはそういったことばかりで、愛していたのかと尋ねられたことはなかった。その日のセッション以来、その話は二度としなかった。

ルビーが目の前でぽかんと口をあける。「それがこの人ということ？」

「ごめんなさい。いきなり重たすぎる話を持ちだして」

「謝ったりしないで」ルビーはさらに少し記事を読んでから、携帯をふたりのあいだの小テーブルに伏せて置き、わたしと目を合わせる。そして、なにから話したいかと訊く。

ぽつりぽつりとわたしが漏らす言葉に、ルビーは辛抱強く耳を傾ける。わたしはできるだけ簡潔にあらましを語る。どんなふうにはじまり、どんなふうに続いたのかを。感じたことや受けた影響には触れずにおくが、事実を聞いただけでルビーは驚愕の色を浮かべる。ただし、ルビーの気持ちを読むのに慣れていなければ、動揺には気づかなかったかもしれない。それが表れたのは目だけだ。

セッションの最後に、ルビーがわたしの勇気を褒める。打ち明けたこと、心を開いたことを。「話す相手に選んでもらって、誇らしく思ってる」

クリニックを出ながら、自分はいつ決めたのかと考える。来たときから心のどこかで打ち明ける決心をしていたんだろうか、そもそも自分が選んだことなのだろうか。

歩いて帰る途中、告白の興奮と肩の荷が下りた身軽さに、足取りがはずむ。観光客の集団をひょいと避けると、ひとりが別のひとりに話しかけるのが耳に入る。「こんなにたくさんの吸い殻、見たことがない。きれいな街だと思っていたのに」ふと、セッションのあいだ、ルビーがわたしのことをいまにも逃げだしそうな怯えた動物みたいに扱ったことを思いだす。その慎重さがストレインのゆっくりとしたアプローチを連想させる。彼がどんなに用心深かったか。最初は、偶然かと思うほどさりげなくわたしの太腿に膝を押しつけ、次に誰もが親しみをこめてやるように、手で軽く膝を撫でた。ポン、ポン、ポン。教師が生徒をハグするところも目にしていたから、それくらいはなんでもない。展開が速くなったのはそこから、わたしがいやがっていないことをたしかめてからだった。同意するというのはそういうこと、どうしたいかを絶えず確認されることのはずだ。キスされたいかどうか。触られたいかどうか。ファックされたいかどうか。そうやってじわじわと火のなかに導かれるのがどんなに心地いいか、なぜ誰もが認めるのを恐れるのだろう。グルーミングとは、愛情をかけられ、貴重で繊細なもののように扱われることだ。

空気のこもったアパートメントに戻ると興奮は冷め、散らかり放題の見慣れた室内を目にして気分がずんと沈む。乱れたままのベッド、食べ物の包み紙だらけのキッチンカウンター、冷蔵庫の扉には数カ月前にルビーに勧められて作ったカレンダー。すべての日に、情けないほど基本的な家事が書きこまれている。洗濯、ゴミ出し、買い物、家賃の支払い。たいていの人はごく自然にこなしていることばかりだ。わたしの場合、そうやって目につくところにやるべきことを掲げておかないと、汚れたままの服で出歩き、角の店で買ったポテトチップスばかり食べて過ごすことになる。

ポラロイド写真は居間の床にずらりと並べたままで、イチゴ柄のパジャマはラジエーターに引っかけてある。自分のいかれ具合はどの程度に達していて、どこまでひどくなるのだろう、あといくつ階段をのぼれば、過去の残骸に囲まれた暮らしを邪魔されないように窓を板でふさぐ女になるだろう。そんな生活をすでに想像していたこともルビーには話した。ストレインが死ぬとき、どんな別れを迎え、どんな気持ちがするかも想像していた。二十七歳の年の差があるから覚悟はできていた。けれど、思い描いていたのは衰えて寝たきりになり、死の床でわたしを見上げる彼の姿だった。なにか実質的なものを遺されるだろうとも思っていた。家とか、車とか、単純にお金とか。ハンバートがロリータに対し、形ある報いとして最後に現金入りの封筒を渡したみたいに。

セッションの途中、溜めこんだもので爆発しそうに見えるとルビーに言われた。話したい欲求に火が点いたみたいだと。

「慎重にいかなきゃね、焦らず、少しずつ」

けれども、居間に立ったわたしの頭には無茶な思いつきが浮かぶ。ここにある証拠に、三十二歳から十五歳にまでさかのぼる年月のあかしに、たっぷりガソリンを撒いたらどうなるだろう。そんな考えにはっと息を呑む。マッチを落として燃えるにまかせたら、なにが残るだろう。

# 二〇〇一年

六月のはじめ、二週間の雨がやんだ快晴の日。ブヨはいなくなったものの、蚊の大群にまとわりつかれながら、わたしと父は浮き台(フロート)を引きずって庭から湖へ出した。前後にすわってパドルを漕ぎ、石ころだらけの浅瀬から沖まで出ると、父がブイを目じるしにフロートを錨(いかり)につないだ。しばらくのあいだ、そのまますわっていた。父は片足を水に浸し、わたしは膝を抱えて着古した水着を隠していた。生地はべろべろ、伸びきった肩紐は腕にずり落ちないように結んである。湖岸では、松の幹につながれたベイブが息を切らして行ったり来たりしている。ふたりとも泳いで戻る気になれずにいた。暑い日が少なかったせいで水はまだ冷たい。

湖面を覗きこむと、差しこんだ光の筋が水底の丸太を照らしていた。百年前、湖とその周囲の森を製材所が所有していたころの名残りだ。浅瀬ではブルーギルがすり鉢状の砂の巣を尾びれで丁寧に整え、卵を守っている。細長い腹を結合させたイトトンボたちが湖上を飛び交い、安全な交尾の場所を探している。青緑色の腹に透明な羽をした一対のつがいがわたしの腕にとまった。

「元気が出てきたみたいだな」父が言った。

ストレインやブロウィック校や、起きたことすべてについて話すときは、そんなふうに遠まわしな言い方になった。これでもいつになく踏みこんだほうだ。父は岸にいるベイブへ目を向けたまま、振りむいてわたしの反応をたしかめようとはしなかった。そんなふうに父は目を合わせるのをたびたび避けるようになり、それが起きたことのせいなのもわかっていた。なのにわたしは、寮生活で二年も家を離れていたからだとか、わたしが大人になったからだと自分に言い聞かせた。べろべろの水着を着たティーンエイジャーの娘を前にした父親なんてみんなそうだと。

わたしは無言のままイトトンボを見下ろした。たしかに元気にはなってきた。少なくとも一カ月前にブロウィック校を去ったときよりはましだけれど、それを認めると、ふんぎりをつけたみたいな気がしてしまう。

「そろそろ戻るとするか」父が立ちあがって湖面に飛びこんだ。ふたたび顔を出すと、ううっと声をあげた。「まったく、なんて冷たさだ」そしてわたしのほうを見た。「入らないのか」

「もう少ししてから」

「そうか」

父は岸へ泳ぎだした。脛を伝い落ちる水滴を舐めようとベイブが待ちかまえている。わたしは目を閉じて、フロートの縁に打ち寄せるさざ波や鳥のさえずりに耳を澄ました。アメリカコガラに、モリツグミ、ナゲキバト。幼いころはナゲキバトみたいだと両親によく言われた。いつもすねたような、やけに悲しげな話し方をするから。

水に飛びこんだ瞬間、あまりの冷たさに泳ぐこともがくこともできなかった。身体が暗緑色の底へ沈んでいく。やがて、ゆるゆると水面へ引きもどされ、仰向けに浮きあがって顔に日差しを浴びた。

家へ入ろうと庭を歩いていると、私道に母の車が見えて胃がずんと重くなった。母は仕事帰りにピザを買ってきていた。「食べよう」父が言い、ひと切れを半分に折ってかぶりついた。

母はハンドバッグをカウンターに置き、靴を脱ぎ捨てて、水着姿で濡れた髪のわたしに目を留めた。「ヴァネッサ、なにしてるの、タオルを取ってきなさい。床がびしよ濡れじゃない」

　わたしは母を無視してチーズとソーセージのピザに目をやった。空腹で手が震えているのに、わざと顔をしかめた。

「やだ、なにこの脂。気持ち悪い」

「いやなら食べなくてよろしい」

　ひと悶着ありそうだと察した父は、キッチンを出てテレビのある居間に退散した。

「だったらなにを食べれば？　うちにあるのは、なにもかも食べられたものじゃないのに」

　母は二本の指で眉間を押さえた。「ヴァネッサ、お願い。いまはやりあう気分じゃないの」

　わたしは食器棚の扉を乱暴にあけて缶をひとつ取りだした。「コンビーフハッシュ。これは——」日付を確認する。「二年前に賞味期限切れ。うわぁ。おいしそう」

　母がその缶を引ったくってゴミ箱に投げ捨てた。背を向けてバスルームへ入っていき、音を立ててドアを閉めた。

　そのあと、ノートを持ってベッドに入り、ひっきりなしに頭をよぎる情景を書きつけていたとき——机の陰でストレインが初めてわたしに触れたときのこと、彼の家で過ごした夜、教員室での午後――母がピザをふた切れ運んできて、皿をサイドテーブルに置いてベッドの端に腰かけた。

「週末は海に出かけてみない？」

「なにしに？」わたしはぼそっと言った。ノートを覗きこんだままでも、母が傷ついたのがわかった。母はわたしを子供のころに引きもどそうとしている。特別なことなどしなくても、いっしょに車で出かけるだけで幸せだったころに。

母はノートのページに目を落とし、頭を傾けてわたしが書いているものを読みとろうとした。〝教室〟と〝机〟と〝ストレイン〟がいくつもそこに書きつけてある。

わたしはノートを裏返した。「やめて」

「ヴァネッサ」母はため息をついた。

わたしたちはにらみあった。母がわたしの表情を観察し、どこが変わったのか、あるいは変わっていないところはないかと探る。母は気づいている。顔を見られるたび、そう思わずにはいられなかった。間違いない、母は気づいている。最初のうち、母がブロウィック校か警察に連絡するのではないか、少なくとも父には話すはずだと気が気ではなかった。何週間ものあいだ、電話が鳴るたびに避けられない事態を予想して身がまえた。でも、そうはならなかった。母はわたしの秘密を明かそうとしなかった。

「なにもなかったのなら、もう忘れるようにしないと」

母はわたしの手をぽんと叩いて腰を上げ、こちらが手を引っこめたのに気づかないふりをした。寝室のドアを半開きにして出ていったので、わたしは起きていって力まかせに閉めた。

忘れるようにする。母が口外しないと気づいたときには安堵を覚えたけれど、いまはそれが落胆のようなものに近づいていた。秘密を守ってほしいなら、なかったことにしましょうと条件を出されているみたいだからだ。そんなことはできない。なにひとつ忘れずにいるつもりだった。彼にまた会える日まで、思い出のなかで生きられるように。

夏はだらだらと続いた。夜はベッドのなかでアビの鳴き声を聞いた。両親が仕事に出ている昼間は、踏み分け道を歩いて野生のラズベリーを摘み、それでパンケーキをこしらえて、たっぷりのシロップとともに胸焼けするまで食べた。雑草だらけの庭に腹這いになり、ベイブが魚を探して波打ち際を駆けまわる音を聞いていることもあった。ベイブはぶるぶると身を震わせてわたしの背中に水滴を飛び散らせ、元気かどうかたしかめるみたいに鼻先を首に押しつけた。

いまは人生の小休止中なのだと思うことにしていた。この追放期間が忠誠心を試し、結果的にわたしを強くするのだと。ストレインとやりとりできないことにも納得していた。少なくとも、しばらくは。たとえ両親が発信者番号や通話料金の請求書をチェックしていなくても、電話は盗聴され、メールも監視されそうな気がした。わたしからの電話一本で彼はクビになるかもしれない。警察が彼の家に急行するかもしれない。自分をそこまでの危険人物だと考えるなんてどうかしている。でも、実際にどうなった？　ほんの少し口をすべらせただけで、ふたりを破滅の危機に追いやったのだ。

ただひたすら耐えるしかなかった。カヌーを湖の真ん中まで漕いでいき、波にまかせて岸へ戻りつつ、百万回は読んだ『ロリータ』をまた開いて、インクの褪せたストレインの書きこみに隅から隅まで目を通すこともあった。百四十ページ、初めてのセックスの翌朝にハンバートとロリータが車を走らせる場面の一文に、インクの跡がやや新しいアンダーラインが引かれている。〝それはひどく独特な気分で、まるで殺したばかりの誰かの小さな幽霊が隣にすわっているような、息苦しく恐ろしい圧迫感だった〟。それを見ると、初めて夜を過ごしたあとに車で送ってもらうとき、わたしをしげしげと見て気分はどうかと訊いたストレインを思いだした。〝承諾年齢（ジェイルベイト）未満の少女とは、一度触れただけで男を犯罪者に変える力を持つこと〟とわたしはノートに書きつけた。

八月が来るのが恨めしかった。ブロウィック校の入寮日が過ぎると、ひとりでに問題が解決する望みは消える。朝目覚めるとトラックに荷物が積んであって、「おめでとう！　一件落着よ。もちろん戻れますとも！」と母たちに告げられる可能性はなくなる。入寮日の朝、起きると両親は仕事に出たあとで、家は空っぽだった。キッチンカウンターに置かれたメモには、掃除機をかけて皿を洗い、ベイブのブラッシングをして、トマトとズッキーニに水をやるようにと書かれていた。寝間着のショートパンツとTシャツ姿のまま、わたしはスニーカーに足を突っこんで森へ入り、下草に脛をこすられながら崖の上へ駆けのぼった。ふうふう言いながらてっぺんに着くと湖を見下ろした。その向こうには、大きなクジラの背のようななだらかな山並みが横たわっている。はてしない森の広がりをさえぎっているのは、一本の幹線道路とそこを走るおもちゃみたいな大型トラックだけだ。ふと、空っぽの寮の部屋に入る自分が浮かんだ。むきだしのマットレスに降りそそぐ日の光、窓の下枠に刻まれた誰かのイニシャル。教室では新しい顔ぶれがテーブルを囲み、ストレインは一同を見まわしながらわたしのことを考えているはず。

新しい高校は一階建ての細長い校舎で、ベビーブーム世代を収容するため六〇年代に急造されたまま、改修されていなかった。駐車場は小さなショッピングモールと共有で、そこにはディスカウントスーパーとコインランドリー、クレジットカード勧誘用のコールセンター、煙草の吸える軽食レストランが入っていた。

ブロウィック校とはすべてが対照的だった。カーペット敷きの教室、対校試合前の激励会、Tシャツとジーンズ姿の生徒たち、職業訓練コース、チキンナゲットと分厚いピザばかりの食堂のトレイ、机がぎゅう詰めの教室。初日の朝、学校に送ってもらう車のなかで、学期はじめに転入するのはちょうどいいし、溶けこみやすいはずよと母に言われたが、廊下を歩いているだけで自分が浮いているのがわかった。中学の同級生たちは目をそらし、かと思うと無遠慮にじろじろ見る子もいた。フランス語の上級クラスでは、教科書の内容は習ったことばかりで、隣の机では上級生の男子ふたりがひそひそと転校生の噂話をしていた。十一学年に、先生とヤッた尻軽女が転入してきたらしいと。

最初は、教科書を見下ろしてひたすら瞬きすることしかできなかった。ヤッた？

そして怒りが押し寄せた。本人が隣にいるとも知らず、ふたりとも言いたい放題だ。黙ってすわっているか、怒鳴りつけて噂の主が自分だとばらすか、どちらかしかないのも癪だった。隣にいるのが同級生だと思いこんでいるのかもしれないが、そもそもわたしが噂の女子生徒だとは夢にも思わないにちがいない。サイズ10のコーデュロイパンツとノーメイクのわたしは平凡そのものの見た目だから。きみが？　想像していた尻軽女がわたしだとはとても信じられず、唖然として言うはずだ。

四日目に食堂へ行く途中、ふたりの女の子が後ろから追いついて隣を歩きはじめた。ひとりは中学校の同級生のジェイド・レナルズ。茶色だった髪は安っぽいオレンジ色に脱色され、お気に入りだったワイドデニムとダンベルネックレスはもう卒業したらしいが、真っ黒に縁取られた目は昔のままだ。もうひとりのチャーリーとは化学の授業でいっしょだった。背が高く、煙草のにおいがして、髪は脱色されて白に近い。鉤鼻のせいでシャム猫みたいに少し寄り目に見える。

ジェイドが歩きながら笑いかけてきた。好意を示そうというより、こちらの目を覗きこもうとするような笑みだ。「ねーえ、ヴァネッサ」と語尾を引きのばした軽い調子で言った。「いっしょに食べない？」

わたしはとっさに身を固くした。魂胆を感じて、首を振った。「遠慮しとく」

ジェイドが首をかしげた。「ほんとに？」探るような妙な笑みを浮かべたままだ。

「なに言ってんの」チャーリーがかすれた声で言った。「ひとりで食べたいわけないじゃん」

食堂に入るとふたりはまっすぐ隅のテーブルへ向かった。わたしがすわったとたん、ジェイドが茶色の目を見開いてテーブルごしに身を乗りだした。

「で、なんで転校してきたの」

「まえの学校が好きじゃなかったから。寄宿学校はすごくお金がかかるし」

ジェイドとチャーリーが目と目を見交わした。

「先生とセックスしたって聞いたけど」ジェイドが言った。

単刀直入に訊かれて、ある意味ほっとした。噂が忘れ去られずにじわじわと州内に広がっていることにもほっとした。両親がいくらなにごともなかったふりをしても、あれはたしかに起きたことだ。間違いなく。

「その彼、イケてた？」チャーリーが訊いた。「イケてる先生とならヤッてみたい」

興味津々に見つめられながら、わたしは答えを探した。フランス語クラスの男子生徒たちと同じように、ふたりの想像が事実とかけ離れているのははっきりしている。ストレイン映画に出てきそうなハンサムな若い教師を思い描いているにちがいない。ストレインのお腹とワイヤーフレームの眼鏡を見たら、わたしのことをどう思うだろう。

「ほんとにヤッたの？」ジェイドの声には疑わしげな響きがあった。半信半疑なのだろう。わたしがあいまいに肩をすくめると、まあいいけどというようにチャーリーがうなずいた。

ジェイドがバックパックから取りだしたピーナッツバタークラッカーの袋をあけ、それを分けあったふたりは、クラッカーを二枚に剝がして歯でピーナッツバターをこそげとった。そうしながら、食堂を巡回している教師の姿を目で追っていた。その教師が遠くのテーブルについて話をはじめると、ふたりはぱっと立ちあがった。

「行こう。カバン持って」とチャーリーが言った。

三人で足早に食堂を出て廊下を進み、角を曲がって小さな翼棟に入り、ドアを抜けて仮設教室に通じる渡り廊下に出た。ジェイドとチャーリーは手すりの下をくぐって、芝生の地面に飛び降りた。

わたしがためらっていると、チャーリーが手を伸ばしてわたしの足首をぱしんと叩いた。「さっさと降りて、誰かに見られないうちに」

芝生を横切って駐車場を通りぬけ、ショッピングモールに入った。レジ袋でいっぱいのカートを押した買い物客たちがスーパーから出てくる。空車のタクシーにもたれた運転手が煙草をふかしながらわたしたちをじろじろ見た。

チャーリーに袖をつかまれてスーパーに入り、ふたりのあとについて店内をうろついた。店員たちの視線を感じる。こちらが高校生なのはバックパックで一目瞭然だ。チャーリーとジェイドはいくつか通路をぶらついたあと、化粧品売り場に向かった。

「これがいい」ジェイドが一本の口紅の底を見ながら言って、チャーリーに差しだした。チャーリーはひっくり返してカラー名を読みあげた。「ワイン・ウィズ・エヴリシング」

ジェイドがそれを渡してよこした。「いいんじゃない」わたしはそう言って返そうとした。

ジェイドが小声で言った。「違う、ポケットに入れるの」

その意味を悟り、わたしは口紅を握りしめた。チャーリーが流れるような動きでマニキュアを三本バックパックにすべりこませた。ジェイドは口紅二本とアイライナー一本をポケットに。

「これくらいにしとくか」チャーリーが言った。

またふたりのあとについて出入り口へ引き返した。店員のいないレジを通りぬけたとき、わたしは口紅をチョコレートバーの棚に落とした。

パラレルワールドでは、わたしはいまもブロウィック校にいる。グールド寮の個室は以前よりも広くて日当たりがいい。化学とアメリカ史と代数ではなく、恒星天文学とロックンロールの社会学と数学アートの授業をとっている。ストレインの個別講読も受けていて、午後には教員室で課題書について語りあう。ふたりの頭と身体がひとつになり、彼の思考がダイレクトにわたしに注がれる。

寝室のクロゼットをあさって、八年生のときに華やかなキャンパスライフを夢見ながら持ち帰ったぴかぴかのパンフレットを見つけた。そこに載った写真を切りとって日記の表紙に貼りつけた。ペアレンツ・ウィークエンド用にクロスがかけられた食堂のテーブル、図書館でうつむいて本を読む生徒たち、黄金色の日差しと真っ赤なカエデの葉に彩られた秋のキャンパス。L・L・ビーンのカタログが郵便で届くと、同じように写真を切りぬいた。ツイードのブレザーやフランネルのシャツを着ていたり、ハイキングブーツを履いていたり、湯気の立つブラックコーヒーのマグカップを手にしていたりする男性モデルは残らずストレインの代わりにした。彼が恋しくてたまらず、まるで元気が出なかった。身を引きずるようにして教室を移動し、どうにか対処できる長さに日々を区切ってしのいだ。時間単位が無理なら、分単位で。こんな日々がいつまで続くのかと思うと、あらぬ考えが頭をよぎりもした。死ぬのも悪くないかもとか。そのほうがましかもとか。

二週目にツインタワーが崩壊し、その日は学校で終日ニュースを見ていた。小さな国旗が車に立てられ、人々の上着にピン留めされ、コンビニエンスストアのレジ脇にも掲げられた。食堂のテレビではFOXニュースが流れ、両親は毎晩何時間もCNNにかじりついていた。煙をあげるタワーや、グラウンド・ゼロで拡声器を手に立つジョージ・W・ブッシュ大統領の姿や、炭疽(たんそ)菌入りの封筒の出所を推測する専門家の映像が繰り返し流れた。英語の先生は涙を流すハクトウワシの絵を机の前にぶらさげ、ホワイトボードの隅に〝けっして忘れない〟と書きこんだ。なのにわたしはストレインのことしか、自分が失ったもののことしか考えられなかった。日記には〝この国が攻撃された。悲劇的な日だ〟と書いて表紙を閉じたあと、もう一度開いて付けくわえた。〝それでも自分のことしか考えられない。わたしは身勝手で悪い人間だ〟。そう書くことで、自分を恥じることができればと思った。無駄だった。

昼休み、チャーリーとジェイドとわたしは、ショッピングモールの裏手で、段ボールがうずたかく積まれた大型ゴミ容器ふたつのあいだに隠れて煙草を吸っていた。ジェイドはチャーリーに化学の授業をサボって遊びに行こうと誘った。モールかどこかへ。わたしはろくに聞いていなかった。ジェイドがチャーリーにサボらせたいのは、チャーリーとわたしがふたりだけで授業に出るのをやっかんでいるからだ。まるまる五十分、仲間外れになるのを。

「サボるのは無理」チャーリーはそう言って、煙草をはじいて灰を落とした。中指には小さなハートのタトゥーがある。マシンを使わず手作業で彫ったものだそうだ。母親の恋人の手で。「今日は小テストがあるから。だよね、ヴァネッサ」

わたしはあいまいに首をかしげた。どうなのだろう。

ジェイドはスーパーの搬入口にバックでとめられた食品運搬用の巨大トラックをにらみつけ、「やっぱり」と吐き捨てた。

「ねえ、落ち着きなって」チャーリーが笑った。「放課後に行けばいいじゃん。なにをそんなにいらついてるわけ」

ジェイドは鼻から荒々しく煙を吐いた。

化学の授業中、チャーリーがウィル・コヴィエロってセクシーだよねと耳打ちした。フェラチオなんて絶対しないけど、彼にならしてあげてもいいかも。わたしはうわの空で、ノートの表紙裏に記憶を頼りに書きこんだストレインの授業スケジュールを覗きこんだ。いまは十年生のアメリカ文学の授業中で、ミーティングテーブルのわたしの席には別の誰かがすわっているはず。

「やばいかな」チャーリーが言った。「ばかだと思う?」

わたしはノートから顔を上げなかった。「したけりゃすればいいんじゃない、なんだって、誰とだって」

そしてストレインの次のスケジュールを確認した。空き時間。彼が教員室のツイードのソファに身を沈め、採点用紙の束を膝にのせたまま、ぼんやりわたしを思っているところが目に浮かんだ。

「あんたのそういうとこが好き」チャーリーが言った。「動じないとこが。仲良くしようよ。マジで。学校の外でも」

わたしはノートからちらりと目を上げた。

「金曜日はどう?　ボウリング場とか」

「ボウリングはあんまり」

チャーリーは目で天井を仰いだ。「ほんとにボウリングするわけじゃないって」

だったらなにをするのと訊くと、チャーリーはにっと笑ってガス栓に顔を近づけ、すぼめた唇をそこにつけようとした。わたしが手をつかんで止めると、かすれた声で笑った。

金曜日の夜、チャーリーははるばる家まで車で来て、なかに入って両親に挨拶した。髪はきちんとポニーテールにまとめ、タトゥーは指輪で隠してあった。

母には運転免許を取って一年になるとまことしやかに嘘をつき、わたしもころりと騙された。両親は目と目を見交わし、母は不安げに手を揉みあわせていたけれど、行くなと言わないのはわかっていた。せっかく友達ができて、なじんできたのだから。

わたしと私道を歩きだしたチャーリーは、声が届かないところまで来ると言った。

「びっくりした、マジでこんなど田舎に住んでたんだ」

「でしょ、こんなとこ大嫌い」

「わかる。そういえば、去年このへんに住んでる人とデートしたんだった」告げられた名前に聞き覚えはなかった。「少し年上だったし」

車がきしみをあげて私道を走りだし、その音に眉をひそめる母の顔が浮かんだ。

「ごめん、マフラーの調子が悪くて」チャーリーは煙草片手に車を走らせ、煙を逃がすために細くウィンドウを下ろした。指先のあいた手袋をしていて、コートは猫の毛だらけだ。あれこれ質問された。わたし自身のこと、教師や生徒たちの印象、ブロウイック校でのことも。寄宿学校に興味津々だという。

「すごかった？　そりゃそっか。お金持ちの子ばっかりでしょ」

「みんながお金持ちってわけじゃない」

「ドラッグは？　やり放題？」

「ううん。そんなんじゃない。あそこは……」目の前に情景が浮かんだ。白い下見板張りの校舎、色づいたナラの木、頭を越す高さの雪だまり、ジーンズとフランネルシャツの教師たち。ストレイン。机の陰からわたしを見ている彼。わたしは首を振った。「うまく説明できない」

チャーリーは煙草の先をウィンドウの外へ突きだした。「まあ、あんたはツイてたよね。二年だけでもいられて。うちのママには絶対無理」

「学費免除になったから」わたしはあわてて言った。

「それでもママは行かせないと思う。わたしが好きすぎて。だって、九年生から離れ離れってことでしょ。十四歳で。ありえない」チャーリーは煙草に口をつけて煙を吐き、続けた。「ごめん。あんたのママだって、きっとあんたを愛してる。ただ、うちはちょっと事情が違うし。大の仲良しなんだ。ママとふたりだけだから」

気にしないでと手を振ってみせたものの、チャーリーの言葉は胸に刺さった。たぶん言われたとおりだから。たぶんわたしには愛が足りなかった。たぶんその愛情不足から来る孤独を、ストレインは見抜いたのだ。

「今夜はウィルがいるはずなんだ」いきなり話題が変わり、ウィルって誰と訊き返しそうになったとき、化学の授業中にチャーリーが言ったことを思いだした。ウィル・コヴィエロってセクシーだよね、彼にならフェラチオしてあげてもいいかも。見てて、やってみせるから。ウィル・コヴィエロのことは幼稚園児のときから知っている。ひとつ年上の十二年生で、前庭にテニスコートのある大きな家に住んでいる。中学時代には、女の子たちにウィリアム王子と呼ばれていた。

ボウリング場に着くとジェイドがすでに来ていた。光沢のあるキャミソールを着て、ブラは着けていない。ボウリング場は薄暗く、レーンの手前に長いテーブルが並んでいて、そこに学校の子たちがすわっていた。顔はわかるけれど名前はほとんど思いだせない。スポーツバーが併設されていて、あけ放たれたバーのドアからジュークボックスの音楽とビールのにおいが漂ってきていた。

チャーリーはジェイドの隣にすわった。「ウィルを見かけた?」ジェイドがうなずいてドアのほうを指差すと、チャーリーは椅子をひっくり返しそうな勢いで飛んでいった。

チャーリーがいなくなるとジェイドは口をきかなくなった。わたしの背後に視線を据えたまま、目を合わせようとしない。アイラインは目尻が跳ねあがった形に引かれている。そんな引き方は初めて見た。

　手に飲み物を持った男たちがバーから出てきて、薄暗いボウリング場に目を走らせた。迷彩柄のジャケットを着た男がわたしたちのテーブルを見て連れに合図した。相手の男は首を振って、自分はごめんだと言いたげに両手を上げた。

　近づいてくるジャケットの男を見ていると、肌もあらわなトップスのジェイドに目が釘づけなのがわかった。ジェイドの横に椅子を引っぱってきて、飲み物をテーブルに置いた。「ここにすわってもいいかい」訛りのせいで、ここ（ヒア）が〝ビー・アー〟と二音節に聞こえた。「混んでるから、ほかに場所がなくてね」

　冗談だ。空いている席はいくらでもある。笑うはずのところだが、ジェイドは男のほうを見ようともしなかった。背筋を伸ばし、腕組みをしたまま、「いいけど」と小さな声で答えた。

　男は汚れた手をしていたが、見た目は悪くなかった。同級生の男の子たちが大人になったらまさにこんな感じだろう。きついメイン訛り、車はピックアップトラック。

「何歳?」わたしは尋ねた。思ったよりも強い口調で、詰問するような感じになったけれど、男は気を悪くした様子もなく、ジェイドからぱっと視線をそらしてこちらを向いた。

「こっちも同じ質問をしたほうがよさそうだ」

「わたしが先に訊いたんだけど」

男はにやりと笑った。「教えてやるから、計算してみな。高校卒業が一九八三年だ」

わたしは少し考えた。ストレインは一九七六年に高校を卒業した。「三十六歳?」

男は眉を上げて、飲み物に口をつけた。「がっかりした?」

「どうして?」

「三十六はおっさんだろ」男は笑った。「そっちはいくつ?」

「いくつだと思う?」

全身を舐めるように見られる。「十八?」

「十六」

男はまた笑って、首を振った。「まいったな」

「まずいってこと?」ばかな質問なのはわかっている。もちろんまずいに決まっている。まずいと男の顔に書いてある。隣に目を向けると、ジェイドは見覚えのない赤の他人でも見るようにわたしを凝視していた。

テーブルの反対側にすわった十二年生の女の子が、こちらに身を乗りだして訊いた。「ねえ、ひと口いい？」本当はだめなんだがというように男は少し顔をしかめたが、そちらへグラスを押しやった。ひと口飲むと、その子はたちまち酔っぱらったみたいにくすくす笑った。

「ほら、もうやめとけ」男はグラスに手を伸ばした。「つまみだされるのはごめんだ」

「名前は？」わたしは訊いた。

「クレイグ」グラスが軽く差しだされる。「味見してみるかい」

「なに？」

「ウィスキー・コーク」

わたしは手を伸ばした。「ウィスキーは好き」

「それで、ウィスキー好きの十六歳の名前は？」

わたしは顔にかかった髪を払った。「ヴァネッサ」いかにも気だるげに、ため息交じりに答えた。身体の奥で燃える火のことなどおくびにも出さずに。これは浮気になるんだろうか。ストレインがここへやってきて、この光景を見たら怒るだろうか。

顔を真っ赤にしたチャーリーがくしゃくしゃの髪で戻ってきた。ジェイドが持っていた缶のソーダをごくごくと飲む。

「どうだった?」ジェイドが訊いた。

話したくないという顔でチャーリーは手を振った。「行こう。帰って寝る」そして、わたしを見て急に思いだしたように続けた。「そっか、あんたを送ってかないと」

様子を窺っていたクレイグがわたしに訊いた。「おれが送ろうか」

わたしはためらった。手足がぞわぞわする。

「あんた誰?」チャーリーが訊いた。

「クレイグ」

握手しようと伸ばされた手を、チャーリーは見下ろしただけだった。「へえ」そしてわたしを見て言った。「ついて行っちゃだめ。わたしが送ってく」

安堵に気づかれないように、わたしは困ったような笑みをクレイグに向けた。

「いつもこの子の言いなりなのかい」クレイグが訊いた。わたしが首を振ると、こちらに顔を寄せた。「なら、そのうち話したくなったら、どうすりゃいい?」

電話番号が知りたいのだろうが、両親はクレイグの声を聞いただけで警察に通報するはずだ。「インスタントメッセンジャーは使ってる?」

「AOLの?　ああ、もちろん」

わたしはバッグの底からペンを取りだし、相手のてのひらにスクリーンネームを書いた。見ていたチャーリーは、ボウリング場を出ながら「ほんと、おじさんが好きなんだ」と言った。「邪魔したならごめん。さっきの彼には送ってほしそうでもなかったから」

「そのとおり。気を引くのが楽しいだけ。どう見ても負け犬だし」

チャーリーは笑いながら車のドアをあけて乗りこみ、助手席側に身を乗りだしてロックを外した。「あんたって、びっくりするくらいいかれてるね」

わたしの家へ車を走らせながら、チャーリーはミッシー・エリオットの曲を繰り返し流した。ダッシュボードのライトに顔を青く照らされながら、曲に合わせてラップを口ずさんだ。「恥なんてさマジに、忘れなよレディ／あんたがゲームを、リードするんだよ」

月曜日にはチャーリーがウィルにフェラチオをしたことが知れわたり、なのにウィルはチャーリーと口をきこうとしなくなった。ジェイドがベン・サージェントから聞いた話では、ウィルはチャーリーを貧乏白人（ホワイト・トラッシュ）と呼んだという。

「男なんてクソ」スーパー裏のゴミ容器の陰で身を寄せて一服やっているとき、チャーリーはそう言った。ジェイドはそうだねとうなずき、わたしもそうしたけれど、本心は違った。土曜日と日曜日は夜遅くまでクレイグとチャットをしていて、頭のなかには彼のお世辞がまだ響いていた。かわいい、いかしてる、とびきりセクシー。金曜日の夜からずっと、わたしのことで頭がいっぱいだとクレイグは言った。わたしにももう一度会うためならなんでもしそうだった。

チャーリーは男なんかクソだと言ったが、それは男の子たちのことだ。チャーリーがこぼれそうな涙を拭った。頭にくるだろうし、ひどくつらいのはわかるけれど、頭の片隅で思わずにはいられなかった。なにを期待していたの、と。

＊

クレイグはストレインとまるで違った。砂漠の嵐作戦に参加した退役軍人で、建設作業員として働いていた。本は読まないし、大学も出ていないし、わたしが興味のあることについて書いても、なんの反応もなかった。最悪なのは銃に夢中なところだった。猟銃だけでなく拳銃にも。銃なんてばかみたいと送るとこんな返信が来た。〝誰かが夜中に寝室に押し入ってくるところを想像してみろよ。そういうとき、手もとに銃があって正解だったと思うから〟

〝わたしの寝室に押し入るって誰が？〟。わたしはすぐに返信した。〝あなた？〟

〝かもな〟

クレイグとはオンラインでチャットするだけなので、そんな変質者まがいなことを言われても平気だった。ボウリング場での夜から一度も会っていないし、すぐに会う気もなかったが、クレイグのほうはしきりに会いたがった。デートに出かける話ばかりした。

〝出かけるってどこへ？〟。初心なふりをしてわたしは訊いた。都合の悪い方向に話が向かいそうになるたび、なにも知らないふりをした。たびたびとぼけてみせたせいで、本当にばかだとクレイグには思われていた。

〝どこへって？〟。クレイグから返信が来た。〝映画とか夕食だろ。デートしたことないのかい〟

〝だよね、でもこっちは十六歳だし〟

〝十八で通るさ〟

その言葉をわたしがどう受けとるか、クレイグはわかっていなかった。十八歳に見られるのをわたしが喜ばないことにも、同年代の男の子との付き合いみたいな映画館デートにはなんの興味もないことにも気づいていなかった。

気温が下がり、湿っぽい灰色の季節がやってきた。木々の葉は色褪せて落ち、森は丸裸の枝ばかりの殺風景な姿に変わった。わたしは自分のことをいくつか知った。睡眠を五時間に削ると、疲れてしまってなにが起きても気にならなくなること。夕食までなにも食べずにいると、痛いほどの空腹でほかの感覚が麻痺すること。クリスマスがやってきて去り、新しい年が明けた。テレビのニュースはいまだに炭疽菌や戦争のことで騒がしかった。学校では、わたしの噂はとっくに忘れられていた。両親は電話の子機を毎晩寝室に持って入るのをやめた。

クレイグとのチャットは続けていたものの、お世辞もすっかり聞きあき、初めて会ったときに感じたものも消え去っていた。すでにチャット中に考えるのは、ストレインはクレイグをどう思うだろうとか、クレイグとのやりとりで暇を潰しているわたしをどう思うだろうかといったことばかりだった。

Craig207：打ち明けることがある。土曜日に行きずりの女と寝た。
dark_vanessa：なんでわたしに言うの？
Craig207：そのあいだずっときみのことを考えていた。それを知らせておこうと思ってね。

dark_vanessa：へぇ。

Craig207：相手がきみだと思ってヤッたんだ。

Craig207：例の教師からはまだ連絡がないのかい。

dark_vanessa：やりとりするのは安全じゃないから。

Craig207：おれとはやりとりしてるのに？　どう違うんだ。

dark_vanessa：あなたとわたしはなにもしてない。チャットしてるだけ。

Craig207：それ以上のことをしたいのは知ってるだろ。

Craig207：付きあってたのは本当にそいつだけなのか。

Craig207：なあ、いるのか？

Craig207：ずいぶん辛抱したが、そろそろ限界だ。チャットはもううんざりなんだ。

Craig207：いつ会える？

dark_vanessa：どうかな。来週とか？

Craig207：来週は冬休みに入るんだろ。
dark_vanessa：そうだっけ。なかなか難しいね。
Craig207：難しくなんかない。明日だっていいんだ。
Craig207：おれは高校から数百メートルのところで働いてる。会いに行くよ。
dark_vanessa：無理でしょ。
Craig207：無理じゃないさ。証明する。
dark_vanessa：どういうこと？
Craig207：じきにわかる。
dark_vanessa：なに言ってるの？？？
Craig207：二時ごろに終わるんだろ。いつもそのくらいに校舎の前にバスが並んでるよな。
dark_vanessa：いきなり来て、なにするつもり？
Craig207：簡単に会えるってわかるだろ。
dark_vanessa：そんなことしないで。
Craig207：適当にあしらってた男がいよいよ実力行使に出たらどうする？
dark_vanessa：ほんとにやめて。

Craig207：またな。

わたしはクレイグのスクリーンネームをブロックし、チャットとメールをすべて削除して、翌日は仮病を使って学校を休んだ。幸い、住所ははっきり教えていなかったので、家に来られる心配はなかった。次に登校した日は家の鍵を指のあいだから突きだすように握って校舎からバスまで歩いた。クレイグに背後から襲われてピックアップトラックに押しこまれでもしたら、どうなってもおかしくない。レイプされて殺されるかもしれない。さんざん言っていたくだらないデートをようやく実現させようと、クレイグはわたしの死体を映画館へ運んでいくかもしれない。なにごともなく一週間が過ぎたので、武器みたいに鍵を握って歩くのをやめ、クレイグのスクリーンネームのブロックを解除して、メッセージが来るか待ってみた。来なかった。クレイグは消えた。これでよかったんだと自分に言い聞かせた。

三月のはじめ、『ロリータ』がベッドサイドテーブルからなくなった。わたしは部屋じゅうひっくり返して探した。あの本がないと考えるだけで、パニックで気が変になりそうだった。わたしだけではなくストレインの本でもあるし、ページの余白には彼の書きこみが、彼の痕跡が残っている。

両親が盗んだとは思えなかったけれど、ほかになくなる理由が思いつかなかった。母は階下の食卓のところにひとりでいた。卓上には請求書が広げられ、プリンター付き電卓が置いてあった。父はメープルシロップ作りに必要なものを買いに町へ出ていた。週末にカエデの樹液を薪ストーブで煮詰める予定で、そのときは家じゅうが甘い蒸気に満たされる。

「わたしの部屋に入った？」

母は平静な顔で電卓から目を上げた。

「なくなってるものがあるんだけど、持っていった？」

「なくなったものって？」

わたしは深呼吸をひとつした。「本」

母は瞬きをして、請求書に目を戻した。「なんて本？」

わたしは奥歯を嚙みしめた。胃がきゅっとなる。わたしが書名を口にするか試しているみたいだ。「それは関係ない。あれはわたしの本だから、取りあげる権利なんてない」

「ねえ、なんの話か知らないけど、あなたの部屋のものには触ったりしてない」

わたしは動悸を覚えながら、書類をめくる母を見つめた。数字をいくつか書き留めて電卓に打ちこんでいる。合計が出るとため息をついた。

「わたしを守ってるつもりだろうけど、いまさら遅いから」

顔を上げた母の目は鋭かった。冷静そのものだった表情に亀裂が入っている。

「いくらかは母さんのせいかもね。そう考えたことある？」

「いまここでその話はやめて」

「たいていの母親は、十四歳の子供を家から追いだしたりしない。わかってる？」

「追いだしたりしてないでしょ」母が切り返す。「学校の寮に入ったんだから」

「でも、友達はみんな、母さんがそれを許したのが不思議だって。母親なら、子供が大事すぎてよそへやったりできないものでしょ。でも、母さんは違う」

母はわたしをにらみつけた。その顔が蒼白になったかと思うと、次の瞬間には一気に血の気が戻った。紅潮した顔、大きく膨らんだ鼻孔。そんなふうに怒る母を見たのは初めてかもしれない。ほんの一瞬、飛びかかられ、首を絞められそうな気さえした。

「あの学校へ行きたいとせがんだのはあなたでしょ」感情を抑えようとするように声が震えていた。

「せがんだりしてない」

「大層なプレゼンまでしてみせたじゃない」

わたしは首を振った。「大げさに言わないで」そう言ったものの、大げさではない。プレゼンはしたし、せがみもした。

「だめよ。都合よく事実を曲げようとしてもだめ」

「どういう意味？」

母は話を続けようとするように息を吸いこんだ。それを吐きだして黙りこんだ。立ちあがるとキッチンへ入っていった。わたしから離れたいのだとわかっていながら、あとに続いた。数歩後ろを歩きながらもう一度訊いた。「ねえ、どういう意味？　母さん、なにが言いたいの」その声をかき消そうとするように母は蛇口を全開にし、音を立ててシンクの皿を洗いはじめた。それでもわたしはやめなかった。ひたすら詰問するのを自分でも止められず、われを忘れていた。

母が手にした皿を取り落とした。あるいはわざと叩きつけたのかもしれない。どちらにしても、皿はシンクのなかで粉々に割れた。わたしははっと黙り、自分が割ったかのように両手に疼(うず)きを覚えた。

「ヴァネッサ、あなたは嘘をついた」お湯で赤くなり、泡にまみれた手で蛇口を閉めると、母はその手をきつく握った。拳(こぶし)で自分の胸を叩いたのでシャツが濡れて黒ずんだ。「ボーイフレンドがいると言ったでしょ。車のなかで、わたしに嘘をついて、ごまかそうと……」

母は言葉を途切れさせ、思いだすのがつらそうに濡れた手で両目を覆った。ブロウィック校へ戻る車のなかで母は言った。大事なのは、あなたにやさしくしてくれるかどうか。セックスをしているか、ピルを飲む必要があるかとも訊いた。初恋は特別なものよね。忘れられない思い出になるはず。

「あなたは嘘をついた」

母がまた言って、謝罪を待った。わたしは母の言葉を宙に浮かせたままにした。空っぽで丸裸のように感じながらも後悔は覚えなかった。なにに対しても。

母の言うとおりわたしは嘘をついた。車のなかにいたとき、母の早合点をそのままにして、そのことに罪悪感も覚えなかった。嘘をついている実感さえなく、母が聞きたい内容に合わせて事実の形を整えたという感覚に近かった。ストレインから学んだごまかしの技だ。手の加え方が巧みでさりげなかったせいで、母は気づきもしなかった。やましく思うべきだったのかもしれないが、覚えているのは、うまく切り抜けたんだ、母さんとストレインと自分を一度に守ったんだという得意な気持ちだけだった。

「あなたにあんなことができるなんて思いもしなかった」

わたしは肩をすくめ、ぼそぼそと言った。「わたしのこと、わかってないんじゃない?」

母が眉根を寄せた。わたしが言ったことと言わずにいたことを、頭でたしかめているような顔だ。「そうかもね。わかってないのかも」

そして手を拭いて、洗い物と割れた皿を残したままシンクを離れ、キッチンを出るところで立ちどまった。「あのね、あなたがわが子なのが恥ずかしくなるときがあるの」

わたしはキッチンの真ん中に立ったまま、母が階段をきしませて上がっていく音を聞いた。両親の寝室のドアが開閉する音、頭上を歩く足音、ベッドに入るときの金属のフレームのきしみ。安普請なので壁も床も薄く、耳を澄ませばなんでも聞こえるのでいつも油断できない。

わたしはシンクに手を突っこみ、手探りで皿の破片を拾った。指が切れてもかまわなかった。水と泡を滴らせながら欠片(かけら)をカウンターに並べた。そのあと、ベッドに横になって心の傷をたしかめていると――母さんの言い方、あんまりじゃない? あそこまで言われるほどのこと?――母が皿の破片をゴミ箱に放りこんだのか、ガシャンという音が屋根裏のわたしの寝室まで聞こえてきた。次の日、『ロリータ』は本棚に戻っていた。

母親がニューハンプシャーで仕事を見つけたせいで、チャーリーは四年で三度目の引っ越しをすることになった。最後に学校に来た日、チャーリーはバックパックにビールをしのばせていて、三人してスーパーの裏でそれを飲み、ゴミ容器の谷間でげっぷを響かせた。放課後、チャーリーは家まで車で送ってくれた。まだ酔っていて、赤信号を片っ端から無視して町なかをすっ飛ばし、そのあいだわたしは頭をウィンドウにもたせかけて笑いながら、こんなふうに死ぬのも悪くないなと考えた。

「行かないでほしいな」湖岸道路にさしかかったとき、わたしは言った。「友達がいなくなっちゃう」

「ジェイドがいるじゃん」チャーリーは穴ぼこを避けようと暗い路面に目を凝らしながら言った。

「うーん、やめとく。あの子は最悪」無遠慮な自分の言葉に驚いた。チャーリーの前でジェイドをけなすのは控えていたけれど、もう関係ない。

「まあ、そうかもね。それに向こうもあんたを嫌ってる」チャーリーはにっと笑い、私道を入ったところで車をとめた。「寄っていきたいけど、あんたのママたちにビールのにおいに気づかれたくないし。あんたもにおってそうだけど」

「待って」わたしは煙草を吸いはじめてから持ち歩くようになった歯磨きチューブをバックパックから取りだした。それを少し口に含んでなじませた。

「やるね」チャーリーが笑った。「とんでもなくいかれてるくせに、頭も切れるんだから」

わたしは長々とチャーリーを抱きしめ、衝動的にキスまでしたくなったけれど、それをこらえて車を降りた。ドアを閉めるまえに、かがみこんで言った。「そうだ、ボウリング場であの男とふたりにしないでくれてありがと」

チャーリーは怪訝そうに顔をしかめた。そしてぱっと眉を上げた。「ああ、あれ！別にいいって。あいつ、どう見てもあんたを殺そうとしてたよね」

そして私道からバックで車を出し、ウィンドウを下ろして言った。「連絡して！」わたしもうなずいて答えた。「もちろん！」無意味な約束だった。チャーリーの引っ越し先も新しい電話番号も知らなかったから。のちにフェイスブックやツイッターで探してみたものの、見つからずじまいだった。

しばらくのあいだ、ジェイドとわたしは友達付き合いを続けようとした。昼休みに連れだってスーパーへ出かけ、万引きさせようと相手をそそのかし、断られるとむかついた。ある朝、食堂で一限目の代数の宿題をどうにか仕上げようとしていると、ジェイドが近づいてきた。

「土曜日にボウリング場で、あのクレイグってやつに会った」

わたしは顔を上げた。ジェイドはにやついていた。口をむずむずさせている。いまにも溜めたものを吐き散らかしそうに見えた。

「あんたはアバズレだって伝えてくれって」ジェイドは目を輝かせてわたしの反応を待った。頬がかっと熱くなるのを感じながら、わたしはジェイドに代数のノートを投げつけ、殴り倒し、脱色した安っぽい色の髪を引っぱってやろうかと考えた。でも目で天井を仰ぎ、あの銃マニアのロリコン野郎とつぶやいただけで、宿題に戻った。そのあとジェイドは中学時代に仲のよかった人気者グループと付きあうようになった。髪は茶色に染めてテニス部に入った。廊下ですれちがっても目も合わせなくなった。

食堂でいっしょにすわる相手を新しく探す気にもなれず、わたしはさっさとあきらめてショッピングモールの軽食レストランで昼休みを過ごすことにした。毎日コーヒーとパイを注文して、本を読んだり宿題をしたりしながら、ひとりでボックス席にすわった自分はミステリアスな大人に見えるだろうかと想像した。ときどきカウンター席の男の視線を感じ、目を合わせることもあったけれど、いつもそこまでだった。

＊

人里離れた森の奥の暮らしでは、インターネットが唯一の逃げ場だった。ストレインの名前と校名を幾通りかに組みあわせ、引用符をつけたり外したりしてひたすらググってみたものの、教師紹介と一九九五年にボランティアで参加した地域の識字プログラムの記事しか見つからなかった。やがて三月の中旬、新しい検索結果が現れた。ストレインは優秀教員賞を受賞し、ニューヨークで授賞式に出席したのだ。壇上で盾を受けとり、黒い髭から白い歯を覗かせた満面の笑みの写真が載っていた。見覚えのない靴、見覚えのない短い髪。その瞬間、彼はわたしのことを忘れていたはず。そう思うと屈辱が背筋を這いのぼった。わたしは一瞬たりとも忘れたりしないのに。

夜には遅くまでインスタントメッセンジャーで知らない人たちとチャットをした。検索ワードはたいてい同じで――〝ロリータ〟〝ナボコフ〟〝教師〟――検索結果に現れた男たち全員にメッセージを送った。クレイグみたいに相手に下心を感じるとログアウトした。そういうことは求めていない。ストレインとの一部始終を喜々として聞いてもらえるのが楽しいだけだった。〝そういった男の愛情を理解できるなんて、きみはすごく特別な子だ〟とも言われた。写真を求められると《ヴァージン・スーサイズ》のキルスティン・ダンストの画像を送ったが、誰も文句は言わなかった。みんなばかなのか、それともわたしが嘘つきでも平気なのだろうか。相手から写真をもらい、ハンサムだと伝えると、誰もが本気にした。どう見ても不細工な人も。もらった写真は両親に覗かれないように〝数学の宿題〟というフォルダーに保存してたまに眺めた。どれも地味で冴えない顔ばかりだった。もしもストレインのことをよく知るまえに写真を送られていたら、間違いなくこのフォルダー行きだと思った。

雪泥の季節から、ブヨの季節へ。ゆっくりと解けはじめた湖の氷は、はじめは灰色に、次に青くなり、やがて冷たい水へと変わった。庭の雪も消えたが、森の奥の岩陰にはまだ吹きだまりが残り、松葉やトウヒの実にも硬い雪がこびりついたままだった。四月に入り、十七歳の誕生日の一週間前になったとき、パーティーを開きたいかと母に訊かれた。

「で、誰を招待するの」

「あなたの友達を」

「友達って？」

「いるでしょ、友達が」

「それは初耳」

「いいえ、いるはず」と母はあきらめなかった。

なんだか申しわけないような気持ちだった。きっと母の想像していたわたしの高校生活は、にこやかに廊下を歩いたり、成績優秀で感じのいい女の子たちとお昼を食べたりといったものだったはずだ。なのに現実にはうつむきっぱなしで、年金生活者たちに交じって軽食レストランでブラックコーヒーを飲んでいる。

結局、誕生日には家族でイタリア料理のチェーン店へ行って大きなラザニアを食べ、そのあと蠟燭(ろうそく)が一本立った大きなティラミスを食べた。プレゼントは八週間の自動車教習。ブロウィック校がいっそう過去のものになったことを、それは示していた。

「合格したら、車を用意してやれるかもな」父がそう言った。

母が両眉を吊りあげた。

「まあ、そのうちに」父は言いなおした。

わたしは感謝を伝え、車で行ける場所を考えてはずむ心を隠そうとした。

＊

その夏、父の紹介で、町の病院での書類整理のアルバイトをはじめた。時給八ドル、週に三日。担当は泌尿器科のカルテ保管庫で、窓のない細長い庫内の壁一面に設置された棚には、州全域から届いたカルテがぎっしり詰まっていた。朝に出勤すると、棚に収納するカルテの山に加えて、カルテを棚から探しだす必要のある患者のリストが待っていた。診察の予約が入っているか、または死後かなりの期間が過ぎて処分するためだ。

病院は人手不足で、仕事ぶりを職員にチェックされることは日に一度もなかった。カルテを読むのは禁止されているのは知りながら、わたしは大半の時間をカルテを読んで過ごした。カルテは膨大な量で、死ぬまで病院で働いてもすべてに目を通すのは難しそうだった。だから当てっこゲームでもするように、面白そうなカルテを見つけようと色分けされたシールに指を走らせ、当たりますようにと願いながら適当に一冊を抜いた。どれが面白いかは読んでのお楽しみだ。分厚いカルテには、カーボン紙で複写された褪せた青い文字で、長年にわたる症状や手術や合併症の記録が残され、まるで小説のような読みごたえがあった。薄いカルテにひときわ衝撃的なものが見つかることもあった。ほんの数回の診察の記録と、表紙に捺された〝死亡〟の赤いスタンプ。そこに悲劇が凝縮されていた。

泌尿器科の患者のほとんどは中高年の男性だった。血尿に排尿障害、尿路結石、腫瘍。カルテには造影剤で強調された腎臓と膀胱が写った粒子の粗いレントゲン写真や、医師の所見が走り書きされた陰茎や睾丸の部位図が含まれていた。あるカルテに、ぎざぎざした砂粒みたいな膀胱結石三個が手袋をはめた手にのせられた写真を見つけた。所見には〝血尿が出て何日か〟という医師の問いに対し、患者の答えが〝六日〟と記されていた。

昼休みの食堂には、父の隣にすわらずにすむように本を持参した。適度に離れているほうが楽だった。いろんな点で、父は病院では別人だったから。訛りがきつくなり、母がそばにいるときなら眉をひそめるような下品な冗談にも笑った。それに山ほど友達がいた。父を見かけると誰もがにっこりした。そんなに人気者だったなんてまるで知らなかった。

仕事初日、父はほぼ全員に近い人たちにわたしを紹介してまわり、わたしが「どうしてみんな父さんのこと知ってるの」と尋ねると、笑って「シャツに名前があるからね」と答え、胸ポケットに刺繍された〝フィル〟の文字を指差した。でも、それだけのはずはない。笑顔など見せない医師たちでさえ父が近づいてくると微笑んだし、わたしの年齢だとか、書くことが好きだとかいったことをとっくに知っている人たちもいた。みんなまだわたしがブロウィック校生だと思っていて、それも無理はない気がした。合格が決まったときに大っぴらに触れてまわったせいで、父は退学の話を言いだせずにいたのだろう。

父とはあまり話すことがなかったけれど、それでかまわなかった。車内ではいつもラジオの音がやかましくて話すどころではなかったし、家に帰ると父はさっさと椅子に腰を落ち着けてテレビをつけた。午後には子供時代の思い出のテレビドラマ《メイベリー一一〇番》や《ボナンザ》を見るのがお気に入りで、そのあいだわたしはベイブを連れて長い散歩に出かけ、湖畔を歩き、崖にのぼって、朽ちかけた折りたたみベッドが残る洞穴に入った。母が帰るまではできるだけ外で過ごした。母がいるほうがやりやすいわけではないものの、両親が揃えばこちらのことは忘れてくれるので、そっと寝室へ入ってドアを閉めることができた。

そろそろ大学の教科書代を貯めるようにと父に言われた。でもわたしは、最初の二回のアルバイト料をはたいてデジタルカメラを買い、休みの日に森へ行って、花柄のワンピースとハイソックス姿の自分を撮った。シダに太腿をくすぐられ、髪に日差しを浴びた写真のわたしは森の妖精か、ハデスを待ちながら野原をそぞろ歩くペルセポネのようだった。ストレイン宛てにメールを書いて十枚以上の画像を添付し、送信ボタンにカーソルを合わせてはみたものの、迷惑がかかると思うと送れなかった。

夏のさなか、ストレインはメイン州西部から到着した整理待ちのカルテの形で現れた。〝ストレイン、ジェイコブ。一九五七年十一月十日生まれ〟。カルテには一九九一年に受けた精管結紮(けっさつ)術の記録と、初診時に医師が手書きした所見が含まれていた。〝三十三歳の患者、未婚だが子供は一切望まないとのこと〟。術後と経過観察時の所見も――〝患者には一日一回陰嚢(いんのう)を氷袋で冷やし、陰嚢サポーターを二週間着用するよう指示〟。〝陰嚢サポーター〟がどんなものかは知らなくても、文字を見ただけでわたしは狼狽してぱたりとカルテを閉じた。

もう一度カルテを開き、今度は最後まで目を通した。バイタルサインと身長体重――百九十三センチ、百二十七キロ。三カ所にストレインの署名。十年前のインクのしみでくっついたページを剝がしながら、ペンのインクが彼の手にこぼれるところを思い描いた。その指を、たこを、噛んで短くなった平らな爪を。初めてわたしに触れたとき、膝に置かれたその手がどんなふうに見えたかを。

カルテの内容は地味なものだったが、それでも術後に氷袋を股間にあてるという記述はシュールに思えた。その姿を想像してみた。手術は七月だから、溶けた氷で下着がしみになっていたはず。そばには水滴のついた冷たい飲み物のグラスと鎮痛剤のオレンジのピルケース。ケースを振って薬をてのひらに出すとざらざらと音がする。わたしはそのときいくつだった？　頭のなかで計算した。六歳の一年生、物心がつくかどうかのころだ。その九年後、ストレインのベッドで組み伏せられ、パイプカットしたから妊娠の心配はないと聞かされることになる。

カルテを盗もうかと思ったものの、仕事をはじめるときに、医療記録の漏洩に関わる法的責任について太字で強調された秘密保持契約書に署名させられていた。代わりに保管庫へ行くたびに棚の最下段からストレインのカルテを出し、内容を日記帳に書き写すことにした。〝未婚だが子供は一切望まない〟の箇所には下線を引いた。その言葉は、『ロリータ』のなかで唯一嫌いな場面を連想させた。ハンバートがロリータとのあいだに娘をもうけ、さらにその娘とのあいだに孫娘をもうけることを夢想するくだりだ。そしてそれは、忘れかけていた記憶も呼びさました。ストレインが電話の向こうで自慰をしながら、わたしにパパと呼ばせたことを。

けれどもそういった考えは、湖岸で拾い、淡々と眺めてからまた水に落とす丸石のようなものだった。病院の静寂のなか、首振り扇風機の風が髪を乱し、脳の奥底へと沈んだ考えは泥に呑まれて消えた。わたしはカルテを閉じて、ほかのカルテとともに棚にしまった。

# 二〇一七年

満室の土曜日の夜にフロント係のひとりが病欠し、アイネズが手いっぱいなせいで、わたしもコンシェルジュデスクを離れて手伝いにまわる。八年前に採用されて初めて担当したのはフロント業務だったので、いまでも基本は覚えている。それでも更新されたコンピューターシステムの使い方は教わらなくてはならず、予約の受付とチェックインの手順を説明するアイネズは声をうわずらせている。わたしといるのが落ち着かないのか、たんに機嫌が悪いだけなのかはわからない。わたしがミスをして卑屈なことを言うたび、〝大丈夫よ、大丈夫、大丈夫〟と早口で連発する。

頭はぼんやりしていても、あるいはそんな状態だからこそ、時間は飛ぶように過ぎる。バーテンダーの差し入れのカクテルをひと口勧めるとアイネズがぱっと笑顔になったので、ふたりでデスクの陰にしゃがんで交互に飲む。肩を並べて働く感覚を、ふたりで接客することで生まれる連帯感をひさしぶりに思いだす。たとえば、いつもの部屋と違うと言い張る常連客をフロントデスクの内側に入らせ、予約の履歴を見せて、以前から二三七号室だったと説明するときにそれを実感する。通りに面した安い部屋は音がうるさいという説明を聞き流したカップルが、一時間後に文句を言いにロビーへやってきたときにも。アイネズのクレーム対応は見事なもので、しきりに瞬きし、胸の前で両手を握りしめて、「申しわけありません。まことに申しわけありません」と繰り返す。大げさなほどの謝罪に客も気勢をそがれ、たいてい最後には、いいんだ、たいしたことじゃないと言って終わる。客たちがいなくなると、アイネズはぼそぼそと悪態をつく。

「オーナーの娘としか思ってなかったけど、この仕事に向いてるのね」

嫌味かと疑うようにアイネズが眉をひそめる。

「わたしより向いてる。あんなに申しわけなさそうな顔、わたしには無理」わたしがそう続けると、アイネズはおだてに気をよくして顔をほころばせる。

「怒ってる人って、喧嘩する気まんまんだけど、こっちが下手(したて)に出たら拍子抜けしちゃうから」

「たしかに。わたしも男に同じ手を使う」わかる、と笑うかと反応を窺うが、アイネズはとまどったように眉をひそめただけだ。

コンピューターに向かってクリックをはじめたアイネズの顔が画面のライトに照らしだされる。エアブラシメイクと毛先までまっすぐにアイロンで伸ばした髪のせいで、十七歳にしてはずいぶん大人びて見える。パールのネックレス、スーツの下の白いシルクのブラウス。いかにも有能そうで、女性としても、わたしよりずっとちゃんとしている。

「人を見る目があるのね。若いのにものがわかってる」

アイネズはまだ少し用心するように、横目でわたしを見る。「ええっと、どうも」コンピューターに目を戻し、わたしに覗かれまいとするように前かがみになる。

一段落ついた午後九時半、男性客がフロントデスクに現れる。四十代、ハンサム、小柄。一泊の予約で、部屋は中庭に面したジャクージつきスイート。到着時の特別リクエストあり――控えめな照明、バブルバス、ベッドにバラの花びら、氷で冷やしたシャンパン。

わたしはチェックインの手続きをすませ、部屋の準備が整っていることを伝える。「ご希望に変更がなければですが……」そう言ってロビーに目を走らせる。連れは見あたらない。

男がアイネズに向かってにっこりする。チェックインの担当はわたしなのに、デスクに来てからアイネズにばかり笑いかけている。

「ばっちりだ」

男はカードキーをポケットに入れ、エレベーターのほうへ歩きだす。アイネズが後ろを向いて宿泊者カードをファイルするあいだ、ロビーを見ていると、男が途中で立ちどまって手を差しだす。女性がひとりウィングチェアから立ちあがる。フロントデスクを振り返り、わたしを見たその顔は、女性と言うには若すぎる。まだ十代で、コンバースのスニーカーを履き、袖で手首が隠れるほどぶかぶかのセーターを着ている。エレベーターを待つあいだ男が少女の首もとに顔を寄せると、けらけらと笑い声があがる。

「見た?」ふたりがエレベーターに乗りこんでからアイネズに訊く。「さっきのお客が連れてた女の子。十四歳に見えた」

「見てない」アイネズは首を振ってチェックイン予定のリストに目を落とす。すべてに緑色のライトが点いている。全員が到着したということだ。ようやくひと息つける。

「食事してくる」

準備が整えられた客室が目に浮かぶ。ベッドにはバラの花びら、泡でいっぱいのバスタブ、男がぶかぶかのセーターを脱がすときの、少女の落ち着かなげな笑い。厨房へ向かうアイネズを見ながら、自分がカードキーを発行してその部屋に飛びこみ、男に思いきり爪を立てて少女から引き離すところを想像する。でも、そんなことをしたところで、騒ぎになってクビを言い渡されるだけだ。あの子はいやがりもせず、楽しそうに見えた。無理やり連れこまれたわけじゃない。デスクの奥でカクテルの残りを飲みほしたとき、アイネズがパスタの皿を持って戻ってくる。歩きながらそれをかきこみ、白いブラウスに赤いソースを飛び散らせている。

アイネズがバックヤードで食事をしているあいだに、別の男性がフロントに現れ、予約客だと告げる。ぼさぼさの眉毛、赤い鼻。わたしが確認するあいだ、相手は腕組みをしてデスクに身を乗りだす。自分がどれほどいらだっているか、わたしがどれほど無能かを思い知らせようとするように、大きなため息をつく。上の階で女の子がレイプされようとしてるのとわたしは頭のなかで訴える。なのに誰もなにもできないなんて。

「お客さまのお名前では予約がございません。たしかにこちらのホテルでしょうか」

「もちろんだ」男が折りたたまれた紙をポケットから取りだす。「ほら、これだ」

目を通すと、オレゴン州のポートランドにあるホテルの予約確認書だとわかる。わたしのせいであるかのように恐縮しながら間違いを指摘すると、相手は口をぽかんとあけ、最初に確認書を、次にわたしを、そして荷物に囲まれてロビーで待つ妻を見る。そしてつぶやくように言う。「はるばるフロリダから来たのに。いったいどうすればっ？」

今夜は街じゅうのホテルが満室だが、どうにか空港近くの宿にひと部屋空きが見つかる。男はショックのあまり礼も言わずに妻を連れてロビーを引き返し、駐車係が車庫から出したレンタカーのところへ向かう。車が去ると、わたしはデスクに突っ伏す。両手で頭を抱えて深々と息を吐く。


そのとき電話が鳴り、目を閉じたまま受話器を取ってホテル名を告げる。

「あの」ためらいがちな女性の声だ。「ヴァネッサ・ワイさんはいらっしゃいます？」

わたしは目をあけて静まりかえったロビーを見渡す。アイネズがバックヤードから現れ、もう少し待ってと手振りで示して従業員用のトイレに入る。

「もしもし」少しの間がある。「ヴァネッサ？」

わたしは通話を切ろうと、交換機の赤いボタンに手を伸ばす。

「切らないで。《フェミジン》のジャニーン・ベイリーです。やりとりできればと、二度ほどメールを送らせてもらったんですけど。ダメもとで、職場にかけてみようと思って」

通話終了ボタンに指をあてたまま、押すのを思いとどまる。口を開くとかすれ声が出る。「電話ももらってますよね。留守電にメッセージが残ってましたけど」

「たしかに。かけました」

「そのうえまだ電話を？　今度は職場にまで」

「ですよね。強引なのは承知してますが、ひとつ伺いたくて。今回の件を、いつから把握していました？」

相手の意図が読めず、無言を返す。

「テイラー・バーチの件を。テイラーはご存じですよね。この数週間、彼女はひどくつらい状況に置かれています。どんな中傷にさらされているか知ってます？　男権主義者やら、ツイッター荒らしやらの。殺害予告まで受けて――」

「ええ、いくらかは」

カチッと音がして、相手の声が大きく、近くなる。スピーカーフォンを切ったらしい。「単刀直入に言わせてもらいますね、ヴァネッサ。あなたの過去については知っています。声をあげてと無理に頼むことはできないけれど、あなたの証言がテイラーの力になることをわかってほしくて。そう、このムーブメント全体に力を与えられるチャンスなの」

「わたしの過去って？」

ジャニーンの声が半オクターブ跳ねあがる。「その、テイラーから知っていることを聞かせてもらったもので……噂とか、ジェイコブ・ストレインが長年のあいだに明かした詳細とか」

わたしは頭をのけぞらせる——長年？

「ああ、それに……」笑い声があがる。「テイラーがブログのリンクも送ってくれて。あなたのブログの。読んでみました。正直に言って、読むのをやめられなかった。心をつかまれてしまって。あなたはすばらしい書き手ね」

わけがわからず、ブラウザに古いＵＲＬを入力する。大学でのごたごたのあと、ブログは非公開にしたから、パスワードなしではアクセスできない状態のはずだ。なのに、いつのまにか初期設定に戻り、すべての投稿が公開されて読めるようになっている。ブログに鍵がかかっていることを最後にいつ確認したか思いだせない。何年も閲覧可能だったかもしれない。ページをスクロールすると、ストレインのことだとすぐにわかる〝Ｓ〟の記号が記事のいたるところに現れる。

「アクセスできないはずだったのに」そう言いながらログイン画面を表示させ、十年もまえのパスワードを思いだそうとする。「わけがわからない」

「記事にブログのことも書かせてもらおうと思って」

「だめ。断る権利はあるでしょ？」

「許可をもらえればありがたいけど、ブログは公開されたものだから」

「でも、いま削除しようとしてる」

「ご自由に、スクリーンショットは撮ってあるので」

わたしはコンピューターの画面を凝視する。パスワードの復元には、とっくの昔に使わなくなったアトランティカ大学時代のメールアドレスが必要らしい。「どういうつもり？」

「許可をもらえればありがたいけど」ジャニーンが繰り返す。「でもわたしには、最善を尽くしていい記事を書く義務がある。ね、力を合わせましょ。話せることだけを話してもらって、そこからはじめればいい。どう、ヴァネッサ？」

言いたいことが口いっぱいに溜まっているが――電話してこないで、メールしてこないで、馴れ馴れしく名前を呼ばないで――わたし自身の言葉でふたりのことを綴ったブログを見られてしまっては、噛みつくわけにもいかない。

「そうね。わからない。考えてみないと」

ジャニーンが息を吐く音が耳もとで響く。「ヴァネッサ、同意してくれることを心から願ってる。できることはなんでもやって支えあうべきよ。みんなの問題なんだから」

わたしはにらむようにロビーに目を据え、返事を絞りだす。「ええ、たしかに、そのとおりだけど」

「つらい気持ちはわかる、本当に」ジャニーンが声を落とす。「わたしもサバイバーだから」

サバイバー。同情たっぷりの、上から目線で決めつけるその言葉を聞くたび、どんな文脈で言われた場合でも、寒気を覚えずにいられない。あまりの押しつけがましさに。わたしは唇がめくれあがるほど口もとをゆがめ、吐き捨てる。「なにも知らないくせに」電話を切ると、ロビーを突っ切って誰もいない従業員用トイレへ飛びこみ、便座を抱えて嘔吐する。胃のなかを空にし、苦い汁まで吐きだし、吐き気がおさまるのを待つ。

床に膝をついたまま呼吸を整え、ブレザーが吐いたもので汚れていないかたしかめていると、入り口のドアが開いてわたしを呼ぶ声がする。アイネズだ。

「ヴァネッサ、大丈夫？」

手の甲で口を拭う。「ええ、大丈夫。ちょっと胃の調子がね」

ドアが閉まり、ふたたび開く。

「本当に？」

「大丈夫だって」

「できることがあれば――」

「頼むから、ほっといて」金属の仕切り壁に頬を押しつけて待つと、小走りでデスクへ戻っていくアイネズの足音が聞こえる。シフトが終わるまで、悄然としたその目には涙が溜まっている。

数年前、コングレス通りで信号待ちをしているとき、街灯からこちらを見つめるテイラーの顔に気づいた。それはバーで開かれる詩の朗読会のチラシだった。テイラーが詩を書いていて、いくつかは活字になっていることは知っていた。手に入るものにはすべて目を通そうと、雑誌を注文し、たまにしか更新されないウェブサイトも定期的にチェックした。書かれたものにストレインの痕跡を探したけれど、そこに見つかるのは、白熱灯にひっそりと集まるミズアオガの描写だとか、自分の子宮についての六連からなる瞑想詩だとかいったものばかりだった。納得がいかなかった。ストレインから受けた仕打ちが本当にひどいものだったのなら、なぜそのことばかり書かずに生きていられるのだろう。

どんなに理解しようとしても、テイラーのことがわからなかった。数年前には職場と住んでいる場所を探りだした。インスタグラムで見つけたキッチンの窓からの眺めをもとに、アパートメントまでつきとめた。つきまとうとか、そんなことまではしていない。それに近いことといえば、昼食時に彼女の職場まで行き、ビルの前を通りすぎながら、そこを出入りするブロンドの頭をチェックしたくらいだ。でも本当は、テイラーを探さずにいたことなどないのかもしれない。レストランでもコーヒーショップでも、スーパーでもコンビニでも、そこにいる人のなかに彼女を探してはいなかっただろうか。街を歩きながら、背後にテイラーがいるところを想像することもあった。彼女に見られていると考えると、ストレインの視線を想像したときと同じように全身がざわめいた。

テイラーの朗読会へ行ってみたこともある。薄暗いバーの端のほうに立って、赤毛はニット帽に押しこんでおいた。テイラーがマイクの前に進みでて話しはじめたところで店を出た。満面の笑みに、身振り手振り。彼女は大丈夫、と家路をたどりながらわたしは頭のなかでつぶやき、嫉妬と安堵がないまぜになったもので頬を火照らせた。テイラーはごく普通で、幸せで、無垢に見えた。その夜、古い書類フォルダーをあさり、いい評価をもらった大学時代のレポートや高校時代の詩を引っぱりだした。『タイタス・アンドロニカス』におけるレイプの位置づけについて書いたレポートには、末尾にヘンリー・プラウのコメントが入っている。〝ヴァネッサ、すばらしい文章力だ〟。本気にしてもしかたがないとその評価を笑いとばしたのを覚えている。わたしの気を引くために、この先生もお世辞を言っているだけだと。でも本気だったのかもしれない。もしかするとストレインも。たくさんの褒め言葉も、わたしには類まれな洞察力があるという断言も、本心からのものだったのかもしれない。問題を抱えてはいても、彼は人の可能性を見いだすことに長けた優秀な教師だったのだ。

ツイッターでストレインの名前を検索すると、見つかるのはテイラーについて言及したものが大半で、フェミニストによる彼女への擁護と性差別主義者からの攻撃とがそこに入り乱れている。あるツイートには、ほっそりとした身体にフィールドホッケーのユニフォームを着て、歯列矯正器を覗かせて笑っている十四歳のテイラーの写真が載せられ、〝ジェイコブ・ストレインに暴行を受けたとき、テイラー・バーチはこの年齢だった〟と煽る文面が添えられている。同じ内容が、ストレインが撮った十五歳のわたしのポラロイド写真に添えられたところを想像してみる。とろんとした目をして、唇を腫らした十五歳のわたしの写真に。あるいは十七歳のときの自撮り写真に。そちらに写ったわたしはカバノキを背景に立ち、ロリータっぽく見えるようにスカートの裾を持ちあげてカメラを見つめている。自分がなにを望んでいて、どんな人間なのか、正確に知っている。わたしのような娘は、どこまで被害者だと認められるのだろう。

# 二〇〇二年

最終学年の一週目、進路指導教員との面談で、記入ずみの大学入学願書とひと夏かけて準備した受験用作文の下書きを見せた。受験先はストレインに選んでもらった数校に決めていたが、もう少し志望校を増やすようにと勧められた。すべり止めがあったほうがいいので、州立大学も検討してはと。

ショッピングモールの軽食レストランが夏のあいだに閉店したので、昼食は英語の授業でいっしょのウェンディやマリアと食堂で食べた。マリアはチリからの交換留学生で、ウェンディの家に滞在していた。ふたりともまさにうちの両親が娘の友人にと望むような子たちだった。勉強熱心で、お行儀がよく、ボーイフレンドはなし。昼休みには三人で低脂肪ヨーグルトと大さじ二杯のピーナッツバターを添えたリンゴのスライスを食べ、フラッシュカードで問題を出しあったり、宿題を見せっこしたり、受験の話に花を咲かせたりした。ウェンディはバーモント大学志望、マリアもアメリカの大学に進学することを望んでいて、ボストンの大学ならどこでも最高だと言っていた。

日々はさらに続いた。運転免許がとれても、車は買ってもらえなかった。ベイブが鼻のまわりをヤマアラシのとげだらけにして帰ってきたので、母とふたりがかりで押さえ、父がラジオペンチで一本ずつ抜いた。父は病院で労働組合の代表に選ばれた。母はコミュニティカレッジの歴史の授業でA評価をとった。木々の葉が色を変えた。わたしはSATでまずまずの点数をとり、受験用作文の下書きをもうひとつ準備した。英語の授業でロバート・フロストが出てきたけれど、先生はセックスの話には触れなかった。マリアとウェンディは昼食にひとつのベーグルを千切って分けあった。物理の授業でいっしょの男の子にダンスパーティーに誘われて、興味本位でオーケーしたものの、相手の息がタマネギ臭く、触られるのを想像すると死にたくなった。薄暗い会場内でスローダンスのときにキスしようと顔を近づけられたので、とっさにボーイフレンドがいると口走った。

「いつから？」相手は眉をひそめて訊いた。

ずっとまえから、とわたしは心でつぶやいた。わたしのことなんかなにも知らないでしょ。

「年上の人なの。あなたの知らない人。ごめん、もっと早く話すべきだった」

曲が終わるまでその子は黙ったままで、パーティーがすむと、わたしの家が遠すぎるので疲れていて送っていけないと言った。しかたなく父に電話して迎えに来てもらい、帰りの車内でどうかしたのか、なにがあったのかと訊かれた。相手になにかされたのか、傷つけられたのかと。「別になにも。なんでもない」そう答えながら、その問答に覚えがあることに父が気づかないようにと願った。

中途半端な補欠合格通知と容赦ない不合格通知が、薄い封筒に入っていくつかの大学から届いた。やがて三月に入り、指導教員の勧めで志望校に加えたアトランティカ大学から分厚い封筒が送られてきた。封筒の口を破りあけるわたしを、両親は誇らしげな笑みを浮かべて見守った。〝おめでとうございます、このたびは……〟。パンフレットのほかに質問事項が書かれた用紙が何枚も添えられていた。学内の寮に入るか、希望の寮はあるか、食事メニューはどれにするか。合格者向けの見学会の案内と、指導教員になる予定の女性教授からの手紙も同封されていた。詩人でもあり、詩集も数冊出している人だ。〝あなたの詩に感銘を受けました。語りあえる日を楽しみにしています〟。書類のすべてに目を通すあいだ、わたしの手は震えていた。アトランティカは州立大学で、一流とは言えないけれど、それでもブロウィック校に合格したときの気持ちが甦り、時が巻き戻ったような気がした。

その夜、両親が寝たあと、電話の子機を持って雪の庭に出た。月明かりが凍てついた湖面を照らしていた。

思ったとおり、ストレインは電話に出なかった。留守番電話に切り替わったとき、一度切ってかけなおしたくなった。しつこくかけつづければ、しまいにかっとなって受話器を取るかもしれない。かけてくるなと怒鳴りつけられたとしても、声は聞ける。発信者名の〝フィル＆ジャン・ワイ〟の表示を見つめるストレインが目に浮かんだ。かけてきたのが両親なのかどうか、彼が知るすべはない。話は全部聞いた、責任をとって刑務所に入れとふたりに責めたてられる恐れもある。ほんの一瞬でいい、震えあがらせてやりたいと思った。愛してはいるけれど、ニューヨークでニューイングランド寄宿学校協会の優秀教員賞を授与される彼の写真を思い浮かべると、傷つけたいと思わずにはいられなかった。

録音された応答メッセージが流れた。「はい、ジェイコブ・ストレインです……」

とたんに居間に立つ彼の姿が浮かんだ。裸足にTシャツ、お腹を下着からはみださせ、電話機に目を据えている。ピーッという音に耳をつんざかれながら、わたしは湖の向こうを見渡した。藍色の夜空の下、紫の山並みが横たわっている。

「わたし。話せないのはわかってるけど、アトランティカ大学に合格したと伝えたくて。八月二十一日に大学がはじまるから、そのあとは向こうにいる。それに、そのころには十八になるから……」

言葉を切ると、留守番電話のテープがまわる音が聞こえた。そのテープが法廷で証拠として扱われるところを想像した。弁護士の隣の席で恥じ入ってうなだれたストレインを。

「わたしのこと待っててほしい。わたしは待ってるから」

陽気の暖かさと大学合格のおかげで心が軽くなった。追放の苦さがやわらぎ、暗黒のトンネルの先に光が見えた。合格が取り消される可能性があると教師たちから脅かされてもろくに勉強せず、成績はBとCばかりに落ちこんだ。週に一、二度は午後の授業をサボって高校と高速道路のあいだの森に出かけ、スニーカーを泥だらけにしてぶらつきながら、葉の落ちた木々の向こうを走る車を眺め、数学クラスの男の子に買ってきてもらった煙草を吸った。ある日の午後、一頭の鹿が道路に飛びだし、五台の車が次々に追突してぺちゃんこになるところを目撃した。あっという間の出来事だった。

四月のわたしの誕生日の二日前、メールをチェックしているときに通知がポップアップした。〝jenny9876からチャットのリクエストが届いています。承認しますか〟。わたしは手のなかのマウスが飛びだすほど強く〝承認〟をクリックした。

jenny9876：どうも、ヴァネッサ。ジェニーよ。
jenny9876：ねえ？
jenny9876：いるなら返信して。

わたしは次々に現れるメッセージを目で追った。チャットウィンドウの下端で〝jenny9876が入力中……jenny9876が入力中〟という文字列が点滅し、やがて消える。ジェニーの姿を目に浮かべようとした。うなじの線とつややかな茶色の髪を。ブロウィック校は春休み中だから、ボストンの実家にいるはずだ。指をキーボードの上へかざしたものの、心の準備ができるまで入力するのは待った。たびたび中断するところを見せて動揺に気づかれたくはない。

dark_vanessa：なに？
jenny9876：よかった！
jenny9876：返信してくれてうれしい。
jenny9876：元気？
dark_vanessa：なんの用？

ブロウィック校でのことで嫌われているのは知っているとジェニーは続けた。ずいぶん時間がたったから、もうどうでもいいと言われるかもしれないけれど、いまだに申しわけない気持ちでいるのだと。卒業をまえにして、わたしのことが気になってたまらないのだという。わたしだけが追いだされ、ストレインが残ったことの不公平さが。

jenny9876：ジャイルズ校長のところへ行ったとき、あんなことになるとは知らなかった。それをわかってほしくて。

jenny9876：ばかみたいに聞こえるかもしれないけど、あいつがクビになると信じてたから。

jenny9876：あんなことをしたのは、あなたが心配でしかたなかったからよ。

ジェニーが後悔しようがどうだろうが、わたしが知りたいのはストレインのことだけだ。謝罪は続いているが、訊きたいことを入力することにした。出だしでつまずき、言葉に迷うところを見られたってかまわない。ジェニーの話は大学のことに移った。ブラウン大学に進む予定だとか、アトランティカ大学も評判がいいとか。大学のことなんてどうでもいい。聞きたいのはストレインのことだ。髪はどんな状態か、伸び放題でぼさぼさになっていないか、服は薄汚れていないか。彼の精神状態がひと目でわかるようなしるしは、それくらいしか思いつかなかった。本当に知りたいことを訊いてもジェニーに答えられるはずがない。彼は落ちこんでる？　わたしを恋しがってる？　結局は〝あの人をよく見かける？〟とだけ訊いた。するとジェニーは、画面ごしに嫌悪をむきだしにした。

jenny9876：ええ、見かける。見たくもないけど。あいつが許せなくて。打ちひしがれたみたいな顔で校内を歩いてるの、そんな資格なんてないくせに。つらい思いをしたのはあなたなんだから。

dark_vanessa：どういうこと？　悲しそうにしてるってこと？

jenny9876：惨(みじ)めなくらい。あなたを犠牲にしておいて、よくもまあって感じ。

dark_vanessa：どういうこと？

jenny9876が入力中……jenny9876が入力中……

jenny9876：知らないと思うけど。

dark_vanessa：なにを？

jenny9876：あなたを退学させたのはあいつってこと。あいつがジャイルズ校長に訴えたの。

jenny9876：話すべきじゃないんだろうけど。

jenny9876：わたしが知ってることも、ほんとは内緒だし。

dark_vanessa：？？？

jenny9876が入力中……jenny9876が入力中……

jenny9876：じつはね、去年、仲間と〝社会正義を求める生徒の会〟というクラブを立ちあげたの。まっさきに取り組みたかった課題のひとつが、ブロウィック校に公式のセクハラ防止ガイドラインを定めさせることだった。これまではなにもなかったから（それって無責任そのもので、本当は違法だし）。それで、去年の冬にジャイルズ校長に直談判した。管理部に言っても埒が明かなくて。そのとき、再発を防ぐべき事例としてあなたのことを持ちだしたの。

jenny9876：だって、あのときの集まりではあなたひとりが責任をかぶったけど、ほんとはなにがあったか、みんな知ってるから。あなたが彼の犠牲になったたって。

jenny9876：まあそれで、校長に会ったんだけど、誤解だと言われた。あなたは性被害なんて受けてないし、学校の対応にも問題はないって。そのときあなたのことについてストレインが書いた覚書を二通見せられたんだけど、なにもかもあなたの作り話だってはっきり書いてあった。

jenny9876：そんなはずないってわかってるから、歯がゆくて。あなたたちのこと、なにもかも知ってるわけじゃないけど、あいつがあなたの手をつかむのは見たから。

dark_vanessa：覚書って？

jenny9876：そう、二通あった。一通は、あなたに自分の評判を台無しにされた、ブロウィック校は嘘つきがいるべき場所じゃないって内容だった。たしか、あなたのことは〝頭はいいが、情緒面で問題を抱えている〟と書いてあったと思う。あなたは学校の倫理規範を破ったから、退学処分にすべきだって。

jenny9876：もう一通はもっと以前のものだった。二〇〇一年の一月だったかな。あなたがあいつに熱をあげていて、教室に入りびたっていると書かれてた。あなたの行動が手に負えなくなったときのために、記録を残しておきたいというようなことも。捕まった場合の逃げ道を用意するために書いたみたいだった。

そこからは意識を宙に漂わせ、森をさまよわせた。その場を離れて話を呑みこもうとした。二〇〇一年一月。わたしを家へ連れ帰るために黄色い街灯の道に車を走らせていたとき、わたしにイチゴ柄のパジャマを着せたあのとき、彼はすでにわたしのことで学校に嘘を吹きこんでいた。わたしがぼうっとなって、わけがわからずにいるあいだに、用意周到に手を打ち、十歩も先を読んでいたのだ。最後に窮地に陥り、大勢の前に立って自分が嘘つきだと認めるようにわたしを説得したとき、彼はなんと言った？「ヴァネッサ、連中はきみを処分すると決めている、それが覆ることはない。決まったことなんだ」連中とは、ジャイルズ校長と管理部とブロウィック校そのもののことだと思っていた。ストレインとわたしで上の連中に抵抗しているのだと。

ログアウトのまえに、本当はなにがあったのかとジェニーが訊いた。震える手で〝彼はわたしを利用して捨てた〟と入力したものの、思いなおして削除した。ストレインがクビになり、逮捕され、刑務所に入れられると思うと、怖気づかずにはいられなかった。

dark_vanessa：なにもなかった。

＊

誕生日の翌日、宿題の調べ物があるふりをして町の図書館に行きたいと両親に伝えた。ひとりで車を使いたいとせがんだのはそれが初めてだった。ふたりは庭にいて、一年草を植えるために肘まで土まみれになって花壇の手入れをしているところだった。

母は躊躇したけれど、父はいいよと手を振った。

「いつかはひとりで運転しないといけないからな」

鍵を手にして車へ向かったとき、母に呼びかけられた。心臓が跳ねあがった。半分は止めてほしい気もした。

「ついでにミルクを買ってきてくれる?」

車を走らせながら、追放生活中に自分のなかで組みたてたストーリーが、急激な負荷に耐えかねて崩れようとしているのに気づいた。ストレインが関係を続けたがっていて、わたしが十八歳になるのを待っているだなんて、なぜ信じこんだりしたのだろう。無理やり信じようとしたからとしか思えない。最後に話をしたときでさえ、彼はなにひとつ具体的な約束はしなかった。なにもかも大丈夫だと言われたとき、〝大丈夫〟の意味はひとつしかないと思ったが、彼がどんなつもりだったかはわからない。ダメージを受けず、クビにならず、刑務所にも行かないことが〝大丈夫〟の中身だったのかもしれない。ハンドルを握る手がべたついた。なんてたやすく操られ、絵空事を、妄想を信じこんでしまったのだろう。

町まで出ると西に向かう狭い幹線道路に入り、ノルンベガを目指しながら、たしかなものが少しでもあったのだろうかと記憶を探った。たとえば、年の離れた秘密のボーイフレンドがいると学校で漏らしたとき。そのことを考えただけで身がこわばった。あのときわたしが言ったことは、真実そのものではないにせよ、まったくの嘘でもないはずだった。ボーイフレンドと呼べるかどうかはともかく、ストレインはわたしのことを待っていると信じていたから。なのにとっくに用無しになり、捨てられていたのだ。今頃、彼はきれいに気持ちを切り替えて、ほかの女の人や生徒と恋をし、セックスしているかもしれない。

そう考えた瞬間、頭がショートした。閃光と痛みが押し寄せる。車が路肩にはみだし、かろうじて路面に戻った。

ノルンベガは変わっていなかった。川沿いの並木道、本屋、ヘッドショップ、イタリア料理店、パン屋、丘の上から町を見下ろすブロウィック校のまばゆいキャンパス。ストレインの家の私道に車を乗り入れ、ステーションワゴンの後ろにとめた。学校からこの家へ来るときにもこの車に乗った。そのあと、東部の森にドライブへ出かけ、空いたほうの手で股をまさぐられたときにも。ずいぶん時間は過ぎたけれど、二年前となにも変わらないように思える。わたしの服も見た目もあのときと同じだ。それとも、自分が年を取ったことに気づかずにいるのだろうか。もしも、ストレインがわたしだとわからなかったら？　わたしが十六歳になったとき、彼の顔が落胆に曇ったのを覚えている。すっかり大人の女だな。いまのわたしはしなやかさや若さを失ったかもしれない。タフになったとは感じる。少なくとも昔の自分よりは。でも、なぜ？　たいした経験はしていない。森のなかで車の衝突事故を目撃して、男たちとチャットし、銃マニアの負け犬に誘拐されそうになり、軽食レストランに通ってひとりでさんざんパイを食べたくらいだ。それらをひっくるめれば、叡智らしきものになるだろうか。もしいま彼がわたしの先生だとしたら、なびいたりするだろうか。

ストレインを脅かそうと、警官みたいに玄関のドアを叩いた。出てこないかもしれない、半分はそう思った。居間の真ん中に立って息をひそめ、わたしがあきらめて帰るのを待つのではないかと。二度とわたしに会いたくないと思っている可能性はある。だからこそわたしを遠ざけたのかもしれない。わたしとともに、わたしという存在が破滅をもたらす危険を一掃するために。

けれど、違った。玄関で待っていたかのように、ストレインはすぐさま応答した。勢いよくドアが開き、現れた彼は年を取ったようにも、若返ったようにも見えた。白いものが増えた髭。伸びた髪。日焼けした腕。Tシャツにショートパンツ。素足に履いたデッキシューズ。黒い毛に覆われた青白い脚。

「驚いたな。きみか」

ストレインはわたしの背中に手をあててなかへ通した。彼の家のにおい。懐かしむつもりなどないのに、そのにおいに頭をいっぱいにされ、両手を上げて防ごうとした。彼はなにか飲むかと訊き、居間を示してすわるように言った。そして冷蔵庫をあけてビールを二本取りだした。まだ正午を過ぎたばかりだ。

「誕生日おめでとう」ビールが差しだされた。

わたしは受けとらなかった。「あなたがしたことを知ってる」怒りをぶつけるつもりだったのに、声がうわずった。まるで、いまにも泣きだしそうなネズミだ。ストレインがなだめるようにわたしの頰に触れた。身をのけぞらせた瞬間、何年かぶりでロリータと再会したときのハンバートの言葉が頭をよぎった。〝触ったりしないでくれ、死んでしまいそうだ〟

「わたしを退学にさせたでしょ」

追いつめられた人間のように血の気を失い、呆然とするかと思いきや、ストレインは動じなかった。わたしの怒りの攻略ポイントを見定めようとするように、何度か瞬きしただけだった。それを見つけたのか、にっこりした。

「動転しているようだね」

「違う、怒ってる」

「わたしが退学になるようにしむけたでしょ。わたしを捨てた」

「捨てたりしていない」穏やかにそう返された。

「でも、退学になるようにした」

「話しあってそうしたんだろ」彼は苦笑した。おかしなことを言いだしたわたしに困惑したみたいに。「覚えてないのかい」

そして、記憶を呼び起こそうと、すべて引きうけると言いだしたのはきみだ、罪をかぶると決めたきみの顔がどんなに毅然としていたかと続けた。「止めようとしても、止められなかっただろうね」

「そんなこと言った覚えはない」

「それでも、言ったんだ。なにもかも覚えている」ストレインはビールをひと口飲み、手首で口を拭うと続けた。「じつに勇敢だった」

学校を去るまえ、ストレインの家の裏庭で、夜の帳に包まれて交わした最後の会話を思いだそうとした。わたしはすっかり動転し、お願いだから大丈夫だと言って、わたしがすべてを台無しにしたんじゃないと言ってと懇願した。ストレインはそんなわたしにあきれたようだった。あのときのやりとりでなにより覚えているのはそのこといない。

だ。取り乱し、洟を垂らして泣きじゃくるわたしを見る彼の嫌悪の色。自分がなにかを引きうけると言った覚えはない。ふたりとも大丈夫だと彼が言ったことしか覚えていない。

「退学になるなんて知らなかった。そんなこと、一度も言わなかったじゃない」

ストレインは肩をすくめた。それは失礼。「はっきり口にはしなかったにせよ、あの最悪な危機をふたりが切り抜けるには、ああするしかなかったのは明らかだろう？」

「自分が刑務所行きを免れるには、でしょ」

「まあ、そうだね。たしかにその考えも頭にあった。当然ながら」

「でも、わたしは？」

「きみ？　きみがどうした、元気にしているんだろ？　見るからに元気そうじゃないか。それにきれいだ」

頭より先に身体が反応した。息を呑んだ拍子に、歯のあいだで摩擦音が鳴った。

「いいかい。怒る気持ちも、傷つく気持ちもわかる。だが、できるだけのことはしたんだ。私も動転していたしね、わかるだろう？　それで本能が働いた。たしかに自分の身を守ろうとした、でも、きみのことをなにより考えた結果でもあるんだ。ブロウイック校から遠ざけたのは、きみを追及から、破滅の危険から救うためだった。新聞に名前が載ろうものなら、否応なく悪評がついてまわることになるからね、影のように。そんなことは望まなかったろ？　耐えられなかったはずだ」ストレインの目がわたしに据えられた。「ずっと思っていたんだ、なぜああいう選択をしたのか、わかってくれたはずだと。許してくれたかもしれないとさえ思っていた。甘かったようだね。きみの賢明さに期待しすぎていたらしい。これまでも何度かあったように」

冷たいものが背筋を伝い落ちた。狼狽と羞恥が。わたしは鈍くて浅はかだったのかもしれない。

「さあ」ビールの瓶を手渡された。ぼんやりした頭でまだ飲める年じゃないと答えると、「飲めるとも」と笑顔で言われた。

ふたりで居間のソファの端と端にすわった。以前と少しだけ様子が変わっている。ダイレクトメールの山はキッチンカウンターからコーヒーテーブルに移され、新しいハイキングブーツがドアのそばに脱ぎ捨てられている。それ以外は同じだ。家具、壁の絵、棚に並んだ本の位置、あらゆるもののにおい。彼のにおいからは逃れられない。

「ところで、じきにアトランティカ大へ行くんだね。きみには合っていると思うよ」

「どういう意味？　わたしがばかだから、いい大学はふさわしくないってこと？」

「ヴァネッサ」

「選んでもらった大学はどこも合格できなかった。ハーヴァードなんて誰でも行けるわけじゃない」

視線を意識しながら、がぶりとビールを飲んだ。なじみのある軽やかな泡が喉をくだっていく。チャーリーが引っ越してからアルコールは口にしていなかった。

「夏のあいだはどうするんだい」

「アルバイト」

「どこで?」

わたしは肩をすくめた。予算削減で病院のアルバイトには戻れない。「父さんの友達が自動車部品の倉庫で働かないかって」

彼は驚きを隠そうとしたが、眉が上がったのがわかった。「立派な仕事だ。悪くない」

わたしはまたビールを流しこんだ。

「口数が少ないね」

「なにを話せばいいかわからない」

「なんでも話せばいい」

わたしは首を振る。「あなたが知らない人になっちゃったみたいで」

「そんなことはありえない。私は変わっていない。変われるような年じゃないしね」

「わたしは変わった」

「だろうね」

「あなたが知っていたころのわたしほどばかじゃない」

ストレインは首をかしげた。「ばかだったきみなど思いだせないが」

またビールに口をつけた。ふた口で瓶の三分の一がなくなった。彼も瓶を空にし、冷蔵庫へ次の一本を取りに行った。わたしにもう一本。

「いつまで私に怒っているつもりだ？」

「怒ってちゃおかしい？」

「腹立ちの理由を説明してほしい」

「わたしは大事なものを失ったのに、あなたはなにも失わなかったから」

「そんなことはない。大勢の信頼をなくした」

わたしは鼻で笑った。「それがなに？　わたしなんてそれだけじゃない、山ほどなくしたんだから」

「たとえば？」

わたしはビールを両脚ではさみ、指を折って数えあげた。

「ブロウィック校、両親の信頼。新しい学校でもとっくに噂が広まってた。普通の生活を送るチャンスさえなかった。それがトラウマになった」

ストレインは〝トラウマ〟のところで顔をしかめた。「精神科通いでもしたみたいなもの言いだな」

「わたしがどんな思いをしたか知ってもらいたいだけ」

「わかった」

「だって、理不尽でしょ」

「理不尽？」

「わたしがこんな目に遭ったのに、あなたは違った」

「たしかにきみは理不尽に苦しい思いをしたが、私も同じだけ苦しんだところで、理不尽さが消えるわけでもない。苦しさが増すだけだ」

「でも、それじゃ正義は？」

「正義か」ストレインは鼻で笑い、急に顔を険しくした。「法廷にでも突きだすつもりかい。だとすると、私に不当に傷つけられたと信じているということだ。そうなのか？」

わたしはコーヒーテーブルの上で未開栓のまま汗をかいているビール瓶を見つめた。

「そう思っているなら言ってくれ、自首するから。運悪くティーンエイジャーと恋に落ちたというだけで、刑務所に送られ、すべての自由を失い、邪悪なモンスターの烙印を捺されたまま一生を終わるべきだと考えているなら、いま教えてほしい」

そんなことは考えていない。正義というのはそんな意味じゃない。ジェニーが言ったようにストレインが打ちひしがれ、惨めに暮らしていたのか知りたいだけだった。目の前にいる彼は打ちひしがれたようには見えないから。本棚には優秀教員賞の盾が飾られていて、幸せそうだ。

「私が苦しまなかったと思っているなら、間違いだ」こちらの心が読めるように彼がそう言った。きっと読めるんだろう、まえからずっと。「ひどくつらい思いをしたよ」

「信じられない」

ストレインはわたしのほうに身を乗りだして、膝に触れた。「見せたいものがある」そう言って二階へ上がった。廊下をきしませて寝室へ入り、封書を二通持って戻った。ひとつはわたし宛てで、二〇〇一年七月の日付が入っている。最初のところを読んで胃がひっくり返りそうになった。〝ヴァネッサ、覚えているだろうか、去年の十一月、きみのやわらかな温かい膝に顔をうずめて、「きみをめちゃくちゃにしてしまう」と言ったね。そうしてしまっただろうかと、いま尋ねたい気持ちでいる。私に壊されたと感じているだろうか。この手紙を安全にきみに送るすべはないが、罪悪感のあまり危険を冒してしまいそうだ。きみが元気でいるか、気になってたまらない〟。もう一通の中身はバースデーカードだった。内側に〝愛してる、ＪＳ〟とサインがあった。

「今週、思いきって送ろうかと思っていたんだ。ご両親がノルンベガの消印を見ることがないように、オーガスタまで行ってポストに投函しようかと」

わたしは無造作に二通の手紙をコーヒーテーブルに置き、わざと目で天井を仰いだ。これだけじゃ足りない。彼が苦しんだ証拠がもっと必要だ。何枚も何枚も。

ストレインはわたしの隣にすわって言った。「ネッサ、考えてみてほしい。学校を離れることできみは逃げられた。一方こちらは、きみの思い出でいっぱいの場所で過ごさなければならなかった。来る日も来る日も、ふたりが出会った教室で教え、きみの席にほかの生徒がすわっているのを目にしなければならなかったんだ。教員室も、もうずっと使っていない」

「そうなの？」

ストレインはうなずいた。「いまはがらくたでいっぱいだよ。きみがいなくなってからずっとね」

その言葉は聞き流せなかった。使われないままの教員室は、わたしの幻がそこで力を振るっていたあかしに思えた。わたしはずっと彼に取り憑いていたのだ。わたしは逃げられたというのも、言われてみればそのとおりだ。公立高校の廊下や教室は彼のことをまるで思いださせず、それを嘆いてばかりいたけれど、なじみのない環境に放りこまれたからこそ気がまぎれたのかもしれない。彼が味わった痛みを思えば、わたしの受けた仕打ちにもいい面はあったのかもしれない。

わたしは二本目のビールを空けた。三本目がコーヒーテーブルに置かれると、車の運転があるからと断りつつも、さらにがぶりとひと飲みした。アルコールに弱くなったようで、二本飲んだだけで顔が火照り、瞼がとろんとしてきた。飲めば飲むほど来たときに抱えていた怒りから遠ざかっていく。憤懣を岸に残したまま、仰向けに浮いた身体は沖へ漂い、耳もとにさざ波が打ち寄せる。

二年のあいだどうしていたのかと訊かれて、ネットでやりとりしたクレイグやダンスパーティーへ行った同級生のことを思わず話してしまった。「どっちも最悪」ストレインが満面の笑みを浮かべた。嫉妬の欠片も見えない。わたしの試みが失敗に終わったと聞いて満足げだ。

「あなたは？」呂律があやしく、ひどく大きな声になった。

彼は答えなかった。笑みを浮かべて、「どうしていたかはわかるだろ。以前と同じように過ごしていたよ、どこにも行かず」とごまかした。

「そうじゃなくて、誰と過ごしていたかってこと」もうひと口飲み、音を立てて唇を瓶から離した。「トンプスン先生はまだいる?」

ストレインが微笑ましそうに目を細めた。わたしに惹かれているしるしだ。詮索をかわいらしく感じたのだ。「すてきな服だ。見覚えがあるな」

「あなたのために着たの」そんなことを言う自分に腹が立った。ばか正直に教えることなどないのに、止められなかった。それからジェニーとやりとりしたことを告げ、打ちひしがれたみたいな様子だと言っていたと伝えた。「わたしを退学に追いやったのがあなただってことも聞いた。ジェニーはなにもかも知ってる。あなたがジャイルズ校長宛てに書いた手紙も読んだって。わたしのことを〝情緒面で問題を抱えている〟って書いてあるやつを」そう言って、両手の指を曲げて括弧でくる仕草をしてみせた。

ストレインがまじまじとわたしを見た。「なにを読んだって?」

思わずにんまりした。ようやく動揺させてやった。

「どうやってあの文書が読めたんだ?」〝文書〟という言葉にわたしは笑った。

「ジャイルズ校長に見せられたって」

「言語道断だ。まったくもって許しがたい」

「へえ、よかったと思うけど。おかげであなたがどんなに姑息な手を使ったかわかったし」

ストレインが探るように見ながら、わたしがどこまで知っていて、どこまで本気かを見きわめようとする。

「その手紙で、わたしのことを〝問題がある〟って書いたでしょ。頭がおかしいみたいに。おつむの弱い小娘扱いした。なんでそんなことをしたかはわかってる。そうすれば簡単に自分を守れるから、でしょ？　十代の女の子なんてまともじゃない。誰でも知ってるから」

「どうやら飲みすぎたようだね」

わたしは手の甲で口を拭った。「ほかになにを知ってると思う？」

またまじまじと見据えられる。食いしばった顎にいらだちが見てとれる。あまり責めたてると話をさえぎられ、ビールを取りあげられて追いだされるかもしれない。

「もう一通の手紙のことも知ってる。ごく最初のころに書いたやつ。わたしがあなたに熱をあげてるとか、わたしの行動が手に負えなくなったときのために、記録を残しておきたいとかいう内容の。わたしとヤッてもいないうちから、逃げ道を考えてあったってわけ」

ストレインの顔は青ざめたかもしれないが、視界がぼやけてはっきり見えなかった。

「でも、それも納得かも。あなたにとっては、わたしなんてポイ捨てしちゃえる――」

「そんなことはない」

「――ゴミみたいなもんだから」

「違う」

続きを待ったが、それで終わりだった。違う。立ちあがってドアのほうへ数歩歩いたところで引きとめられた。

「帰る」そう言ったものの、強がりなのは丸わかりだった。靴さえ履いていない。

「ほら、酔ってるじゃないか」

「だったらなに」

「横になったほうがいい」彼に連れられて二階へ上がり、廊下を進んで寝室に入った。カーキ色の羽毛布団もタータンチェックのシーツも替わっていない。

「夏なのになんでフランネルのままなの」そこに突っ伏すと、また湖に浮いているような、ベッドが波に揺れているような感じがした。「触らないで」ワンピースの肩紐を外されそうになり、噛みつくように言った。「触ったら死んでやる」

そして壁のほうへ寝返りを打ち、後ろに立つ彼の気配を背中で窺った。長い長い数分のあいだ、いくつものため息と「くそっ」というつぶやきが聞こえた。やがて床板がきしんだ。彼は居間へ下りていった。

待って。戻ってきて。

見守っていてほしかった、そばにいて心配してほしかった。起きていって気絶するふりをしてみようか、床に倒れこんでみようかと考えた。そうしたら彼は駆け寄ってきてわたしを抱き寄せ、目を覚ますまで頬を撫でてくれるかもしれない。それか、泣き真似をしてもいい。泣きじゃくる声を聞けば、きっと飛んできてやさしくしてくれる。結果的にそのやさしさが荒々しさに変わり、固くなったものを太腿に押しつけられるとしても。セックスのまえのひとときが恋しかった。ちやほやされたかった。なのに、あまりの眠気と手足の重さに、あっけなく眠ってしまった。

気がつくとストレインがベッドに入ってくるところだった。驚いて目をあけると、壁の光と影の模様が形を変えたのがわかった。身じろぎすると彼は動きを止め、わたしがまた目を閉じて待つとマットレスに身を横たえた。わたしはじっとしたまますべてを聞き、感じようとした。彼の息遣いを、身体を。

次に目を覚ましたとき身体は仰向けにされ、ワンピースは腰までたくしあげられてショーツが脱がされていた。ストレインは床にひざまずいてわたしの両脚のあいだにかがみこみ、顔をそこにうずめていた。逃げられないように両腕でわたしの太腿を抱えている。そして顔を上げてわたしと目を合わせた。わたしが頭をのけぞらせると、彼はまた続けた。

わたしは蟻のようにちっぽけな自分を高いところから見下ろした。青白い手足を湖に浮かべ、耳まで浸かったところを。水が頬を撫で、口のなかへ入りこもうとしている。じきに溺れそうだ。真下の水中には不気味な生き物たちがひそんでいる。ヒルにウナギ、鋭い歯の生えた魚、足首を食いちぎりそうなほど丈夫な顎をしたカメ。ストレインはやめようとしない。わたしをいかせようと、あそこがひりひりするまで刺激しつづける。頭のなかで映画のフィルムが再生をはじめ、瞼の裏に次から次へと情景を映しだす。暖かなキッチンのカウンターで膨らむパン生地、小切手帳を手に、レジのベルトコンベアにのせられた食料品を眺める母、植物の根が地中へと伸びるコマ撮り映像。泥だらけの腕を洗いながら時計に目をやる両親。どちらも「ヴァネッサは？」

と口にはしない。わたしの帰りが遅いことを認めてしまえば、とたんに不安がちくりと胸を刺すから。

ストレインがベッドに這いのぼり、ペニスに片手を添えてわたしに押し入ったとき、フィルムはぱたりと止まった。わたしははっと目をあけた。「待って」

彼が身をこわばらせた。「やめてほしいのかい」

わたしは枕に頭をうずめた。一拍だけ長めに間があり、ゆっくりと出入りがはじまった。

その波がさらにわたしを岸から遠ざけた。よどみないリズムが、押しては引き、押しては引きを続ける規則的な動きが、またフィルムをまわしはじめる。彼はまえからこんなに重たかっただろうか。肩から滴った汗がわたしの頰に落ちた。まえはこんなふうじゃなかった。

瞼を閉じるとまたパンが膨らみ、食料品が目の前を流れはじめる。膨大な数の砂糖の袋やシリアルの箱、ブロッコリー、ミルクのパックが地平線のかなたへ消えていく。ついでにミルクを買ってきてくれる？　初めてのお使いを頼んだとき、母はうれしそうだった。車を使わせる心配がそれでまぎれるからかもしれない。なんの問題もない、娘は無事に帰ってくる。そうに決まっている。ミルクを買いに行っただけなのだから。

ストレインがうめいた。両手で支えていた上体をわたしにあずける。両腕が肩の下にもぐりこまされ、耳もとに息が吹きかけられる。

息をあえがせながら彼が言った。「きみをいかせたい」

やめてほしい、そう思った。でも口には出さなかった。出せなかった。声が出ず、目も見えない。無理やり目をあけても焦点が合わない。頭には綿が、口には砂利が詰まっている。喉が渇き、吐き気がし、無になる。彼の動きが速くなる。もうじき終わる、あと一分か二分で。そのとき、ある考えが身をつらぬいた——これはレイプ？　彼はわたしを犯してるの？

絶頂に達したとき、彼はわたしの名前を何度も呼んだ。それから身を離し、仰向けに横たわった。その身体はどこもかしこも汗でぬらついていた。前腕や足まで。

「信じられないよ。一日の終わりにこんなことが待っているなんてね」

わたしは首を伸ばして床に吐いた。木の板にゲロが飛び散った。ビールと胃液ばかりだ。頭がいっぱいで、まる一日なにも食べていなかった。

ストレインが肘をついて身を起こし、床の汚れを見下ろした。「なんてことだ、ヴァネッサ」

「ごめんなさい」

「いや、いいんだ。心配ない」彼はベッドから身を引きはがしてパンツを穿き、ゲロを避けてバスルームに入ると、スプレーボトルと雑巾を持って現れ、四つん這いになって床を拭いた。アンモニアと松の洗剤のにおいのなかでわたしはぎゅっと目を閉じていた。胃はまだむかつき、ベッドが身体の下で波打っている。

ベッドに戻ったストレインは、洗剤のにおいのする手で吐いたばかりのわたしの身体を触りはじめた。「じきによくなる。飲みすぎただけだ。このまま眠れば治る」そう言って口と手でわたしの身体の変化をたしかめた。やわらかくなったお腹の肉をつままれると記憶の欠片が呼び起こされた。それともただの夢かもしれない。教室の奥の教員室、小さなソファに寝そべった全裸のわたし、服を着たまま、科学者のような純粋な興味の色を浮かべてその身体を調べる彼。お腹をつままれ、静脈を指でなぞられる。あのころもいまも、そうされるのは痛かった。のしかかってくる手足も、紙やすりのようなてのひらも、両脚のあいだに押しこまれる膝も。なぜこんなにすぐまたできるの？　バスルームのキャビネットにしまわれたバイアグラの瓶、わたしの髪にこびりついたゲロ。覆いかぶさった身体はあまりに大きく、彼が慎重でないと窒息してしまいそうだ。でも彼は慎重だし、やさしいし、わたしを愛しているし、わたしもこれを望んでいる。押し入られるときはいまも真っぷたつに引き裂かれるようで、それはこれからも変わりそうにないけれど、でもわたしもこれを望んでいる。そうに決まっている。

家に帰りついたときには零時十五分前だった。キッチンに入ると母が待っていた。そしてわたしの手から車のキーを引ったくった。

「二度としないで」

わたしは両手をだらんと垂らした。髪はくしゃくしゃ、目は充血したままだ。「どこに行ってたか訊かないの」

母はわたしの目を、その奥を覗きこんだ。すべてお見通しだ。「訊いたら本当のことを話す？」

＊

卒業式ではみんなと同じように泣いたけれど、それは相変わらず苦行としか思えない日々を耐え抜いた安堵の涙だった。式は体育館で行われ、蛍光灯の光でわたしたちの顔は黄ばんで見えた。校長は壇上に進みでる卒業生に拍手を送ることを禁じていた。

式が長引くうえに、大きな拍手を浴びる生徒とそうでない生徒がいると不公平だからだそうだ。ブロウィック校の卒業式も同じ土曜日の午後に行われ、わたしは自分の式のあいだそちらの様子を想像した。食堂の外の芝生に並べられた椅子、ストローブマツの木立を背に立つ校長と教師たち、遠くで鳴る教会の鐘。しんとした体育館の壇上にのぼって卒業証書を受けとるときにも、目を閉じて顔に降りそそぐ日差しを思い浮かべた。ブロウィック校のどっしりとした白いガウンと深紅のサッシュを着けた自分を。校長がわたしの手をおざなりに握り、ほかの生徒に対するのと同じように「おめでとう」と言った。なにもかも無意味に思えた。でも、別にかまわない。本当のわたしはここにはいないのだから。折りたたみ椅子のきしみと、咳払いと、汗の粒が浮いた顔をプログラムであおぐ音ばかりが響く、こんな狭苦しい体育館には。本当はいま、橙色に染まった針状葉の絨毯を踏みしめ、ブロウィック校の先生たちのハグを受けている。校長からも。想像のなかでは、ジャイルズ校長はわたしを追いだしたりしていない。わたしを悪く思ってなどいない。ストレインがわたしに卒業証書を渡す。立っているのは、二年半前にわたしをベッドに寝かせておやすみのキスをしたいと告げた木のそばだ。証書を受けとる瞬間、ふたりの指がかすかに触れあう。誰にも気づかれなくても、そのスリルがわたしを舞いあがらせ、秘密に頬を火照らせて彼の教室を出るときと同じ気持ちにさせる。わたしは空っぽ、どこにもいない、誰でもない。

体育館にいるほうのわたしは証書を手に自分の席へ戻った。靴底がこすれて音を立てた。ひとりだけ手を叩いた保護者を校長がにらんだ。

式のあと、駐車場に出て写真撮影がはじまった。誰もが背後のショッピングモールが写りこまないような角度でカメラにおさまった。父に笑ってと言われたものの、聞く気にもなれなかった。

「ほらほら、せめてうれしそうにしてくれよ」

唇を開いて歯を見せると、牙を剝いた獣みたいな顔になった。


夏はずっと自動車部品倉庫へ通い、ベルトコンベアのうなりとラジオから大音量で流れるクラシックロックを聴きながら、セルモーターやサスペンションの部品出し作業をした。週に二度、シフトが終わるとストレインが駐車場で待っていた。わたしは爪のあいだの汚れをできるだけかきだしてから、ステーションワゴンに乗りこんだ。わたしが安全靴を履き、腕に筋肉をつけていくのを彼は喜んだ。ひと夏の肉体労働はいい経験になる、大学の大切さが身にしみてわかるだろうからと言った。

ときどき怒りに襲われることがあっても、すんだことだと自分に言い聞かせた。ブロウィック校のこと、わたしの退学にストレインが関わったこと、過去のことすべてが。ボストンでサマーインターンに参加できるように力を貸すとストレインに言われていたことを思いだしたり、ブロウィック校の卒業式以後クロゼットの扉に掛けっぱなしにされたハーヴァード大学のガウンを目にしたりするたび、恨めしい気持ちをなんとか抑えた。アトランティカ大学も悪くない選択だ、恥じることなどないと彼は言った。

金曜日の午後、ジャクソン・ブラウンが流れる倉庫で、わたしはシャーシの部品をパレットに集めはじめた。〈ザ・ロード・アウト〉から〈ステイ〉へと流れるように曲が切り替わったあたりで、隣のセクションで部品を集めていた男性が、歌詞の一節をいきなり口ずさんだ。カッターナイフでビニールの包装紙を切ろうとしていたわたしの手がすべり、手首が十五センチにわたって切れた。カーテンに隙間ができるように痛みもなくすっと皮膚が裂け、血があふれだした。ちらりとこちらを見た隣の男性が、傷口を手で押さえたわたしに気づいた。指のあいだからこぼれた血がコンクリートの床に滴る。

「嘘だろ！」スウェットシャツのファスナーをあわてて下ろしながらその人が飛んできて、シャツでわたしの腕を縛った。

「うっかり切っちゃって」

「おいおい」呆然とするばかりのわたしにあきれたように首を振り、その人は結び目を固く締めた。倉庫の埃にまみれた拳(こぶし)には黒い筋がこびりついていた。「いつまで黙って突っ立ってるつもりだったんだ?」

仕事のあとストレインが迎えに来た日は、ティーンエイジャーのカップルみたいにあてもなく車で走り、そのあと家まで送られて私道の入り口で降ろされた。どこにいたのかと母に訊かれると、「マリアとウェンディに誘われて出かけてた」と答えた。学校でお昼を食べていたふたりとは、卒業後口もきいていなかった。

「あの子たちとそんなに仲がよかったとはね」母はもっと詳しく訊くこともできたはずだ。なぜふたりは送ってきたついでに寄っていかないのか、なぜ一度も顔を見せないのかと。うるさく詮索されたら、もう十八歳で、八月末にはアトランティカ大学へ行くんだからと返すつもりだった。でも、母はそうしなかった。そうなのと言うだけだった。自由のせいでわたしは宙ぶらりんな気持ちで、母がなにを知っているのか、なにか疑ってはいないかと不安だった。「本棚の古い本を引っぱりだすのなんてごめんよ」叔母からの電話で幼いころの思い出話になったとき、母がそう言うのを聞いたことがある。母のまわりには壁があった。わたしと同じように。

まだ怒っているかとストレインがわたしに訊いた。彼のベッドで、湿ったフランネルのシーツに汗まみれの身体を横たえていたときのことだ。わたしは開いた窓の外をぼんやり眺め、車や歩行者の音に、家のなかの静寂に耳を澄ました。何度も同じことを訊かれ、延々と確認を求められることにうんざりしていた。ううん、怒ってない。うん、もう許した。うん、そうしたい。ううん、モンスターだなんて思ってない。

「いやならここに来ると思う？」わかりきったことのようにそう訊き返した。ふたりのあいだのわだかまりには気づかないふりをした。わたしの怒りや、屈辱や、痛みにも。そういった口にはできないことこそが、本物のモンスターみたいに思えた。

# 二〇一七年

ルビーとの次のセッションで、わたしは腰を下ろすより先に、自分のことで問い合わせがなかったかと確認する。ゆうべはアイラにも電話して同じことを訊いた。回線の向こうで新しい恋人のひそひそ声がしていた。「あの人から？　なんの用？　早く切っちゃってよ、アイラ」

「問い合わせって、誰から？」ルビーが言う。

「記者とか」

ルビーにぽかんと見つめられながら、わたしは携帯電話を取りだしてメールを開く。

「被害妄想なんかじゃない。実際に起きてることなの。ほら見て」

ルビーが携帯を受けとってメールを読む。「よくわからないけど――」

わたしはその手から携帯を引ったくる。「大げさに思うかもしれないけど、メールだけじゃなく、電話もかかってきてる。しつこいの」

「ヴァネッサ、深呼吸しましょうか」

「疑ってるの？」

「そうじゃない。ただ、落ち着いて説明してほしいだけ」

わたしは腰を下ろし、てのひらの付け根を瞼に押しあてて、できるだけ順序だてて説明する。メールと電話のこと、見られてしまったブログをどうにか削除したこと、ただしその記者がスクリーンショットを保存していること。頭がまとまらず、一文ですらまともに組みたてられない。それでも要点は伝わったらしく、ルビーの顔に同情の色が浮かぶ。

「なんて厚かましい。記者としてのモラルはどうなってるの？」ジャニーンの上司に伝えるか、警察に通報する手もあると勧められるが、警察という言葉を聞いたとたん、わたしは椅子の肘をきつくつかみ、思わず大声をあげる。「だめ！」その瞬間、ルビーの顔に怯えが走る。

「ごめんなさい。パニックで、どうかしてて」

「いいの。当然の反応だと思う。なにより恐れていた状況なんだから」

「彼女を見かけたの。ホテルの外にいた」

「その記者を？」

「いえ、もうひとりのほう。ストレインを告発したテイラーを。そっちもしつこくて。わたしも職場に乗りこんでやろうかと思う。どんな気持ちがするか思い知らせてやりたい」

昨日の夕方、テイラーが通りの向かいからホテルを見ていたことをルビーに伝える。わたしがロビーの窓の外を見やったとき、まさにその窓からこちらを、わたしを見つめていたこと、ブロンドの髪が顔にまとわりついていたことを。ルビーは信じたいけれど難しいと言いたげな、困惑の表情でわたしを見ながら聞いている。

「確信はないんだけど。わたしの妄想かも。ときどきそういうことがあるから」

「妄想？」

わたしは肩をすくめる。「頭に浮かんだ誰かの顔を、知らない人の顔に重ねちゃうとか」

それは厄介だとルビーが言い、わたしはまた肩をすくめる。頻度を尋ねられたので、時と場合によると答える。数カ月なにもないこともあれば、何カ月ものあいだ毎日起きることもある。悪夢と同じように波があって、なにがきっかけではじまるか予想できるとはかぎらない。寄宿学校が舞台の本や映画は避けるようにしているものの、カエデに関する話題や、フランネルの肌触りといった、なんでもないものに不意打ちされることもある。

「頭がいかれてるのかも」

「いいえ、いかれてなんかない、トラウマのせいよ」とルビーが答える。

打ち明けるべきことならほかにもある。アルコールとマリファナでなんとか一日を乗りきっていることとか、迷路に迷いこんだように家のなかで方向を見失い、バスルームの床で寝てしまう夜のこととか。そういった情けない振る舞いを数えあげれば、たやすく診断がくだるのはわかっている。これまで幾晩もかけて心的外傷後ストレス障害について読みあさり、当てはまる症状に頭のなかでチェックもつけた。でも、自分の中身がそんなにあっさりまとめられてしまうのに、なぜか失望も覚えた。それに、その先にあるのは？　カウンセリングに投薬、そして過去との決別だろうか。それで一件落着の人もいるだろうが、わたしに思い浮かぶのは崖っぷちと谷底の激流だけだ。

「記者にわたしのことを書かせるべきだと思う？」

「それは自分にしか決められない」

「たしかに。心はもう決まってる。同意する気はない。ルビーがどう思うか知りたいだけ」

「あなたに大きなストレスがかかると思う。さっき言ったみたいな症状がひどくなって、心身がうまく機能しなくなる恐れがある」

「というより、訊きたいのは、倫理的にどうかってこと。すごいストレスがかかっても、やる意味があるとは思わない？　みんなそう言ってるでしょ、どんな犠牲を払ってでも声をあげるべきだって」

「いいえ」ルビーがきっぱりと言う。「そんなことはない。トラウマを抱えた人には、危険なほどの負担になる」

「だったらなぜ、みんなあんなふうに言うわけ？　あの記者だけじゃない。声をあげた人たちみんなが、そうするべきだと言う。でも、そうは思えなかったら、自分に起きたことをなにもかも公表する気になれなかったら、どうだっていうの？　弱虫？　身勝手？」わたしは片手を突きあげ、ぱっと払う。「ほんと、ばかばかしい。冗談じゃない」

「怒ってるのね。本気で怒るの、初めて見た気がする」

はっとして、鼻から深く息を吸いこむ。なんだか責められている気がすると伝えると、どんなふうにと訊き返される。

「崖っぷちに追いつめられてるみたい。黙っているだけで、レイプ魔の味方だって言われてる気がいきなりしてきて。だいたい、こんな話にわたしが加わる必要なんかないのに！　わたしは性的虐待なんて受けてない。被害を訴えてるほかの人たちとは違う」

「ほかの人があなたと同じような経験をしたら、虐待を受けたと捉える場合もあるだろうけど、そのことはわかってる？」

「もちろん。別に洗脳されてるわけじゃない。ティーンエイジャーが中年男と付きあうべきじゃない理由だってわかってる」

「どんな理由？」

わたしはうんざりした顔をしてみせ、例を挙げる。「力関係の偏りとか、十代の脳は未成熟だとか。そういうくだらないこと」

「自分には当てはまらないと思うのはなぜ？」

話を誘導しないでとわたしは横目でルビーに釘を刺す。「だって、事実だから。ストレインはわたしにやさしかった。慎重だったし、気遣ってくれたし、いやなことはしなかった。でも、男が全員そうだとはかぎらない。若い子ばかりを食い物にするやつらもいる。だから、わたしが生徒だったころは、彼がいくらやさしくても付きあうのは大変だった」

「なぜ？」

「まわりじゅうの目の敵（かたき）にされるから！　嘘をついて、こそこそしなきゃならなかった。彼がわたしを守りきれないときもあったし」

「たとえば？」

「たとえば、わたしが追いだされたときとか」

　それを聞くと、ルビーは眉をひそめてちらりとこちらを見る。「追いだされたって？」

　その話は伏せてあったのを忘れていた。〝追いだされた〟という表現は大げさで、誤った印象を与えてしまいそうだ。悪さをしているところを見つかって、問答無用で追放されたみたいに。でも、わたしには選ぶ権利があった。嘘をつくことを選んだのだ。

　だからルビーに、事情が複雑で、〝追いだされた〟という表現は適切ではなかったかもと伝え、いきさつを説明する。噂と校長室での話し合い、ジェニーのリスト、最後の日の朝の、生徒でいっぱいの教室。前に立たされたわたし。こんなふうに詳しくその話をするのは初めてで、それどころか、こんなふうに一部始終を時系列で考えてみたこと自体、なかったかもしれない。いつもは割れたガラスみたいに断片的に思いだすだけだ。

ルビーが何度か口をはさむ。「その人たちがなにをしたって？」とか、「え、どういうこと？」とか。わたしが気にも留めていなかった部分にまで驚きの声をあげる。たとえば、ジャイルズ校長に初めて呼びだされたとき、授業中にわたしを連れに来たのがストレインだったことや、わたしの件が州に通告されなかったという事実に。

「通告って、児童相談所かどこかにってこと？　やめてよ、そんなんじゃない」

「生徒が虐待を受けている疑いがあれば、教師には通告する義務がある」

「ポートランドに引っ越してきたころ、児童相談所で働いてた。そこにいるのは、本物の虐待を受けた子たちだった。ぞっとするような。わたしとは全然違う」椅子の背にもたれて腕組みをする。「だから話したくないの。すごく大げさな言い方になるから」

ルビーが眉間に深い皺（しわ）を寄せて、しげしげとわたしを見る。「わたしから見るとね、ヴァネッサ、あなたは大げさというより、控えめにしか話さないほうだと思う」

そして聞いたこともないほど厳しい、言い聞かせるような調子で話しはじめる。ブロウィック校はわたしに屈辱的なことを強いた。ほかにどんな経験をしたかに関わらず、同級生の前で恥をかくことを強制されるのは、それだけで十分に心的外傷後ストレス障害の原因になるという。

「誰かひとりに惨めな思いをさせられるのだってひどいことだけど、大勢の前で屈辱を受けるのは……もっとひどいとは言えないけど、話が違う。人格を容赦なく否定されるようなものよ、とくに子供にとっては」

〝子供〟じゃないと訂正しようとすると、ルビーは〝脳が未成熟な人〟と言いなおす。そして目を合わせ、自分自身が使った表現にわたしが文句をつけないかと待つ。こちらが黙っていると、ストレインはその後も学校に残ったのか、教室での集まりでなにが起きるか彼は知っていたのかと訊く。

「知ってた。集まりで言うべきことをいっしょに考えたから。彼の信用を回復するにはそうするしかなかったの」

「あなたが追いだされることも知ってた?」

わたしは肩をすくめる。嘘はつきたくないが、認めるのもためらわれる。知っていたどころか、それを望んでいたことを。

「ねえ、最初の話では、彼はあなたを守りきれなかったって言ってたけど、むしろ原因を作ったのは彼なんじゃない?」

一瞬息が止まるが、すぐに気を取りなおし、こともなげに肩をすくめてみせる。

「事情がこみいってたから。彼はできるだけのことをしてくれた」

「責任は感じていたようだった？」

「わたしが退学になったことに？」

「それもあるし、あなたに嘘をつかせて、罪をかぶせたことに」

「残念ではあるけど、しかたないことだと考えていたと思う。だって、ほかにどんな方法が？　彼が刑務所に入るとか？」

「そのとおり」ルビーがきっぱり答える。「それが選択肢のひとつだったはず。というより、それしかなかった、あなたにしたことは犯罪なんだから」

「刑務所送りになんてなったら、ふたりとも生きていけなかった」

わたしを見つめるルビーの目の奥でギアが切り替わり、頭にメモが取られる。テレビ番組のセラピストみたいにノートに書き留めるのよりはさりげないが、それでも見ればわかる。わたしを子細に観察し、言動のすべてをより広い文脈のなかで捉えようとするルビーを見ていると、自然とストレインを思いだす。そうせずにはいられない。授業中、食い入るようにわたしを見つめ、絶えずわたしを読み解こうとしていたあの目。あなたはお気に入りの患者よとルビーに言われたことがある。次から次へと皮を剝いていくように、なにかしら発見があるからと。それを聞いて、きみは最高の生徒だと言われたみたいにぞくぞくした。特別でかけがえのない存在だとストレインに言われたときのように。きみは謎だ、理解できないとヘンリー・プラウに言われたときのように。

やがて、ルビーがずっと訊きたかったはずのことを口にする。「彼を告発した女性たちの話は本当だと思う?」

いいえと即答する。目を上げると、ルビーが驚いたように瞬きするのが見える。

「嘘をついてると思ってる?」

「そういうわけじゃない。みんな乗せられてるんだと思う」

「乗せられてる?」

「いま起きてる集団ヒステリーに。告発の嵐に。これって、ムーブメントみたいなものでしょ。世間で言われてるとおり。勢いのあるムーブメントに加わりたいと思うのは自然なことだけど、この波に乗るには、恐ろしい経験をしている必要がある。だから大げさに言うのも無理はない。それに、すべてがあいまいだし。言葉の使い方なんて恣意的なものでしょ。なんだって暴行にできる。膝をぽんと叩いただけかもしれないのに」

「でも、無実なら、自殺したのはなぜだと思う？」

「彼はいつも、小児性愛者のレッテルを貼られて生きるなら死んだほうがましだと言ってた。告発を受けて、有罪だと決めつけられるのを悟ったんだと思う」

「彼のこと、怒ってる？」

「自殺したから？　いいえ。理解はできるし、わたしにも少しは責任があるから」

そんなことはないと言いかけるルビーをさえぎって、わたしは続ける。

「そう、わかってる。わたしのせいじゃないのは知ってる。でも、噂のもとになったのはわたしだから。教え子と寝る教師だという話が広まっていなければ、テイラーは告発なんてしなかったかもしれないし、彼女が口を開かなければ、ほかの子たちもあとに続かなかったかもしれない。教師がこういう告発をされたら、やることなすことなんでも色眼鏡で見られて、しまいには、なんの問題もない振る舞いまで悪くとられることになる」ストレインに聞かされてきた話を、そっくりそのまままくしたてる。わたしのなかに残った彼の一部が、急に息を吹き返したかのように。

「考えてもみて。普通の男が女の子の膝をぽんと叩いたとしても、問題にはならない。でも小児性愛者だと思われている男がそうしたら？　みんな大騒ぎする。だから彼には怒ってない。世間に怒ってるの。運悪くわたしと恋に落ちただけで彼をモンスター扱いした世の中に」

「どんなふうに聞こえるかはわかってる。わたしのこと、とんでもない女だと思ってるでしょ」

ルビーは腕組みをして膝に目を落とす。気を落ち着かせようとしているようだ。

「そんなことは思ってない」ルビーが視線を膝に落としたまま、小さく答える。

「じゃあ、どう思ってる？」

深呼吸をひとつして、ルビーがわたしと目を合わせる。「正直に言うとね、ヴァネッサ。いま聞いたかぎりでは、彼はとても弱い人間だったと思う。まだ女の子だったのに、あなたは相手より自分のほうが強いと知っていた。彼が非難に耐えられないとわかっていたから、自分が罪をかぶった。そして、いまも彼を守ろうとしてる」

わたしは頰の内側を嚙んで、身体が勝手に動こうとするのをこらえる。本当は骨が折れるほどきつく身を丸めてしまいたい。「彼のことはもう話したくない」

「わかった」

「だって、まだ悲しいから。なにより、彼を失ったことが苦しい」

「つらいのね」

「そう、耐えられないほど」喉の奥の塊を呑みこむ。「わたしは彼を見殺しにした。

わたしに同情しかけてるかもしれないから、言っておくけど。彼は死ぬ直前に電話してきた。なにをする気かわかってたのに、わたしは止めなかった」

「あなたのせいじゃない」

「ほんと、ルビーはそればっかり。わたしはなんにも悪くないみたい」

ルビーは答えず、また困惑の表情でわたしを見つめる。せっせと墓穴を掘る哀れな女だと思っているにちがいない。

「わたしはあの人を苦しめた。わたしがすべての元凶だって、ルビーにはわかってない。わたしのせいで、あの人の人生はめちゃくちゃになった」

「向こうは大人であなたは十五歳だった。どうやって彼を苦しめたっていうの?」

少しのあいだ言葉に詰まる。思いつく答えはこのくらいしかない——彼のクラスに入ったから。この世に存在したから。生まれてきたから。

顎を引いて、口を開く。「彼はわたしをすごく愛してた。わたしが教室を出たあと、ときどきわたしの席にすわってみるくらいに。テーブルに突っ伏して、わたしのにおいを嗅ごうとするくらいに」これまでにも、わたしに対する彼の抑えがたい思いのあかしとして何度か人に聞かせた話だが、いま口に出してみて、ルビーやほかの人たちにそれがどう聞こえるか、初めてわかった。洗脳か錯乱を疑われるはずだ。

「ヴァネッサ」ルビーが静かに言う。「あなたがそれを望んだわけじゃない。あなたはブロウィック校に行きたかっただけ」

わたしはルビーの肩越しに窓の外を眺めやる。港。群れ飛ぶカモメ。鉛色の空と海。でも見えているのは自分の姿だ。十六歳になったばかりで、涙を浮かべ、教室で大勢の前に立って、自分は嘘つきで罰を受けるべき悪い生徒だと認めるわたしの姿。なにを考えているのと遠くでルビーの声がするが、答えはわかっているにちがいない。真実を前にわたしがたじろいでいることを。そこには殺風景な事実があるだけだ。身を隠す場所などどこにもない。

# 二〇〇六年

九月初旬、大学の最終学年のスタートをまえに、わたしは窓を全開にして部屋の掃除をしていた。アパートメントの前の賑やかな通りからは、季節の移り変わりを感じさせる音が聞こえてくる。トロリーバスツアーの拡声器から響く声、引っ越しトラックのうめくようなブレーキ音。夏の名残りと値下がりしたホテル代を目当てにやってきた観光客の最後の波。町の中心はキャンパスへ移りつつあり、五月までアトランティカの町は大学そのものになる。ルームメートのブリジットは翌日ロードアイランドから戻る予定で、その次の日からが新学期だった。わたしは夏じゅうどこへも行かず、ホテルで清掃のアルバイトをし、夜は酔っぱらってネットサーフィンばかりして過ごした。ストレインが訪ねてくるときだけは別だが、来たのは数えるほどだった。長距離運転のせいにしていたけれど、本当は小汚い部屋がいやなだけだ。初めてやってきたとき、彼は室内を見まわしてこう言った。「ヴァネッサ、この部屋にいると自殺したくなりそうだ」ストレインは四十八歳、わたしは二十一歳になったが、状況は六年前とたいして変わらなかった。刑務所行きや失職といった大きな危険はなくなったものの、わたしはまだ両親に嘘をついていた。彼の存在を知っている友達はブリジットひとりだった。ふたりで過ごすのは彼の家かわたしのアパートメントのどちらかで、いつもシェードを下ろしたままにした。たまの外出も、行き先は知り合いに見られる恐れがほぼない場所ばかりだった。かつては必要に迫られて人目をしのんでいたのに、いまでは気恥ずかしさからそうしているようだった。

ストレインが来るのでめずらしくシャワーヘッドを拭いていると、携帯電話の着信音が鳴った――〝ジェイコブ・ストレイン〟

洗剤でしわしわになった指で〝応答〟ボタンを押した。「もしもし、いまどこ――」

「今夜は行けそうにない。仕事が山積みなんだ」

居間に移動しながら話を聞いた。英語科主任に再任され、責任が増すばかりだという。「英語科はひどいありさまでね。産休に入る教員がいるし、新任教員はまるで使えない。しかも、新たにカウンセリングプログラムを全学で実施するとかで、きみの年と変わらないような若い子が雇われて、生徒への寄り添い方をわれわれに伝授するらしい。まったく、大きなお世話だ。こっちは二十年この仕事をしているんだ」

わたしは首振り扇風機の動きに合わせて居間を行きつ戻りつしはじめた。置いてある家具はダクトテープで補強したラタンのラウンドチェアが一脚、牛乳ケースでこしらえたコーヒーテーブル、実家から持ってきた古いテレビ台だけだ。それと、じきにソファが手に入ることになっている。ブリジットが無料でくれる人を知っているそうだ。

「でも、ふたりで過ごせる最後のチャンスなのに」

「長旅にでも出かけるのかい。そんな話、聞いてないが」

「ルームメートが明日引っ越してくるの」

「そうか」ストレインは舌打ちをした。「でも、寝室は別だろ。ドアは閉められる」

わたしは小さくため息を漏らした。

「むくれないでくれよ」

「むくれてない」と言いつつ、むくれていた。手足が重たくなり、下唇が突きでる。

午前中ずっと、寝室の空き瓶やコーヒーカップを片づけ、皿を洗い、髪の毛だらけのバスタブをきれいにして過ごしたのに。それに、彼に会いたかった。がっかりしている本当の理由はそれだ。もう二週間会っていない。

送話口に向かってぼそりとつぶやいた。「我慢できない」それが気持ちにいちばん近い言葉だった。性的な意味じゃない。求めているものはセックスとは違った。ストレインに見つめられ、褒めそやされ、わたしをわかってもらうことだった。ほかのみんなと同じふりをするだけの退屈な日々を乗りきる活力を与えてもらうことだった。

電話の向こうで微笑んだ気配がした。喉の奥でふっと息を吐くかすかな音。〝我慢できない〟がお気に召したようだ。「できるだけ早く行くよ」

翌日の午後、ブリジットがやってきた。居間の真ん中に荷物を下ろすと目を輝かせて訊いた。「彼は?」ブリジットはストレインに会いたがっていた。ひょっとすると存在を疑っていたのかもしれない。春に部屋の賃貸契約を結んだあと、バーで彼とのことを大まかに話してあった。ブリジットはわたしと同じ英文学の専攻で、三年間同じ授業に出ていたが、親しいわけではなかった。いっしょに住むことにしたのは都合がよかったからで、ブリジットが寝室ふたつのアパートメントを見つけたとき、たまたまわたしも部屋を探していたというだけだ。それでもある夜、バーでいっしょに飲んでいて、ブロウィック校に〝一年ほど〟通っていたという話をしたあと――普段ならそこまでしか打ち明けない――五杯目を飲み終わるころには、とりとめもなくすべてをぶちまけていた。ストレインの目に留まって恋に落ちたこと。彼を裏切るまいと自分が退学になったこと。それでも離れているのに耐えられず、年の差やあれこれを乗り越えて、よりを戻したこと。ブリジットは聞き手として完璧で、話の山場では目をみはり、つらい場面ではわかるようなずき、批判がましいことは一切言わなかった。それ以降、ブリジットはわたしから話を持ちださないかぎり、ストレインのことには触れなかった。〝彼は？〟と訊いたのも、前日にわたしがメッセージを送って〝明日着いたとき、部屋におじさんがいてもびっくりしないでね〟と断っておいたからだ。ストレインを冗談の種にしたのはそのときが初めてで、それがあまりに痛快で驚いた。

彼のことを尋ねられたわたしは首を振っただけで説明はせず、ブリジットもそれ以上訊かなかった。

ふたりでブリジットの残りの荷物を部屋に運んだ。衣類と枕とシーツが詰まった黒いゴミ袋がいくつか。靴でいっぱいのゴミ箱、ＤＶＤが詰まった電気鍋。それからソファを受けとりに行った。ふたりがかりでそれを持ちあげ、通行車にクラクションを鳴らされながら四ブロックの距離を運んだ。途中で歩道にソファを下ろしてすわり、脚を投げだして日差しを手でさえぎりながらひと息入れた。アパートメントに戻ってソファを運びあげ、居間の壁際に据えてしまうと、午後の残りは甘ったるいワインをお供に《ザ・ヒルズ》を見て過ごした。めいめい瓶からラッパ飲みして、手の甲で口を拭い、新しいエピソードがはじまるたびにテーマソングを口ずさんだ。

日が落ちてワインがなくなると通りの店へ買い出しに行き、それを飲みながらバーに繰りだすための身支度を整えた。居間をはさんで反対側にあるブリジットの寝室からはライロ・カイリーの曲が大音量で流れ、それを聴きながらわたしはヘアアイロンで髪をまっすぐにし、アイラインを引いた。やがてブリジットがハサミを手に寝室の入り口に現れた。

「ぱっつん前髪にしてあげる」

ブリジットはわたしをバスタブの縁にすわらせ、ノートパソコンに表示させたジェニー・ルイスの写真をお手本に、ペンキのこびりついたハサミで前髪を切ってくれた。

「ほら、ばっちり」と鏡が見えるようにブリジットが脇に寄った。小さな女の子みたいなわたしがそこにいた。切りそろえられた前髪の下から大きな目が覗いている。

「すごくかわいい」ブリジットが言った。

わたしは首を左右にまわしてみながら、ストレインはどう思うだろうと考えた。

バーではスツールに腰かけたままビールをひたすら飲む羽目になった。若い男たちがブリジットにしょっちゅう声をかけ、肌に触れようとハグを求めるからだ。ブリジットはきれいだった。高い頬骨も、蜂蜜色の長い髪も。前歯の隙間も男たちの目を引きつけた。わたしはといえば、かわいくはあっても美人ではないし、頭はいいけれど野暮ったかった。辛辣でとげとげしく、いつもぴりぴりしていた。ブリジットの婚約者に会ったときには、そばにいるだけでタマを蹴りあげられたみたいな気分になると言われた。

*

アトランティカは朝霧と潮風の大学だった。ピンクの花崗岩の浜辺に寝そべって日光浴をする斑(ふ)入りのアザラシたち、捕鯨船の船長の邸宅を改造した校舎、食堂に飾られた巨大なザトウクジラの頭蓋骨。大学のマスコットはカブトガニで、校内の書店には〝カニ食った？(GOT CRABS)〟（〝ケジラミがいる？〟の意もあり）の文字が背中に入ったスウェットシャツが山積みされ、学生たちの笑いの種になっていた。運動部はなく、学生たちは学長をファーストネームで呼び、教授はテバサンダルにTシャツ姿で、犬を連れて授業に来た。わたしは大学が気に入っていて、卒業したくなかった。ずっとそこにいたかった。

大人になりたくない気持ちの根底にあるものに目を向ける必要があると、ストレインは言っていた。わたしくらいの年頃には誰もが自分を被害者だと考えがちだと。「そういった考えに抗うのは、とくに若い女性には難しい。世間はひたすらきみたちを無力でいさせようとするからね」被害者意識は大人になりきれていないしるしだと一般には見なされる。被害者として振る舞うことを選んだ女性は、個人としての責任から解放され、必然的に周囲の庇護を受けることになる。だから、いったん被害者になることを選ぶと、繰り返し同じ選択をするのだという。

十五歳のころと同じように、わたしはまだ自分が人とは違っていて、暗くたちの悪い部分を持っていると感じていたが、そんな自分を理解しようとつとめてはいた。成人と未成年者の恋をテーマにした本や映画を片っ端からあさり、〝年の差もの〟にすっかり詳しくなった。これはわたしだと思えるものをひたすら探したが、本当にしっくりくるものは見つからなかった。そういった物語に出てくる少女たちはいつも被害者だ。でも、わたしは違う。昔のわたしにストレインがなにをして、なにをしなかったかということとは関係がない。わたしが被害者でないのは、なりたいと望んでいないからだ。本人が望んでいなければ被害者にはなりようがない、そういうことだ。なにがレイプでなにがセックスかは受けとめ方で決まる。その気がある子をレイプはできない、でしょ？　大学一年のとき、パーティーで知りあったばかりの男と酔っぱらって帰ろうとするルームメートを止めようとした際に、そう言われた。その気がある子をレイプはできない。ひどいジョークなのはたしかだけれど、一理はある。

それに、ストレインがわたしを傷つけたことが事実だとしても、女の子なら誰でも古傷くらい持っている。アトランティカ大学に入学したばかりのころ、ブロウィック校のときと同じように女子寮に住んでいた。といっても、アルコールやマリファナが簡単に手に入り、監視の目もほとんどない、危なっかしい環境だった。廊下に並んだ各部屋のドアはあけっぱなしで、寮生たちは夜遅くまで部屋から部屋へと渡り歩き、あけすけに秘密を打ち明けあった。数時間前に会ったばかりの子たちがわたしのベッドに並んですわり、冷たい母親や意地の悪い父親のこと、恋人の浮気のこと、理不尽な世の中のことを涙ながらに訴えることもあった。年上の男と付きあっている子はいなかったが、それぞれに厄介な問題を抱えていた。ストレインと出会っていなかったとしても、それほど違いはなかったかもしれない。若い男に利用され、ないがしろにされ、心をずたずたにされていた可能性もある。少なくともストレインは、同級生から聞かされるよりもましな物語をわたしにくれた。

ときどき、そんなふうに考えるほうが楽な気がすることがあった。これは物語なのだと。前年の秋に文芸創作のワークショップに参加したとき、わたしは学期中ずっとストレインのことを書いた作品ばかりを提出した。授業で批評を受けるときには、言われたことをノートに書き留めた。ばかげた意見や意地の悪い意見を含め、寄せられたコメントすべてをそのまま記録した。たとえば誰かに「つまり、主人公は尻軽女なんだと思う。だって誰が教師と寝たりする？　誰がそんなことを？」と問われると、それを逐一ノートに取り、自分自身の問いも添えた。（なぜわたしはそんなことをしたのか。尻軽女だから？）

教室を出るときは満身創痍の気分だったが、それを贖罪のように、当然の報いのようにも感じた。ワークショップで手厳しい批評に黙って耐えるのは、ブロウィック校の教室の前に立たされ、質問を浴びせられたときの感じと似ている気もしたが、深くは考えないようにした。ただおとなしく時をやりすごした。

最終学年の文学ゼミの担当は新任の教授だった。ヘンリー・プラウ。指導教員の研究室を訪ねたとき、隣の部屋のネームプレートにその名前が書かれているのに気づいた。ドアの隙間から、机ひとつと椅子二脚があるきりのがらんとした室内が覗いていた。ゼミの初日、わたしはミーティングテーブルのいちばん端の席についた。二日酔いで、アルコールが抜けきらず、肌や髪からビールの臭いがぷんぷんしていた。見知った顔の学生たちが教室に入ってくるのを眺めているうち、脳が痙攣をはじめたみたいに目がちかちかし、音がわんわん鳴りだした。いきなり頭に激痛が走り、指で瞼を押さえた。目をあけるとそこにジェニー・マーフィーがいた。元ルームメート、かりそめの親友、そしてわたしの人生を壊した張本人のジェニーだ。席にすわって頬杖をついている。茶色のボブヘア、ほっそりとした首の線。ちっとも変わっていない。転校してきたのだろうか。わたしは身を震わせながら、ジェニーが気づくのを待った。ふたりともまったく年を取っていないなんて不思議だ。わたしも十五歳のころのままで、そばかすも長い赤毛も変わっていない。

ジェニーに気を取られているあいだに、教科書を抱えて革のバッグを肩にかけたヘンリー・プラウが教室に入ってきた。わたしはジェニーから視線を引きはがして新任の教授を見た。一瞬、ストレインかと思った。髭もじゃの顔に眼鏡。重々しい足取り、広い肩幅。でも、すぐに違いがはっきりした。圧倒されるほどの長身ではなく平均的な背丈で、髪も髭も黒ではなくブロンド、瞳は灰色ではなく茶色、眼鏡はワイヤーフレームではなく角縁（つのぶち）だ。胴まわりもほっそりしていて、若い。最後に気づいたのが若さだった。白髪はなく、髭の下の肌にも張りがあるから、三十代なかばだろう。ストレインになるまえのやわらかい蛹(さなぎ)といったところだ。

ヘンリー・プラウが教科書をテーブルにどさりと置くと、大きな音に学生たちがたじろいだ。

「すまない、わざとじゃないんだ」

そう言って教科書をもう一度手に取り、扱いに迷うようにしばらく両手で持っていたあと、卓上にそっと置きなおした。

「そろそろはじめようか。ぶざまな登場は忘れてもらえるかな」

話しはじめたとたん、ストレインとはまるで印象が違うのがわかった。愛想よく控えめで、ストレインの最初の授業のようにクラスを震えあがらせはしなかった。読んだことがないと誰も言いだせずにいる詩の解説を黒板いっぱいに書きならべもしなかった。それでもヘンリー・プラウが出席簿の名前を順に呼びながらテーブルを見まわし、ひとりひとりと目を合わせる様子を見ていると、まるでストレインの教室に戻って、彼に視線を注がれているような気がした。開いた窓から風が運ぶ潮の香りが、ストレインの教員室のラジエーターから漂う焼けた埃のにおいに変わる。カモメの鳴き声は半時間ごとに鳴るノルンベガ教会の鐘の音だ。

テーブルの向かいにいるジェニーがようやくこちらを向いた。目が合うと、それはジェニーとはまったくの別人だった。丸い顔と茶色の髪、これまでも何度か同じ授業を受けたことがある女子学生だ。

ヘンリー・プラウが出席簿の末尾にたどりついた。いつものとおり、わたしは最後だ。

「ヴァネッサ・ワイ？」新学期の初日にしては、なんだか切々とした響きに聞こえた。ヴァネッサ、どうして（ワイ）？

身体が震えて腕を上げられず、指を二本立てて応えた。テーブルの向こうでジェニーと見間違えた子がペンのキャップを外すのが見えたとたん、頭に押し寄せていた波が引きはじめ、あとには腐って絡まった海藻とゴミだけが残った。いつもの恐れがよぎった。わたしは頭がおかしいのかもしれない。自分に酔い、妄想に耽っているのかもしれない。脳内の世界にはまりこんで、無関係な人たちまで勝手に幽霊に仕立てあげてしまう。

ヘンリー・プラウが顔を覚えようとするようにわたしをしげしげと見た。そして出席簿のわたしの名前の横にしるしをつけた。

ゼミが終わるまで、わたしは椅子の上で身を縮め、たまにちらりと目を上げるだけにした。心は窓の外をさまよってばかりだった。逃げだしたかったのか、それとも広々とした景色を見たかったのか。授業が終わると海霧に髪を縮れさせながら海岸沿いの遊歩道をひとりで歩いて帰宅した。真っ暗ななか、イヤフォンを着けて大きな音で音楽を聴いていたので、背後から誰かにつかみかかられたりすれば、逃げようがなかっただろう。愚かで無分別な振る舞いだ。認めたくはないけれど、うなじに吹きかかるモンスターの息を想像してわたしはスリルを覚えていた。足を前へ進ませているのは、要するに期待だった。

ストレインが金曜日の夜に会いに来た。わたしはアパートメント一階にあるベーグル店の階段にすわって待っていた。朝はいつもその店のイーストとコーヒーの香りが部屋いっぱいに立ちこめる。気温の高い夜だった。ノースリーブのワンピースの女の子たちがぞろぞろとバーに向かい、詩のクラスでいっしょの男子学生がビールを飲みながらスケートボードに乗って通りすぎた。ステーションワゴンで現れたストレインは、人目につきやすい表通りを避けて路地に入った。アトランティカにはブロウィック校の卒業生なんていないのに、相変わらず用心を続けていた。

まもなく暗い路地から出てきて、街灯の明かりの下で笑顔を見せ、腕を差しのべた。

「おいで」

ストーンウォッシュのジーンズに白いテニスシューズ。おじさんファッションだ。会うのは数週間ぶりで、少しとまどったものの、その胸に顔をうずめた。そうすれば赤らんだ鼻も、白いものの目立つ顎ひげも、ベルトの上にのっかったお腹も見ずにすむ。

ストレインはわたしのではなく自分の家に入るように先に立って暗い階段をのぼった。「ソファが入ったね」なかへ入るとそう言った。「ましになった」

皮肉っぽく言ってこちらを向いたが、わたしの姿を見ると口もとをほころばせた。外の通りでは暗すぎて気づかなかったのだ。薄いワンピースに切りそろえた前髪、目尻を跳ねあげたアイラインにローズの口紅でおしゃれしたわたしに。

「これはこれは。一九六五年のフランスの少女みたいだ」

そうやって褒められただけで身体から力が抜け、彼のダサい服もそれほどダサくは見えなくなり……はしなくても、気にはならなくなった。彼はつねに年を取る。でないと困る。だからこそ、若さと美しさに満ちたわたしでいられるのだから。

寝室のドアを開けるまえにひとこと断った。「掃除する暇がなかったから、大目に見てね」

明かりが点くとストレインは散らかり具合をたしかめた。山積みの服、ベッド脇の床に並んだコーヒーカップとワインの空き瓶、粉々になってカーペットにもぐりこんだアイシャドウ。

「こんな暮らしが平気だなんて理解できないね」

「こういうのが好きなの」わたしは両手でベッドの上の服を払い落とした。好きなわけではないが、部屋の乱れは心の乱れだとお説教されるのはごめんだった。

ふたりで横になった。ストレインは仰向けになり、わたしは彼と壁のあいだに横向きに身体を押しこんだ。授業のことを訊かれたので科目名を挙げていき、ヘンリー・プラウのゼミの番が来たところで少しためらった。「あとは最終学年ゼミ」

「教授は？」

「ヘンリー・プラウ。新しく来た人」

「どこの博士号を持ってる？」

「知らない。講義要項（シラバス）には書かれてないから」

ストレインはやや不満げに眉をひそめた。「先のことは考えているかい」

先のこと。卒業後の。両親は南の街へ出ることを望んでいた。ポートランドやボストンや、さらに都会に。「ここにはおまえにふさわしいものなんてなにもない」父は冗談めかしてそう言った。「老人ホームとリハビリセンターばかりさ。オーガスタ以北には年寄りか依存症患者しかいないからな」ストレインもここを離れるべきだ、視野を広げて世界に出ていくべきだと言っていたが、そのあとこんなことも付け足すのだった。「きみがいないとどうなることやら。下劣な本能に屈してしまうかもな」

わたしはあいまいに首を振った。「まあ、ちょっとは。ね、吸わない？」ストレインの身体ごしに手を伸ばし、マリファナを入れてある宝石箱を取りあげた。パイプに詰める様子を彼は顔をしかめて見ていたが、わたしが手渡すと、長々と吸った。

「二十一歳の恋人がいるせいで、中年になってから薬物に溺れるとはね」煙を吐きながら言ったので、声がかすれていた。「まあ、ありそうなことではあるが」

わたしも口をつけ、喉が焼けるほど強く吸いこんだ。恋人と呼ばれて気持ちがはずむのが癪(しゃく)だった。

ふたりでマリファナを吸いながら、ベッド脇の床にほとんど手つかずで置いてあったワインを空けた。小さなテレビを点け、チャットルームで知りあった少女を誘いだそうとする男をおとり捜査で逮捕するリアリティ番組を五分だけ見て耐えきれずにやめた。代わりに映画を見ることにした。といっても、家にあるのはそれまで見ていた番組と似たようなテーマのものばかりだった。《ロリータ》の新旧バージョンに《プリティ・ベビー》、《アメリカン・ビューティー》、《ロスト・イン・トランスレーション》。それでも、映画のほうはどれも美しさに焦点があてられ、ラブストーリーとして描かれている。

ストレインにワンピースを脱がされ、仰向けに横たえられたときにはすっかりハイになり、煙に巻かれたようにぼんやりしていたが、あそこに口をつけられたとたん意識がはっきりした。わたしは両脚をぎゅっと閉じた。「それはいや」

「ネッサ、頼むよ」彼は閉じた太腿に顔をのせてわたしを見上げた。「させてくれ」

わたしは天井を見上げて首を振った。一年かそれ以上のあいだ、口でされるのを拒否していた。されたからといって死ぬわけではないが、認めたら負けな気がした。

「快楽を拒むことはないだろう」

わたしは全身の筋肉をきゅっと縮めた。羽のように軽く、板のように硬く。

「自分を罰してるのか」

意識がワームホールに転がり落ちていく。やわらかい凹凸と緩やかな起伏に覆われた筒のなかへと。夜の海が見えてくる。花崗岩の岸辺に波が打ち寄せている。ストレインがそこにいて、ピンクの岩の上に立ち、両手を口の左右にあてて〝させてくれ、きみを悦ばせたいんだ〟と叫びつづけている。でもわたしはつかまらない。白波を切って泳ぐ斑入りのアザラシ、力強い大きな翼でどこまでも飛んでいく海鳥になる。彼にも誰にも見つからない新月になる。

「頑固だな」ストレインがわたしに覆いかぶさり、股のあいだに膝を割りこませる。

「愚かしいほど頑固だ」

そして入ってこようとするが、そのまえに自分の手で勃たせないといけない。すぐに萎えてしまうのだ。手を貸すこともできるけれど、身体は羽のように軽く、板のように硬いままだ。それに、わたしの問題でもない。四十八歳の男が二十一歳の女の子の前で萎えてしまうなら、なにに勃起できるというのか。十五歳の女の子にならたぶん。ノルンベガの彼の自宅では、初めてしたときのことを再現してみることもあった。さあ、リラックスして。深呼吸してごらん。

出し入れがはじまるとわたしは目を閉じ、繰り返し映しだされるおなじみの情景を眺めた。膨らむパンの塊、ベルトコンベアで運ばれる食料品、やわらかい土のなかを白い根が伸びていくコマ撮り映像。フィルムが再生されるにつれ全身が粟立ち、胸が波打ちはじめる。目をあけても見えるのは同じ情景ばかりだ。彼にのしかかられ、ファックされているのはわかっているのに、それが見えない。そういうことが頻繁に起きた。そのことをストレインに最後に相談したときには、心因性の視覚障害みたいだなと言われた。気を楽にすればいい。身体の力を抜くんだ、いいね。

わたしは自分の首をつかんだ。彼に絞めてほしかった。それしか元に戻る方法はない。「強く絞めて。力ずくで」そうしてくれるのはせがんだときだけだ。あえぎながら「お願い」と繰り返すとようやく彼は聞き入れ、しぶしぶわたしの喉を押さえる。とたんに目の前に部屋が現れ、汗を滴らせて覗きこむ彼の顔も見えるようになる。

終わったあとでストレインは言った。「こんなことはしたくないよ、ヴァネッサ」わたしは身を起こし、ベッドの端に寄って床のワンピースを拾った。トイレに行きたいけれど、裸で歩くところは見せたくない。ブリジットがいつ帰ってくるかもわからない。

「ひどく不安になるんだ」

「なにが?」わたしは頭からワンピースをかぶった。

「きみが乱暴なことを求めるのが。どうにも……」顔がゆがめられる。「翳(かげ)が深すぎるよ。私から見てもね」

明かりを消し、《プリティ・ベビー》を消音モードで流しながら眠ろうとしていると、ブリジットがバーから帰ってきた。聞き耳を立てていると、居間を歩きまわったあと、ややおぼつかない足取りでバスルームに入ったのがわかった。水が勢いよく流れだしたが、嘔吐の音は消せなかった。

「介抱したほうがいいだろうか」ストレインが小声で訊いた。

「大丈夫」そう答えたものの、彼がいなければ様子を見に行ったはずだ。ストレインをブリジットに近づけたくないからか、その逆なのかは自分でもわからなかった。

しばらくするとブリジットはキッチンに入った。食器棚の扉をあけ、シリアルの箱の内袋に手を突っこむ音がした。いつもならこんな夜はふたりで通販番組でも見ながらソファで寝てしまうはずだ。

毛布の下でストレインがわたしの太腿に手を這わせた。

そして「私が来ていることを知ってるのか」とひそめた声で訊き、ブリジットが歩きまわる音を聞きながら、わたしの股間をまさぐりはじめた。

翌朝、ベッドで目を覚ますとひとりだった。ストレインは帰ったのだと思っていたら、居間で足音が聞こえ、バスルームのドアが開く音がした。それから「あっ、ごめんなさい！」というブリジットのびっくりしたかん高い声に続いて、彼のあわてた返事が聞こえた。「いや、いいんだ。もう帰るところだから」

そのままふたりの自己紹介を聞いていた。ストレインは〝ジェイコブ〟と名乗った。自分がごく普通の男で、これがごく普通の状況であるかのように。急に怖くなったわたしは、ホラー映画でクロゼットの扉の下から鉤爪が伸びているのに気づいた若い娘みたいにベッドの上で身をこわばらせた。彼が寝室に戻ると寝ているふりをした。肩に触れられ、名前を呼ばれても、目をあけなかった。

「起きてるんだろ。ルームメートに会ったよ。いい子みたいだね。笑うとすきっ歯が覗くのがいい」

わたしは上掛けを顔の上まで引っぱりあげた。

「もう帰るよ。お別れのキスは？」

上掛けの下からもぞもぞと片腕を出し、ハイタッチでごまかそうと手を上げたが、無視された。ストレインの重たい足音が遠ざかり、ブリジットに別れの挨拶をする声が聞こえると、わたしは両手で顔を覆った。

目をあけると腕組みをしたブリジットが部屋の入り口に立っていた。「この部屋、セックスのにおいがする」

わたしは身を起こして上掛けをかき寄せた。「わかってる、あの人キモいでしょ」

「キモくないよ」

「年だし。すごい年寄り」

ブリジットは笑って髪を払いのけた。「ほんと、そんなにひどくなかったって」

服を着てふたりで一階のベーグル店へ行き、ベーコンエッグベーグルとブラックコーヒーを注文した。窓際のテーブルについて、もじゃもじゃの毛の大型犬を連れて散歩中のカップルを眺めた。犬はピンクの舌をだらんと出して息をあえがせている。

ブリジットが言った。「十五歳からずっとあの人と付きあってるの？」

わたしは歯のあいだからコーヒーをすすって舌をやけどした。詮索するなんてブリジットらしくない。わたしたちは互いに距離を保っていて、その領域のことを冗談めかして〝無干渉ゾーン〟と呼んでいた。だから故郷のロードアイランドに婚約者がいるブリジットが男たちと遊んでいても見て見ぬふりをしていたし、わたしはわたしで気がねなくストレインと会っていた。

「くっついたり離れたりだけど」

「あの人が初めてのセックスの相手？」

わたしは窓の外の犬連れのカップルに目をやったままうなずいた。「初めてで唯一の」

それを聞いてブリジットが目をみはった。「待って、ほんとに？　ほかには誰とも？」

わたしは肩をすくめてさらにコーヒーを飲み、今度は喉をやけどした。自分の人生が相手の顔を衝撃と感嘆にゆがませるのを見て満足を覚えたが、一秒だけ長く続くあいだに、それは啞然とした表情に変わった。

「そんなの想像もつかない」ブリジットが言った。

わたしはにじんだ涙を隠そうとした。気にすることじゃない。こんなのなんでもない。ブリジットは興味をそそられているだけだ。友達を持つというのはこういうこと、彼氏の話や十代の武勇伝を打ち明けあうことなのだ。

「怖かった?」

ベーグルをちびちび食べながら、わたしは首を振った。怖かったわけがない。彼は気遣いにあふれていた。公立高校での、チャーリーとウィル・コヴィエロのことを思いだした。チャーリーがウィルにフェラチオをしたあと、貧乏白人と呼ばれて口もきいてもらえなくなったこと。欲望が満たされて満足したウィルが、うすら笑いを浮かべてボウリング場に戻ってきたこと。そんな屈辱を受けたなら怖かっただろう。ストレインは違う。彼は目の前にひざまずいて、わたしに愛を誓ったのだ。

わたしはじろりとブリジットを見て言った。「彼は大事にしてくれた。わたしは運がよかった」

秋がいきなりやってきた。ホテルは休業し、出稼ぎ労働者は国へ引きあげた。木々は九月の二週目に色を変え、曇り空が黄色い葉を寒々しく見せていた。朝は冷えこんで霧でじめつき、目を覚ますとじっとりしたシーツが足首にまとわりついていた。

九月の終わり、ヘンリー・プラウのゼミがはじまるのを待っていたとき、一年生のときから同じ文芸創作のワークショップに参加している女子学生が、席について本の山をミーティングテーブルに置いた。あちこちの文芸誌に投稿している子で、いつもカウボーイブーツにミニスカート姿なので〝アイオワ向け〟だとわたしの指導教員はまえに言っていた。てっぺんに積まれた本はウラジーミル・ナボコフの『青白い炎』だった。それを見てわたしははっとした。〝来ておくれ、賛美され、愛撫されるために／わが黒きヴァネッサ〟

ヘンリーがその本を指差した。「いい選択だね。ぼくの愛読書だ」

その子はにっこり笑った。注目されて頬がぱっと染まった。「二十世紀文学のレポート用です。いま書いてるんですけど」──そこで目を見開き──「手ごわくて」

隣にいる男子学生がどういう話なのか訊いたので、わたしも動悸と火照りを覚えながら耳をそばだてていると、その子は説明に詰まり、口ごもった。ヘンリーが助け舟を出そうとしたが、わたしは大きな声で割って入った。

「筋らしい筋があるわけじゃないの。少なくとも、そういう読み方をする本じゃない。詩と註釈の形をとっていて、その註釈自体が物語になってるんだけど、註釈の書き手が信頼できないから、なにもかも信頼できないの。この小説は意味というものに抗っていて、読み手にコントロールを放棄させる……」

言葉が尻すぼみになった。こんなふうに、ストレインに取り憑かれたような話し方をするたびに、ばつの悪さに襲われる。ストレインが口にすれば立派に聞こえるのに、わたしが同じようにすると、高慢で辛辣な性悪女になった気がする。

「まあとにかく」とその子は言った。「ナボコフの作品のなかではお気に入りってわけじゃないかも。『セバスチャン・ナイトの真の生涯』も読んだけど、そっちのほうがずっとよかった」

わたしは小声で訂正した。「『真実の生涯』」

相手はうんざりした顔で背を向けたが、残りの学生たちが席に着くあいだ、テーブルの正面にすわったヘンリーは、かすかな笑みを浮かべてわたしを見つめていた。

ゼミが終わって家に帰ると、夕食をこしらえ、翌週はじまるシェイクスピア論の単元のために『タイタス・アンドロニカス』を読んだ。切断された手やパイにして焼かれる頭が登場する、暴力的で残虐な戯曲だ。将軍の娘のラヴィニアは強姦されたのちに、犯人の男たちの手で口がきけないように舌を切断され、文字も書けないように両手も切り落とされる。それでも必死に真実を告げようと、口に棒をくわえて地面に男たちの名前を刻む。

戯曲のそのくだりにさしかかったとき、わたしは読むのをやめて、ストレインに昔もらった『ロリータ』を本棚から出してぱらぱらとめくり、百六十五ページに探していた箇所を見つけた。ロリータが新聞記事をふざけて読みあげる場面だ。子供たちへのアドバイスとして、知らない男からキャンディをあげると言われても断り、男の車のナンバーを道端に刻みつけるようにと勧められている。わたしは余白に鉛筆で〝ラヴィニア?〟と書きこみ、ページの隅を折った。それからまた『タイタス・アンドロニカス』の続きを読もうとしたが、集中できなかった。

ノートパソコンを開いて、三年前に開設したブログを呼びだした。一般公開にしてあるものの、身元がばれないように偽名を使い、そのうえ数週間ごとに自分の本名をググって、検索結果に含まれないことをたしかめていた。そのブログを続けるのは、ヘッドフォンを着けて夜道を歩いたり、バーに行って目がまわるほど酔ったりするのと同様の危険な行為だった。〝心理学一〇一〟の教科書にある〝無謀な行動〟に当てはまるような。

## 二〇〇六年九月二十八日

教授が今日ナボコフのことを口にしたので、この急展開について書いておこうと思う。

このことをどう言い表したらいいだろう。〝このこと〟と言っても、実際にはなにもなく、たちの悪いわたしの脳が生みだした物語があるだけだ。でも、登場人物や設定や細かな点がこれだけ似通っているのに、おなじみの物語に飛びつかずにいるなんて無理では？（教室のなか、ミーティングテーブルの後ろの席に目をやる教授、朗読をあてられるたびに声を震わせる赤毛の娘）

ばかげている。わたしはばかだ。ろくに知らない相手に勝手な思い入れを抱くなんて。知っていることといえば、黒板の前に立つ姿と、検索すれば誰でも調べがつくようなわかりきった事実だけなのに。なんだか、わたしのほうが教室にいるみんなのなかから彼を選んだみたいな気がする。Sにされたことを自分がしているみたいな。でも、このシナリオでSの役を務めるのは教授のほうでは？

教授に会うとわかっている日には、十五歳のころのような服装をするようになった。丈の短いワンピースにコンバースのスニーカー、おさげ髪。精いっぱいニンフェットっぽい格好をしてみせ、わたしがどんな娘で、どんなことができるかを彼に気づかせようとしているみたいだ。つまりわたしは……正真正銘、いかれてるのかもしれない。

今日彼は、『青白い炎』が愛読書だと言った（『ロリータ』じゃない。『ロリータ』が愛読書だと言うなんて想像できる？）。たいしたことじゃない。無難なコメントだ。英語の教授ならみんなあの小説が好きなはず。でも、自分にとって特別なあの本を教授が好きだというのを聞いたとたん、啓示に打たれたような気がした。『青白い炎』と聞くと、Sに蔵書を手渡されて三十七ページを見せられ、そこに自分の名前を見つけたときのあの気持ちを思いださずにはいられない。〝わが黒きヴァネッサ〟

こんなふうに、わたしの頭は登場人物同士を勝手に結びつけてしまう。なんにでも意味づけせずにはいられないことがときどき呪いみたいに思える。

＊

アトランティカにはバーが三軒あった。地ビールが生で飲めて床が清潔な学生向けの店。ビリヤード台と卵のピクルスの瓶詰めが並んだ居酒屋。そして桟橋の先端にあり、酔った漁師たちがナイフで喧嘩をするバー兼オイスター小屋。ブリジットもわたしも学生向けのバーにしか行ったことがなかったが、居酒屋では土曜の夜にダンスパーティーがあるらしいとブリジットが聞いてきた。

「知り合いはいないだろうし、気楽にやれるんじゃない」

そのとおりだった。アトランティカ大学の学生はわたしたちだけで、照明が暗くてはっきりしないものの、ほかは誰もが十歳は年上のようだった。冷えたテキーラを何杯かやったあと、瓶ビールを手にダンスフロアに向かい、ラッパ飲みしながら、カニエやビヨンセやシャキーラに合わせて腰を振った。ふたりともふらふらで互いにしがみつき、顔に垂れかかった赤毛と金髪が瓶の口にまでもぐりこんだ。なにをするのもいっしょなのかと誰かにからかわれたが、あまりに楽しかったので、いやな顔もせずに笑って「かもね！」と答えた。ＤＪがテクノをかけると、ひと息つくことにしてダンスフロアを離れ、カウンターに引き返した。すると目の前にお酒が置かれた。レッドソックスの野球帽に迷彩柄のジャケットの男からの奢りだった。

「ふたりともいい踊りっぷりだ」そう言われた瞬間、相手が高校時代にボウリング場で出会った気味の悪い男、クレイグに見えてぞっとした。瞬きすると、それは知らない男で、あばた顔で息が臭かった。しつこくまとわりついてくるので、しかたなくダンスフロアに逃げだした。帰りぎわにブリジットがトイレに行き、テキーラで目がまわるほど酔ったわたしがカウンターにもたれていたとき、男がまた現れた。はっきり見えなくてもにおいでわかった。ビールと煙草となにかが腐ったような悪臭が顔に浴びせられ、お尻に手が伸ばされた。「友達のほうがかわいいが、あんたとのほうが楽しくやれそうだ」

一秒、二秒、三秒のあいだわたしはじっとしていた。十歳のころ、母の車のドアに指をはさんだときと同じ、麻痺したような感覚に襲われた。そのときも痛みに悲鳴はあげず、突っ立ったまま考えていた——いつまで耐えられる？　それから男の手を払いのけ、失せろと告げると、くそアマと罵られた。ブリジットがトイレから戻ってきて、鍵束につけた催涙スプレーの小型缶を振って突きつけたので、男はブリジットをいかれ女と呼んだ。帰り道は手をつないで何度も後ろを振り返り、びくびくしながら歩いた。

アパートメントに戻ると、ブリジットはマカロニチーズのボウルを抱えたままソファで眠りこんだ。わたしはバスルームにこもってストレインに電話をかけた。留守電に切り替わったので、何度も何度もかけなおすと、ようやく眠たげな声で応答があった。

「真夜中なのはわかってる」わたしは言った。

「酔ってるのか」

「〝酔ってる〟の定義による」

ため息。「酔ってるな」

「触られたの」

「え?」

「男に。バーで。お尻をつかまれた」

電話の向こうで、要点を話すのを待つような間があった。

「なにも言わないで、いきなり触ってきたの」

「なにもかも報告する必要はないよ。きみは若い。楽しんだっていいんだ」

いまは安全なのかと彼は訊き、朝にもう一度かけてくるようにと言った。父親のようにわたしを案じていて、本当の親よりもわたしのことを知っている。両親とは日曜日の夜の二十分の電話で、ありきたりな話をするだけだ。

丸めたタオルを枕にしてタイルの床に寝そべったまま、わたしはぼそりと言った。

「迷惑でごめんなさい」

「いいんだ」そう返されたが、迷惑なんかじゃないと言ってほしかった。きみはきれいで、大切で、かけがえのない存在なんだと。

「でもまあ、あなたのせいだし、でしょ？」

間がある。「そうかい」

「わたしのだめなところは、みんなあなたが原因だから」

「こんな話はやめよう」

「あなたがこんなふうにしたんじゃない」

「ベイビー、寝なさい」

「違う？　違うならそう言ってよ」わたしは天井の水漏れのしみを見つめた。

ようやくストレインが答えた。「きみがそう思っているのはわかってる」

ゼミで『テンペスト』について討論するとき、誰かとペアを組むようにとヘンリーに指示された。数秒のうちに、誰もがわずかな身振りと目配せで相手を選んだ。めいめいが椅子を寄せて席につくあいだ、わたしは立ったまま、あぶれた学生はいないかと教室を見まわした。ヘンリーの気遣うような視線を感じた。

「ヴァネッサ、来て」エイミー・デュセットが手招きした。わたしが腰を下ろすとエイミーが身を寄せて囁いた。「わたし読んでないの。読んだ?」

わたしは肩をすくめて軽くうなずき、嘘をついた。「ちらっと見ただけ」本当は二回読みとおし、内容についてストレインと電話で話してあった。教授を感心させたかったら、その戯曲をポストコロニアル的と表現するか、書いたのはフランシス・ベーコンだというジョークを言えばいいとアドバイスされた。フランシス・ベーコンって誰と訊いてみたけれど、教えてくれなかった。「課題を丸ごと手伝うつもりはないよ。調べなさい」

あらすじをエイミーに説明しながら、わたしはペアからペアへと歩きまわるヘンリーを目の端で追い、こちらに近づいてくるのを待って、わざとらしいほど高く明るい声を張りあげた。「どっちみち、この戯曲がどういうものかはたいして問題じゃない。だって、書いたのはシェイクスピアじゃなく、フランシス・ベーコンなんだから!」

ヘンリーが笑った。お腹の底から、大きな声で。

授業が終わって教室を出ようとしたとき、ヘンリーに呼びとめられて、『タイタス・アンドロニカス』のラヴィニアについてのわたしのレポートを渡された。切断された舌と両手、それがもたらした沈黙と、レイプに直面した際に言葉が出なくなることに着目して書いたものだった。

「よく書けてたよ。それにジョークも気に入った。授業中のね、レポートじゃなく」ヘンリーは顔を赤らめて続けた。「レポートにはジョークはなかったと思うが、もしかしたら見落としたかな」

「いえ、ジョークは書いてません」

「よかった」首まで赤く染まっていた。

ふたりでいるのが気づまりで、全身が逃げだしたがっていた。レポートを上着のポケットに突っこんでバックパックを肩にかけたが、呼びとめられた。「四年生だったね。大学院には進むつもりかい」

唐突な質問に、わたしは驚いて笑った。「わかりません。まだ決めてなくて」

「考えるべきだよ。そこに書かれた内容だけでも」――ポケットに突っこんだレポートが手で示された――「合格は十分に期待できるはずだ」

歩いて帰る途中にさっそくレポートに目を通した。どのへんに見込みがありそうなのかと思いながら、まっさきに余白に書かれたヘンリーのコメントを熟読し、次にコメントのついた本文中の箇所を読み返した。急いで書いたせいで第一段落に三カ所もタイプミスがあるし、結論もお粗末だ。ストレインならBをつけるだろう。

十一月の第一週、ストレインが海沿いの高級レストランとホテルの部屋を予約した。ドレスアップするように言われたので、細い肩紐つきの黒いシルクのサマードレスを着た。ちゃんとした服はそれしか持っていなかった。レストランはミシュランの星つきだと聞かされ、意味がわかっているふりをした。店は木造倉庫を改装したものだった。古びた板壁にむきだしの梁、白いテーブルクロス、茶色い革張りの安楽椅子。メニューは帆立貝のアスパラガス・フラン添えだとか、フィレ肉のフォアグラのせといったものばかりで、値段はどこにも書かれていなかった。

「わけわかんない」生意気な口をきいたつもりだったのに、心細いのだとストレインは受けとったらしい。ウェイターが来るとわたしの分の注文もした。ウサギのロース肉のプロシュート包み、サーモンのザクロソース添え、デザートはシャンパンゼリーとパンナコッタ。運ばれてきた料理は、でかでかとした白い皿の中央にちんまりと盛りつけられていて、あまりに完璧な形のせいで食べ物らしく見えなかった。

「どうだい」ストレインが訊いた。

「おいしい、と思う」

「思う?」

感謝が足りないと言いたげな目で見られ、たしかにそうだと思いつつ、ハイクラスな世界にぼうっとなった田舎娘のように目を丸くしてみせる気にはなれなかった。ポートランドでも誕生日にこんなレストランに連れていかれたことがあった。そのときはかわいげを見せようと料理に感嘆の声を漏らし、すごく優雅ねとテーブルごしに囁いてみせた。いまはパンナコッタを雑につついているところだった。サマードレス一枚の身体は震え、むきだしの腕には鳥肌が立っている。

彼がふたりのグラスにワインを注ぎ足した。「卒業後はどうするか、少しは考えたかい」

「そんなこと訊かれると楽しくない」

「楽しくないのは、なんのプランも立てていないからだろ」

わたしは唇のあいだからスプーンを引き抜いた。「もう少し時間をかけて考えたい」

「時間なら七カ月ある」

「そうじゃなくて、留年するってこと。時間稼ぎにわざと単位を全部落とすの」

ストレインがまたもの言いたげな顔をした。

「考えてたんだけど」わたしはゆっくりと言って、スプーンでパンナコッタをぐちゃぐちゃにかき混ぜた。「なにも思いつかなかったら、あなたの家に行ってもいい？

いざというときには、ってことだけど」

「だめだ」

「考えてもないじゃない」

わたしは椅子の背にもたれて腕組みをした。

「考える必要もない。ばかげている」

ストレインは身を乗りだし、頭を低くして小声で言った。「同棲なんてだめだ」

「同棲なんて言ってない」

「ご両親がどう思う？」

わたしは肩をすくめた。「知らせなければいい」

「知らせなければいい、か」彼がオウム返しに言って首を振る。「どのみち、ノルンベガの住人には気づかれる。きみがうちにいるのを見たらどう思われるか。いまだにあの件が尾を引いているんだ、蒸し返されるわけにはいかない」

「わかった。もういい」

「きみなら大丈夫だ。私は必要ない」

「もういいってば。いまの話は忘れて」

ストレインの言葉にはいらだちがにじんでいた。わたしがそんな話を持ちだしたこと、望んでいること自体を苦々しく思っている。わたし自身も、いまだに彼のことで頭がいっぱいの子供じみた自分が歯がゆかった。何年もまえにストレインに予言されたわたしとは大違いだ。二十歳になるころには十人と恋に落ち、彼はそのなかのひとりになっていたはずなのに。二十一歳になっても、わたしにはまだ彼しかいない。

伝票が来ると、わたしは先に手を伸ばして金額をたしかめた。三百十七ドル。一度の食事にそんな大金をと思うと胸がむかついたけれど、なにも言わずにテーブルごしに押しやった。

ディナーのあとは、ホテルから角を曲がったところにあるカクテルラウンジに行った。薄暗い窓、重厚な扉、控えめな店内の照明。隅の小さなテーブルについたとき、ウェイターがわたしの身分証をあまりにもしげしげと見るので、ストレインがいらついて言った。「さあ、もういいだろう」隣では二組の中年カップルが海外旅行の話をしていた。スカンジナビア、バルト海、サンクトペテルブルク。男性のひとりがほかの三人に向かってしきりにこう言っていた。「あそこは行くべきだよ。こことは大違いだから。ここは肥溜めだな。ぜひともあそこへ行くといい」肥溜めとはどこのことだろう。メイン州か、アメリカか、あるいはたんにこの店のことだろうか。

ストレインとわたしは膝が触れあうほど身を寄せあってすわっていた。隣の話をさりげなく聞きながら、彼がわたしの太腿に手を這わせた。「きみも飲むかい」そう言ってサゼラックを二杯注文した。わたしにはウィスキーの味しかわからなかった。

ストレインがわたしの股間に手をもぐりこませ、下着の上から親指であそこを撫でた。腰をもぞもぞさせ、咳払いするのを見て、勃起しているのがわかった。年増の妻を連れた同世代の男たちの隣でわたしに触るのを楽しんでいることも。

わたしはサゼラックをお代わりし、もう一杯、さらにもう一杯飲んだ。ストレインの手はわたしの太腿をまさぐりつづけていた。

「鳥肌が立ってるじゃないか。十一月にパンティストッキングを穿かないなんて、どういう娘なんだ」

違うと言ってやりたくなった。タイツでしょ。いまどき誰もパンティストッキングなんて言わない。一九五〇年代じゃあるまいし。口をひらくまえに、彼が自分の問いに答えた。

「不良娘だな、間違いない」

ホテルのロビーでは、ストレインがチェックインをすませるのを離れて待った。誰もいないコンシェルジュデスクに並んだものを見ていて、うっかりパンフレットの山を床に落とした。部屋に向かうエレベーターのなかで彼が言った。「フロント係にウインクされたよ」そして到着音が鳴ると同時にわたしにキスをした。フロアで待っている誰かに見せつけたかったらしいが、ドアがあくとそこは無人だった。

「吐きそう」わたしはドアのハンドルを力まかせに押しさげた。「もう、早くあいてよ」

「その部屋じゃない。なんでそんなに酔うほど飲んだんだ」ストレインに連れられて廊下を奥へ進み、部屋に入った。そのままバスルームに飛びこみ、床にしゃがみこんで便器を抱えた。彼は入り口に立って見ていた。

「百五十ドルのディナーが水の泡だ」

ひどく酔っていてセックスどころではないのに、彼はやろうとした。頭を枕に沈めると脚を開かされた。最後に覚えているのは、あそこに触らないでと言ったことだ。ちゃんと聞こえたらしく、目を覚ましたとき下着は着けたままだった。

翌朝、アトランティカへ送ってもらう途中、カーラジオでブルース・スプリングスティーンの〈レッド・ヘッデッド・ウーマン〉が流れた。ストレインは横目でわたしを見ながら歌詞ににやりと笑い、わたしにも笑わせようとした。

なあ、聞きなよ

おまえの人生はろくでもなかった
ひざまずいて
赤毛の女を味わうまではな

わたしは手を伸ばしてラジオを消した。「最悪」

数キロの沈黙のあと、ストレインが言った。「言い忘れていたが、ブロウィック校に新しく来たカウンセラーはきみの大学の教授と夫婦だそうだ」

二日酔いがひどくてどうでもよかった。「へえ、びっくり」わたしはそうつぶやき、冷たいウィンドウに頬を押しあてて、飛ぶように流れていく海岸線を眺めた。

ヘンリーの研究室は学内最大の校舎の四階にあった。コンクリート打ち放しの、校内でいちばんみっともない建物で、ほとんどの学部がそこに集まり、四階に英語学部が入っていた。開け放たれたいくつものドアの奥に、机や肘掛椅子やぎゅう詰めの本棚が覗いていた。どの部屋もストレインを思いださせた。ちくちくするソファに緑がかった色の窓ガラス。その廊下を歩くといつも時間を平板に感じた。幾重にも折りたたまれる折り紙みたいに。

ヘンリーの研究室のドアは少しあいていて、数センチの隙間から覗くと、彼が机の上のノートパソコンで動画を見ているのがわかった。ドア枠を軽くノックすると、ヘンリーははっとしたようにスペースキーを押して動画を止めた。

「ヴァネッサ」ドアが大きく開かれた。その声には、わたしがひとりで訪ねてきたのを喜ぶような響きがあった。室内は学期がはじまるまえにちらっと見たときと変わらず、殺風景なままだった。床のラグはなし、壁にも額の類いは見あたらない。ただし、こまごまとした物はいくらか増えていた。机には書類が散らばり、棚の本は雑に積みあげられ、埃っぽい黒のバックパックが、片方の肩紐でファイルキャビネットに吊ってある。

「お忙しいですか。出なおしましょうか」

「いや、いいんだ。ちょっとした仕事をしようとしていただけだから」ふたりとも一時停止されたノートパソコンの画面に目をやった。ギターを抱えた男が演奏の途中で固まっている。「〝しようとしていた〟ところでね」ヘンリーはそう続けて空いた椅子を勧めた。そこにすわるまえに、わたしは机と椅子の距離を目で測った。近くにはあるものの、手を伸ばせば届くほどではない。

「最終論文の案を思いついたんですけど、ゼミで読んでいない本を扱う必要があって」

「その、ナボコフなんですけど。『ロリータ』に見られるシェイクスピアの影響はどうかなと」

「どんな本だい」

一年生のときの〝信頼できない語り手〟についての授業で、わたしが『ロリータ』をラブストーリーだと言うと、教授に「この小説をラブストーリーと呼ぶのは、あなたがとんでもない誤読をしているあかしです」とさえぎられ、最後まで発言することさえ許されなかった。それ以来、どの授業でもその話を持ちだすのはやめた。

でもヘンリーは椅子の背にもたれて腕を組み、ゼミで読んだ戯曲と『ロリータ』とのあいだにどんな接点があると思うのかと訊いた。わたしは自分が見つけた類似点を説明した。『タイタス』のラヴィニアが地面にレイプ犯の名前を刻むところと、レイプされ、身寄りのなくなったロリータが、知らない男にキャンディをあげると言われたら地面に相手の車のナンバーを残せと助言する記事をふざけて読みあげるところ。『ヘンリー四世』のフォルスタッフがハル王子をたぶらかして家族から引き離すところと、小児性愛者が奔放な子供をたぶらかすところ。『オセロ』のイチゴの刺繍のハンカチと、ハンバートがロリータに与えたイチゴ柄のパジャマ。

最後の指摘にヘンリーは眉をひそめた。「パジャマのくだりは覚えてないな」

わたしは話をやめ、頭のなかで小説のページを繰ってその場面を思いだそうとした。ロリータの母親が死ぬまえだったか、それともロリータとハンバートが車の旅をはじめるとき、最初にふたりで泊まったホテルでのことだろうか。そこではっとして身をこわばらせた。ストレインがドレッサーの抽斗(ひきだし)からパジャマを出したところを思いだしたのだ。それをバスルームで着るときの布の指触りも、まぶしい明かりと冷たい床のタイルも。昔見た映画のワンシーンみたいに、安全に離れた場所からそれを眺めているような気がした。

そこでわれに返った。向かいにすわったヘンリーは口を小さくあけ、穏やかな目でこちらを見ていた。

「どうかしたかい」

「そこは記憶違いかもしれません」

かまわないよとヘンリーは言い、とにかくすべてがすばらしく、非常に優れていて、おおかたの学生から聞いている論文テーマのなかでも断トツにいいと続けた。

「ところで、『ロリータ』でいちばん好きなくだりは、タンポポのところなんだ」

わたしは少し考え、どこだったか思いだそうとした……タンポポ、タンポポ。その一文のあるページが目に浮かんだ。小説の最初のほう、まだラムズデールに住んでいて、ロリータの母親も生きていたころだ。〝タンポポはほとんどが太陽から月に変わっていた〟

「月ですね」

ヘンリーはうなずいた。「太陽から月に変わっていた」

その瞬間、わたしたちの脳がつながったように感じた。わたしの脳からコードがするすると伸びて彼の脳に接続し、共通のイメージがふたりの頭に植えつけられて、いっぱいに広がっていくみたいだった。劣情に満ちたあの小説のなかで、そういったものとは無縁なあの一文にヘンリーが心惹かれたのが不思議だった。ロリータの小さくしなやかな身体の描写にでも、ハンバートの自己弁護にでもなく、庭の雑草の思いがけない可憐さに。

ヘンリーが首を振ると、ふたりをつないでいたコードがぷつんと切れ、その瞬間は失われた。

「まあ、ともかく、あれはうまい一文だよ」

## 二〇〇六年十一月十七日

『ロリータ』について教授と三十分話してきたところ。お気に入りの一文（〝タンポポはほとんどが太陽から月に変わっていた〟七十三ページ）を教わった。話の途中で〝ニンフェット〟と言うのを聞いたとたん、彼を引き裂いて食べてしまいたくなった。

教授はわたしが隅々まで話を知っていることを不思議に思ったみたいだ。わたしが細かな記述のひとつに——ハンバートが最初の妻に惹かれた理由のひとつが、黒いビロードのスリッパを履いた足だったという箇所に——触れたとき、教授はこう訊いた。「ほかの授業でこの本を読んでいるのかい、それとも……？」つまり、どうしてそんなに詳しいのかということだ。わたしの本だからだと答えた。この本はわたしのものなのだと。

「自分のものだと思う本がときどきあるでしょ？」とわたしが言うと、たしかにと教授はうなずいた。

教授に下心はないだろうし、わたしのことは洞察力のある頭のいい女子学生としか思っていないはずだ。でも、こんなこともあった。研究室を出るまえにわたしがコートを着ようとしたとき、袖に腕が通らずにちょっとよろめいた。すると教授は小さく身じろぎした。わたしに手を貸そうとして、自制心を働かせてやめたように。

でも、わたしを見るまなざしはやさしかった。とても。これまでそんな目でわたしを見たのはSだけだ。

わたしは欲張りなのか、頭が妄想でいっぱいなのか。また別の先生と恋愛だなんて、冗談じゃない。雷は同じ場所に二度落ちないとか言うはずだ。でも、もしもそうなったら、前回と同じような扱いを受けるんだろうか。基本的事実を見れば、まえよりずっと受け入れられやすいはず。十五歳ではなく二十一歳で、四十二歳ではなく三十四歳だから。性的同意年齢に達した大人同士だ。スキャンダルか恋愛かなんて、誰が決められる？

先走りすぎなのは明らかだ。でも、自分がどういう人間で、どんなふうになれるかもわかっている。

大学出版局でのインターンシップで、新刊の宣伝で町に来る有名詩人を迎える準備をまかせられた。もうひとりのインターンのジムとわたしで二週間かけて宣伝資料を作成し、それを主任と副局長に見せ、修正に修正を重ねた。車でポートランドの空港へその詩人を迎えに行きたいかと訊かれたとき、わたしはチャンスに飛びついた。着ていく服をあれこれ吟味し、大学までの一時間のための話題もリストにした。身の程知らずだとは思いながら、わたしに興味を持ってもらえるという夢のような事態に備えて、出来のいい自作の詩をプリントアウトまでした。

詩人が到着する前日のこと、給湯室で電気ケトルに水を入れていると、出版局長のアイリーンが近づいてきた。

「ヴァネッサ、どうも」低く抑えた、お悔やみでも言うような口調だった。名前を覚えてもらっているとは知らなかった。話しかけられるのは春の面接以来だ。

「明日のロバートの来校のことなの。空港へのお迎えをあなたが引きうけてくれたそうだけど、ロバートはちょっと、その……」わかるでしょという顔でアイリーンはわたしを見た。わたしが黙って見つめ返すと、さらに声を落として続けた。「強引なところがあって。その――手が早いっていうか」

わたしは電気ケトルを持ったまま、目をぱちくりさせた。「へえ」

「前回彼のためにイベントをしたときに事件があったの。まあ〝事件〟というのは大げさだけど。たいしたことじゃなかったの、本当に。でもあなたはなるべく近づかないほうがいいかもしれない。安全のためにね。わかってもらえる？」

顔を赤くして何度も大きくうなずいたので、ケトルの水がちゃぽんと跳ねた。アイリーンも赤面していた。こんなことを告げるのが気まずいのだ。

「じゃあ、空港に迎えに行くのはやめたほうがいいですか」そんなことはない、もちろん行くべきよと言ってもらえるのを期待したものの、アイリーンは残念だけれどしかたがないという顔で眉をひそめた。

「そのほうがいいと思う。ジェームズにお願いするわね」

ジェームズって、と訊き返しそうになったが、ジムのことだと気づいた。

「わかってくれてありがとう、ヴァネッサ。本当に助かる」

午後の残りは、レポートのまとめや読み物をして過ごしたものの、なにひとつ頭に入らなかった。心臓がばくばくして歯の根が合わないほどだった。「あなたはなるべく近づかないほうがいいかもしれない」というアイリーンの言葉を思いだすと全身に鳥肌が立った。その声が耳のなかで響きつづけていた。「あなたは」という言い方は、わたしに問題があるみたいに聞こえた。


学期の終わりまでマリファナは買い足さず、お酒もあまり飲まなかった。自然とそうなっていて、我慢したわけでもないのに、気づけば十日間もしらふだった。皿洗いやバスルームの掃除もした。定期的に洗濯までしたので、下着の代わりにビキニの下を着ける必要もなくなった。

ヘンリー・プラウとはたびたびキャンパスで顔を合わせた。学生センターで週に三回もすれちがった。図書館のアルバイトで書架に本を戻していると、ヘンリーが現れてカートにぶつかりそうになった。アパートメント下のベーグル店でわたしの三人前にヘンリーが並んでいたときには、自分が寝起きする場所のすぐ近くに彼がいることにどぎまぎした。ときには、すれちがいざまにヘンリーにぱっと近づいて、ゼミのことでどうでもいい質問をしたりした。とっくに答えは知っているのに。ある日、そばを通りかかったわたしがふざけて腕をパンチすると、彼は驚いたようににっこりした。かと思えば、自分があまりにも必死な気がして、知らない人みたいにヘンリーを無視することもあった。声をかけられたとき、眉をひそめてみせもした。

後まわしにしていたヘンリーのゼミの学期末レポートは、最終週の金曜日の午後に仕上がった。プリントアウトした紙がまだ温かいうちにわたしはキャンパスを突っ切り、空っぽの駐車場と明かりの消えた校舎の横を通って、ヘンリーの研究室へ急いだ。館内に入ると英語学部の廊下のドアはどこも閉まっていた。ヘンリーの部屋も同じだったが、在室中なのは知っていた。窓に明かりがついているのを外からたしかめてあった。

ノックはせず、レポートをドアの下から差しこんだ。ヘンリーが表紙を見てわたしの名前に気づき、ドアをあけに来てくれることを期待していた。息を殺して待つとノブがまわってドアが開いた。

「ヴァネッサ」ヘンリーが感激したようにわたしの名前を呼び、レポートを拾いあげて訊いた。「うまく書けたかい。読むのを楽しみにしていたんだ」

わたしは肩をすくめた。「あんまり期待しないでください」

ヘンリーは最初の数ページをめくった。「期待するに決まっているよ。きみが書いてくるものはどれもすばらしいからね」

わたしは入り口に立ったまま、どうすべきか迷った。レポートを提出して学期も終わり、話をする口実はなくなった。こちらを向いてすわったヘンリーは、わたしが留まるのを期待するように少し身を乗りだした。でも、口に出して言ってもらわないと。ふたりの目が合った。

「かけてくれていいよ」そう勧められたが、どうするかはまだわたしに委ねられている。

腰を落ち着けることにして、しばらく黙っていたあと、わたしはにっこり笑い、やや大げさな身振りで机の奥の満杯の本棚を示した。「ずいぶん散らかってますね」

ヘンリーが身体の力を抜いた。「散らかってるんだ」

「人のことは言えないですけど。わたしも片づけが苦手で」

ヘンリーは室内を見まわした。崩れ落ちそうな紙フォルダーの山、接続されないいま机の端に置かれたプリンター、こんがらがったコード。「このほうが快適なんだと自分には言い聞かせているんだが、ただのごまかしだろうね」

同じことを何度ストレインに言ったことか、とわたしは下唇を噛んだ。見まわすと、いちばん背の高い本棚の本のあいだに、未開栓のビール瓶が二本置かれているのが目に入った。「お酒が隠してありますね」

わたしの指差すほうをヘンリーが振り返った。「隠すつもりなら、ずいぶんとへたくそだね」そう言って立ちあがり、ラベルが見えるように瓶の向きを変えた。〝シェイクスピア・スタウト〟

「へえ、オタクのビールですね」

ヘンリーが苦笑した。「一応弁解すると、もらいものなんだ」

「いつあける予定なんですか」

「いつってわけでもないな」

次に口にすべきことは明らかに思えた。ヘンリーも息を凝らしてその言葉を待っているようだ。

「じゃあ、いまは？」

冗談めかして言ったので、〝ヴァネッサ、それはいい考えだとは思えない〟と答えることもたやすかったはずだ。ほかの学生にならそう答えていたかもしれない。でもヘンリーは迷うふりもせず、両手を掲げた。わたしに腕をねじあげられて降参するみたいに。

「いいとも」

わたしはさっそく栓抜きのついた鍵束を取りだした。乾杯すると、ぬるいビールの泡があふれて鼻にくっついた。カーテンの陰から覗くような気分で、ビールを飲むヘンリーを盗み見た。バーや自宅にいる姿、ソファでくつろぎ、ベッドに寝そべる姿が目に浮かんだ。夜遅くまでレポートの採点をすることもあるのだろうか。最後のお楽しみにと、わたしのレポートをわざわざ束のいちばん下にまわしたりするのだろうか。

いいや、彼はそんなことをしそうにない。純粋で、まるで少年のようだから。ヘンリーははにかんだような笑みをわたしに向けてから、瓶を傾けた。下心があるのはわたしのほうだ。誘惑しているのはわたし、罠にかけようとしているのはわたしだ。しっかりして、そんなに無防備でどうするのと言いそうになった。ヘンリー、研究室で学生とビールなんか飲んじゃだめ。これがどんなに愚かなことか、どんなトラブルを招くか、わかってる？

来学期は自分のゴシック文学ゼミを受けるのかと訊かれたので、まだわからない、どの講座にもまだ登録していないと答えた。

「急いだほうがいい。期限切れになるよ」

「いつもぎりぎりになっちゃうんです。ダメ人間（ファックアップ）なので」わたしは瓶をぐっと傾け、ビールを流しこんだ。ダメ人間。わたしの優秀さを褒めそやしてくれるヘンリーに向かって、自分のことをそんなふうに呼ぶことに快感を覚えた。

「言葉が悪くてすみません」

「いいんだ」ヘンリーの表情がわずかに変わり、気遣わしげな色が浮かぶのがわかった。

それから、ほかの授業のことや、将来の計画について訊かれた。大学院進学のことを考えてみたかどうかも。秋の出願には間にあわないが、来年度に向けていまから準備すれば有利だという。

「迷ってるんです。両親は大学にも行ってないし」だからどうだというのか、自分でもはっきりしなかったが、ヘンリーはわかるよというようにうなずいた。

「うちの両親もだ」

出願を決めたら、受験までの水先案内人として力を貸そうと言われ、その言葉のチョイスに頭が反応した。**水先案内人**。机の上に地図を広げて、ふたりで頭を寄せあう姿が目に浮かんだ。ふたりでたどりつこう、ヴァネッサ。きみとぼくとで。

「最初に大学院進学を考えたときは、ぼくもおっかなびっくりでね。まったく未知の世界に足を踏み入れるような気がした。じつは、ここへ来るまえは一年間私立高校にいたんだが、ああいう子たちに教えていると複雑な気持ちになってね。この子たちは特権を持って生まれてきたんだなと感じることが少なくなかった」

「わたしもそういう学校にいました。二年だけですけど」

どこかと訊かれたので、ブロウィック校だと答えると、ヘンリーはとまどった顔をした。そして机にビール瓶を置いて両手を組んだ。「ブロウィック校？　ノルンベガの？」

「聞いたことあります？」

ヘンリーはうなずいた。「妙な偶然だが、その……」

続きを待つあいだ、喉がぎゅっと締めつけられて口に含んだビールを飲みこめなかった。「あそこで働いている友人がいるんだ」

喉もとに吐き気がこみあげ、手がぶるぶる震えだして、置こうとした瓶を倒してしまう。ほとんど空だったが、少し床にこぼれた。

「やだ、ごめんなさい」そう言って瓶を立てたものの、また倒し、あきらめてゴミ箱に放りこんだ。

「いや、いいんだ」

「こぼしちゃって」

「平気だよ」ふざけていると思ったのかヘンリーは笑ったが、髪をかきあげたわたしを見て、泣いていることに、それも尋常でない泣き方なのに気づいた。早くも涙で頬がびしょびしょだった。こんなふうに泣くときには、いつのまに流したのかもわからないほど一気に涙がほとばしる。スポンジをぎゅっと絞ったように。

「もう、恥ずかしい」手の甲で洟(はな)を拭きながらわたしは言った。「ばかみたい」

「いや」ヘンリーは困惑を浮かべながらも首を振って言った。「そんなことはない。大丈夫だ」

「お友達はなにをされてるんですか。先生？」

「いや、彼女は——」

「彼女？　女の人ですか」

ひどく心配そうにうなずくヘンリーを見て、なにを告白しても聞いてもらえそうな気がした。なにも打ち明けないうちから、やさしくしてもらえるとわかった。

「あそこで働いている人をほかに知ってますか」

「いや、誰も。ヴァネッサ、どうしたんだ」

「あそこの先生にレイプされたんです。十五歳のとき」すらすらと嘘が出てきたことに驚いたが、それが嘘なのか、真実を伏せたにすぎないのかは、自分でもわからなかった。「その人はまだあそこにいます。だから、お知り合いがいると聞いて、その……パニックになってしまって」

ヘンリーは両手を顔に持ちあげ、口に押しあてた。ビール瓶を手に取ってまた戻し、ようやくこう言った。「言葉もないよ」

きちんと話そうとわたしは口をあけた。言い方が大げさだった、そんな言葉を使うべきではなかったと説明しようとしたが、ヘンリーに先を越された。

「ぼくの妹も同じような目に遭ったんだ」

悲しみに見開かれた目でヘンリーがわたしを見た。ストレインの特徴のすべてをマイルドにしたようなその容貌。ひざまずいてわたしの膝に頭をのせるヘンリーを思い描くのはたやすかった。いつかわたしをめちゃくちゃにしてしまうことを嘆くのではなく、別の男がすでにそうしたことを悲しむ姿を。

「気の毒に、ヴァネッサ。こんなことを言っても、なんにもならないだろうが。気の毒でたまらないよ」

しばらくふたりともなにも言わず、ヘンリーはわたしを慰めようとするように身を乗りだしたままじっとしていた。お風呂のお湯のようなそのやさしさが、温かくなめらかにわたしを包んだ。こんなやさしさをもらう資格なんてない。

わたしは床を見つめたまま言った。「このことはお友達には言わないでください」

ヘンリーは首を振った。「そんなこと夢にも思わないよ」

*

クリスマスの翌日、大音量の曲に合わせてフィオナ・アップルを熱唱しながら、車でストレインの家に向かった。ノルンベガの中心部を通るときには運転席で身をかがめ、ストレインの家の向かいにある図書館の駐車場に車をとめてから、目立つ髪をフードで隠して玄関まで走った。彼に言われて続けている用心もすっかり身につき、無意識のうちにできるようになっていた。

家へ入ると、のらりくらりとストレインの手から逃げて、目も合わさないようにした。ヘンリーに話を漏らしたことを知られているのではと心配だった。ヘンリーが友達に話し、その友達からブロウィック校の同僚に伝わった可能性はある。ストレインのところまで噂がまわるのに時間はかからないだろう。それに、ありえないとは知っていても、半分はこう信じてもいた——ストレインにはわたしの頭のなかを覗く力があって、わたしの言動をすべて把握できるのだと。

思いがけなくプレゼントの箱を渡されたが、すぐには手を出さなかった。罠かもしれない。箱をあけると、〝きみのやったことはわかっている〟と書かれたメモが出てくるかもしれない。クリスマスプレゼントをもらったことはそれまで一度もなかった。

「ほら」ストレインは笑ってそう言い、プレゼントをわたしの胸に押しつけた。

わたしはそれを見下ろした。服が入る大きさの箱で、分厚い金色の包装紙と赤いリボンでラッピングされている。店員が包んだものだ。「でも、わたしはなにも用意してない」

「そんなことは期待してないよ」

包装紙を剥がした。なかには厚手のセーターが入っていた。ダークブルーで、首まわりにクリーム色のフェアアイル柄があしらわれている。「わあ」それを箱から取りだした。「すてき」

「驚いたみたいだね」

　頭からセーターを着た。「わたしがどんな服を着てるか見てくれてたなんて知らなかった」ばかなことを言ってしまった。見ているに決まっている。わたしのことならなんでも知っている。これまでのわたしも、これからのわたしも。

　ストレインはトマトソースのパスタをこしらえた。卵とトーストでなかったのは初めてだ。それからカウンターに皿を置き、特別なデートのように銀食器とたたんだナプキンを並べた。来学期はどういった授業を取るのかと訊き、めずらしく講義内容や選定図書について批判がましいことを言わなかった。わたしが期末試験とヘンリーに提出したレポートの話をすると、途中でそれをさえぎった。

「その教授だよ。イギリス文学が専門で、テキサス出身だろ？　その彼だ。奥さんが新しく雇われたカウンセラーなんだ、生徒たちのための」

　舌を強く嚙んでしまった。「奥さん？」

「ペネロピだ。大学院を出たばかりで、ＬＣＳを持ってるそうだ。ソーシャルワークかなにかの学位らしい」

　呼吸が止まり、吸うことも吐くこともできなくなる。

　ストレインがわたしの皿の端をフォークでつついた。「大丈夫かい」

わたしはうなずいて、無理やり唾を飲みこんだ。あそこで働いている友人がいるんだ。友人。ヘンリーはそう言った。それともわたしの記憶違い？　でも、なぜ嘘なんか？　わたしに同情するあまり、ほかの女性の話を出すのさえ気が引けたのだろうか。でも妹のことは口にしたわけだし、その嘘をついたのはレイプの話をするまえだ。だったら、なんのために嘘を？

奥さんてどんな人、とできるだけ漠然とした質問をした。本当に知りたいことを訊くわけにはいかない。どんな見た目か、頭がいいのか、どんな服を着ているか、ヘンリーの話をするのか。そうやって用心したところで、ストレインにはお見通しだった。わたしが興味津々で耳をそばだてているのが。

「ヴァネッサ、そいつには近づくな」

わたしは顔をしかめ、むっとしたふりをした。「なんの話？」

「おとなしくしていなさい。自分になにができるか、わかっているはずだ」

食事を終えて食器をシンクに運んだあと、寝室への階段をのぼろうとしたわたしをストレインが止めた。

「話がある。こっちに来てくれ」

居間に通されながら、やっぱりそうだ、自分がしゃべったことを責められるのだとまた思った。だからストレインはヘンリーの話をしたのだ。時間をかけてわたしの告白を引きだそうとしているのだ。でも、わたしをソファにすわらせた彼は、これから話すことは実際よりひどく聞こえるかもしれないが、ただの誤解で、不運な出来事なんだと言った。

面食らって、思わず続きをさえぎった。「待って、だったらわたしがなにかしたって話じゃないの？」

「違うよ、ヴァネッサ。いつもきみの話とはかぎらない」ストレインはため息をついて、髪をかきあげた。「すまない。なぜだか、いらついてしまってね。理解してくれそうなのはきみだけなんだ」

ブロウィック校で問題が持ちあがったのだという。十月にオフィスアワーの教室で、ストレインは作文のことで質問に来た女子生徒と一対一で面談した。なにかにつけて質問をしてくる生徒で、最初はたんに成績が心配なのだと思っていたが、そのうち教室に入りびたるようになり、自分に熱をあげているのだと気づいた。正直言って、きみを思いだしてねと彼は言った。舞いあがった様子も、無防備なまでの憧れのまなざしも。

その十月の午後、ふたりは並んでミーティングテーブルにつき、ストレインが生徒の作文の下書きに目を通していた。評価が気になるのか、ストレインのそばにいるせいか、その子は落ち着かず、そわそわと身を震わせていた。面談の途中でストレインは手を伸ばして相手の膝を軽く叩いた。安心させるつもりだった。配慮を示そうとしたのだ。ところがその子は触れられたことを変に曲解した。彼に言い寄られ、セックスを求められ、セクハラを受けたと友達に吹聴しはじめたという。

わたしは手を上げて話をさえぎった。「どっちの手を使った？」

ストレインはきょとんとした顔をした。

「その子に触れたとき。どっちの手？」

「それがなにか？」

「やってみせて。なにをしたのか正確に知りたいから」

ソファの上でそれを再現させた。わたしは横にずれてストレインと適度な距離をとり、膝を閉じて背筋を伸ばした。ごく最初のころ、彼の隣にすわるときはそんなふうに身を固くしていたのを覚えている。見ていると、彼の手が伸びてきて膝に軽く触れた。あまりにも覚えのある仕草に、ぐっと喉が詰まった。

「たいしたことじゃない」

わたしはその手を振りはらった。「たいしたことでしょ。わたしのときも最初はこうだった。わたしの膝に触ったじゃない」

「それは違う」

「違わない」

「違うよ。きみに触れたときには、とっくにはじまっていたんだ」

その言葉にあまりに力がこもっていたので、たびたびそうやって自分に言い聞かせてきたのだとわかった。でも、わたしに触れたときが最初でないなら、はじまったのはいつだろう。ハロウィンのダンスパーティーで、彼がわたしをベッドに寝かせておやすみのキスをしたいと言ったとき？　それとも、ふたりだけになって自分を見てもらおうと、わたしが授業のあとに話しかける口実をあれこれ考えはじめたとき？　学年がはじまったばかりのころ、わたしの詩の草稿に彼が〝ヴァネッサ、これはちょっと怖いね〟と書いたとき？　それとも新年度の集会で壇上に立つ彼が汗びっしょりなのに気づいたときだろうか。はじまりがいつだったか、つきとめることなどできないのかもしれない。わたしたちを結びつけたのは宇宙の力で、だからふたりにはなんの力も罪もないのかもしれない。

「きみとは比べものにもならないよ。その生徒のことはなんとも思ってない。いわゆる〝ボディタッチ〟にもなんの意味もない。ほんの数秒のことだ。こんなことで人生が台無しになるのは割に合わない」

「台無しになるって、なぜ？」

ストレインはため息をついてソファの背にもたれた。「管理部の耳に入ったんだ。調査が必要だと言っている。膝をぽんとやっただけだぞ！　道徳的ヒステリーもいいところだ。セーラムの魔女裁判じゃあるまいし」

わたしは彼をにらみつけてたじろがせようとしたが、その顔にやましさは見てとれなかった。深刻そうに眉間に皺を寄せ、眼鏡の奥の目を大きく見開いている。それでも怒りはおさまらなかった。たいしたことじゃないと彼は言ったけれど、そうやって触れられることにどれだけ重い意味があるか、わたしは知っている。

「なんでわたしに聞かせたりするの。大丈夫だって言ってほしい？　許すって？　そんなのお断り」

「いや、許してほしいわけじゃない。許しが必要なことなどないから。打ち明けたのは、きみを愛した代償をいまだに支払いながら生きていることをわかってほしいからだ」

思わずあきれた顔をしそうになった。どうにかこらえたが、ストレインにはお見通しだ。

「ばかにしたければすればいい。だが、きみのことがなければ、誰もたやすく決めつけたりはしなかったはずだ。私より生徒の言い分を信じたはずがない。みんな同僚で、二十年もともに働いてきたんだ。それだけの歴史も、私の名が泥にまみれたあとは意味をなさなくなった。なにをしても悪く取られ、つねに疑いの目を向けられている。おまけに今回の騒ぎだ。親しみをこめて膝を叩くなんて無意識にすることだ。なのに、それを証拠に悪人呼ばわりされている」

正確には何人の子を触ったの？　その問いが舌の先まで出かかったが、口にするのはこらえた。ぐっと呑みこむと、それは喉を焼きながらくだっていき、胃のなかでくすぶった。

「きみを愛したことで私には変質者のレッテルが貼られた。ほかになにをしようと関係ない。一度の過ちで、残りの人生が決められてしまうんだ」

沈黙が落ち、家のなかの音がやけに大きく聞こえた。冷蔵庫のうなりに、ラジエーターのきしみ。

ごめんなさいとわたしは言った。言いたくはないけれど、そうせざるを得ない気がした。彼はその言葉をひどく聞きたがっていて、歯でも引きぬくように、わたしから引きだそうとしていた。わたしのことがずっと尾を引いてしまってごめんなさい。ふたりでした悪いことのせいで、取り返しがつかなくなってごめんなさい。

ストレインはわたしを許し、いいんだと言ってわたしの膝をぽんと叩いたが、自分の動作に気づいて手を止め、それを拳に握った。

フランネルのシーツを敷いたベッドに入っても、ふたりとも服を脱ごうとしなかった。わたしは彼が触った女子生徒のことを考えた。顔も身体もない、幽霊のようなその告発者は、わかりきった事実を突きつけてもいた——わたしは年を取る一方で、いつかストレインの教室にやってくるかもしれない若い女の子たちが、日々この世に生まれていることを。その子たちの輝くような髪と軽やかな腕をしきりに想像するうちに疲れてしまったが、ひと息つくと、今度はストレインから聞かされたヘンリーと奥さんのことに頭をめぐらせた。次なる迷宮へと思考が迷いこむ。ストレインについてわたしがヘンリーに伝えたこと。レイプという言葉を使ったこと。あの夜家に帰ったヘンリーは、奥さんになにもかも話して聞かせたにちがいない。秘密にすると約束はしたものの、あの約束も嘘の続きでしかないはずだ。奥さんには当然知らせるはず。そうしないわけにはいかない。そして奥さんは誰に知らせるだろう？　カウンセラーなら報告義務があるのでは？　あのときに逆戻りだ、そう考えると口のなかがカラカラになった。もう逃れられない。ほんの少しでもなにか漏らして、ストレインに伝わらずにすむと考えるなんて、なんてばかだったんだろう。

真夜中にサイレンが聞こえた。最初はかすかだったが、だんだん近づいてきて、しまいには家のすぐ前で鳴っているような音に変わった。少しのあいだ、わたしたちを捕まえに来たにちがいない、警察がドアを破って飛びこんでくるにちがいないと思った。ストレインがベッドを出て暗い窓の外を見た。

「なにも見えない」そう言ってセーターをつかんで寝室を出ていき、階段を下りて玄関に向かった。ドアがあくと冷気とともに煙が流れこんできた。つんとする臭いが二階まで這いのぼり、家じゅうを満たした。

ストレインが上にいるわたしを呼んだ。「通りの向こうで火事だ。かなり大きい」二分ほどして戻ってくると、パーカーを着てブーツを履いた。「ほら、近くまで見に行こう」

ふたりとも誰なのかわからないほど重ね着をして、マフラーの上から目だけ出した。雪の歩道を歩きながら、どこにでもいる、ごく普通のふたりになった気がした。火元がわからないままサイレンと煙をたどり、角を曲がると、五階建てのフリーメイソンの会堂が炎と氷の両方に包まれていた。六台の消防車が会堂を囲み、すべてのホースから大量に放水を行っていたが、その夜は寒すぎた。ライムストーンの外壁に放たれた水は一滴残らず凍りつき、そのあいだも内部では火が燃えさかっていた。消防士が鎮火しようとすればするほど、氷の層は厚くなった。

それを見物しながら、ストレインが手袋を着けたわたしの手を取り、きつく握りしめた。やがて消防士たちもあきらめ、わたしたちと同じように少し下がって、あとは燃えるさまをただ見ていた。小さな人だかりができ、テレビ局の中継車が到着した。まつ毛が涙で凍るのを瞬きで防ぎながら、ふたりで手をつないで長いあいだそこに立っていた。

そのあとベッドのなかで、心身ともにくたくたになったわたしは訊いた。「さっき話してた子のことで、なにか隠してはいない?」返事がないので、ずばりと訊いた。「ヤッたの?」

「なにを言うんだ、ヴァネッサ」

「ヤッたとしてもかまわない。許す。ただ、知りたいの」

ストレインは身体ごとこちらに向きなおり、両手でわたしの顔を包んだ。「触れただけだ。それだけだよ」

わたしが目を閉じると、彼はわたしの髪を撫でながらその子を罵った。嘘つき、クソガキ、ヒステリー。これまでわたしが頭のなかでついてきた悪態や、ヘンリーに漏らしたことを知ったら、わたしのことはなんと罵るだろう。そう考えながら、なにも言わずにいた。わたしの口の堅さを彼は信頼している。疑う理由なんてない。

午前三時、目を覚ましたわたしは、ストレインの重たい腕の下から抜けだし、冷たい床板の上を裸足で歩いて階下のキッチンに入った。カウンターに彼のノートパソコンが置いてあった。それを開くと、ブラウザにブロウィック校のメールアドレスの受信箱が表示された。週ごとのニュースレター、職員会議の議事録——スクロールしていくと、〝生徒へのハラスメント報告〟という件名が見つかった。と、物音がして身をすくめた。片手をタッチパッドの上に浮かせたまま、もう片方の手ですぐにカバーを閉じられるようにしてしばらく待った。静寂が戻るとメールをクリックして開き、中身をたしかめた。理事会から届いたもので、意味不明なほど堅苦しい文章で書かれているが、どのみち詳しい情報は必要ない。知りたいのは名前だけだ。画面をスクロールして上下に目を走らせ、二行目にそれを見つけた。〝中立者の生徒、テイラー・バーチ〟。わたしはメールを閉じ、しのび足で二階に上がってベッドに入り、彼の腕の下に戻った。

# 二〇一七年

テイラーの職場はホテルから五ブロックのところにあり、ガラスと鋼鉄でできたぴかぴかのそのビルは、ライムストーンとレンガの建物のあいだで異彩を放っている。社名はクリエイティブ・コープで、クリエイティブなワークスペースと説明されているが、そこでなにが行われているのかはわからない。内部は自然光が採り入れられ、革のソファが置かれ、広々としたテーブルで人々がノートパソコンに向かっている。誰もがにこやかで若く、若くない場合も、そう見えるようなスマートな雰囲気をまとっている。最先端の髪型、個性的な眼鏡、シンプルなノームコア・ファッション。バッグを握りしめて立っていると、ワイヤーフレームの丸眼鏡をかけた若い女性に「誰かお探し？」と声をかけられる。

わたしは室内を見まわす。広すぎるし、人が多すぎる。とっさに彼女の名前を告げる。

「テイラー？　ええっと」相手は振り返って室内に目を走らせる。「あそこよ」

示された場所に、ノートパソコンを覗きこむ細い肩と淡い色の髪が見える。「テイラー！」その声に顔が上げられる。驚愕の色が浮かぶのを見て、わたしは出口のほうへ後ずさる。

「ごめんなさい。間違えました」

外に出て半ブロック離れたところで、後ろから名前を呼ばれる。歩道の真ん中に立ったテイラーはホワイトブロンドの三つ編みを肩に垂らしている。手首が隠れるほど袖の長いタートルネックセーター、コートはなし。まじまじと見つめあううち、テイラーが腕を持ちあげ、袖から指先を出して三つ編みの先を引っぱる。その瞬間、ストレインの目に映った彼女の姿が見えた気がする。十四歳の、自信なげな彼女が、机の奥の彼の視線を気にして毛先をいじる姿が。

「信じられない、来てくれるなんて」

まえもって台詞は用意してあった。ナイフのような言葉を。骨までずたずたにしてやるつもりだったのに、アドレナリンがみなぎりすぎている。震えてうわずった声で、わたしに関わらないでと告げる。

「あなたもあの記者も。あの人、しつこく電話してくるの」

「わかった。そんなことするなんて思わなかった」

「こっちは話すことなんてない」

「ごめんなさい。本当に。しつこくしないように言ったんだけど」

「わたしのことは記事にしてほしくないの、いい？　そう伝えて。それと、ブログのことも書かないように言って。一切関わる気はないから」

テイラーがわたしを見つめる。顔にほつれ毛が垂れかかっている。

「とにかく放っておいて」断固として言ったはずが、懇願するような調子になる。こんなはずじゃない。これではまるで子供だ。

背を向けて立ち去ろうとすると、また名前を呼ばれる。

「ちょっと話せない？」

ふたりでコーヒーショップに入る。三週間前にストレインと待ち合わせをした店だ。列に並びながらテイラーを間近で観察する。指にはめたいくつもの細いシルバーリング、左目の下がにじんだマスカラ。サンダルウッドの香りが服にしみついている。わたしのコーヒー代も支払ってくれるが、クレジットカードを出す手は震えている。

「そんなことしなくていいのに」

「いいから」

バリスタがエスプレッソマシンをスタートさせ、豆を挽く音とスチームの音が響き、しばらくするとコーヒーがふたつ並んで出てくる。どちらの泡にも同じチューリップが描かれている。ふたりで空いたテーブルに囲まれた窓際の席にすわる。

「あのホテルで働いてるのね。楽しそう」

わたしが鼻で笑うと、とたんにテイラーは顔を赤らめる。

「ごめんなさい。ばかなこと言っちゃった」

そして、不器用だから緊張しちゃってと続ける。まだ手を震わせ、視線をさまよわせてわたしを見ようとしない。テーブルごしに手を伸ばして、大丈夫だと言いたくなる気持ちをどうにか抑える。

「あなたは?」わたしから訊く。「あそこはいったいどういう会社なの?」

答えやすい質問にほっとしたように、テイラーがちらりと笑顔を見せる。「あそこは会社じゃない。アーティストのためのコワーキングスペースなの」

意味を知っているふりでわたしはうなずく。「アーティストだとは知らなかった」

「アートと言っても、絵を描くんじゃなくて、詩を作ってる」テイラーはコーヒーをひと口飲み、カップの縁に薄いピンクの跡を残す。

「プロの詩人ってこと？　それで生計を？」

テイラーが舌をやけどしたように、手で口を押さえる。「いえ、まさか。なんの収入にもならないの。だから仕事を掛け持ちしてる。フリーのライター業とか、ウェブデザインとか、コンサルティングとか、いろいろ」そう言ってカップを置き、両手を握りあわせる。「それじゃ、単刀直入に訊かせてもらうけど。あなたと彼が終わったのはいつ？」

突然の問いにたじろいだ。鋭いけれどありきたりでもある。「わからない。はっきりしないというか」テイラーが拍子抜けしたように肩を落とす。

「その、わたしとのことは、二〇〇七年の一月七日に終わったの。噂が本格的に学校に広まったから。あなたとの関係もそのころ終わったんじゃないかとずっと思ってたんだけど」

わたしは余裕の笑みをこしらえようとしながら、その年のことを振り返る。一月？　テイラーのことを打ち明けられ、炎と氷に包まれた会堂を眺めた日のすぐあとだ。

「もちろん、わたしはあなたほどつらい思いはしてない」テイラーが続ける。「退学させられたりはしなかったし。それでもクラスからは追いだされたし、目も合わされなくなった。捨てられたような気がした。ひどくつらくて——すごく、すごく傷ついた」

うなずいて訊きながら、どう受けとめるべきかととまどう。話の中身も、熱心な話しぶりも。「この十年、彼とのやりとりはなし?」こちらからそう問いかけたものの、答えは知っている。あるはずがない。テイラーは顔をしかめて「当然でしょ!」と答えたあと、「あなたはあったの?」と訊き返す。それを待っていた。イエスと答えるチャンスを。自分は特別だと示し、ふたりのあいだに線を引いて、違いをはっきりさせることを。

「最後の最後まで。飛び降りる直前にも電話してきた。彼が最後に話をしたのはわたしだと思う」

テイラーが身を乗りだし、テーブルをぐらつかせる。「なんて言ってた?」

「自分はモンスターだったのかもしれないけど、わたしのことは愛していたって」相手の顔に愕然とした表情が浮かぶのを待つ。ストレインについて、わたしについて、そして彼にされたことについて、まったくの思い違いをしていたのだと悟るはずだ。ところが、テイラーは鼻で笑う。

「へえ、あの人らしい」そう言って、カップをショットグラスのように傾けてコーヒーを飲みほす。唇を拭いながらわたしの表情に目を留める。「ごめんなさい。笑ったりするつもりはない。ただ、いかにも彼らしくて。自分を責めてみせて、同情を買うやり方が」

脳の重さがいきなり増したかのように、わたしの頭がぐらりと傾く。たしかにそれがストレインのやり方だった。お決まりの。彼のことをそんなに端的に言いあてた表現を、わたしは思いついたことがあるだろうか。

「もうひとつ訊いても？」テイラーが言う。

動揺を鎮めるのに必死で、まともに耳に入らない。テイラーの言ったことはただの当てずっぽうだ、ストレインがふとしたはずみに教師の顔から素の自分を覗かせたのを見て、勝手に推測しただけに決まっている。それに、彼を評した言葉として深みがあるわけでもない。同情を買うために自分を責めてみせる――そんなこと、誰だってたまにするのでは？

「当時、わたしのことはどれくらい知っていた？」テイラーが訊く。

うわの空のままわたしは答える。「なにも」

「なにも？」

瞬きして焦点を合わせると、テイラーが射るような目でこちらを見ている。「あなたの存在は知ってた。でも彼からは、あなたのことは……」また〝なにも〟と言いそうになる。「噂だと」

テイラーはうなずく。「最初はあなたのこともそう言ってた」顎を引いて、低い声でストレインの声色を真似る。「〝黒雲のようにつきまとう噂なんだ〟」

あまりに似ていて驚く。口調も比喩も、彼がわたしのことを表現するときのものにそっくりだ。そう聞かされるたび、雨に降られるのを絶えず恐れる彼の姿が頭に浮かんだものだ。「じゃあ、わたしのことは知ってたのね」

「もちろん。みんなあなたのことは知ってた。あなたはまさに都市伝説みたいな存在だった。彼と関係を持って、すべてが発覚したあとに消えた子。でも、ひどくあいまいな話で、誰も本当のことは知らなかった。だから、最初はあの人の言うことを信じたの。そんな話はでたらめだって。いまは認めるのも恥ずかしいけど。もちろん本当のことだったんだから。もちろん彼はまえにも同じことをしていた。でもわたしは……」肩をすくめる。「若かったから」

テイラーの話は続く。ストレインはわたしとの話が本当だったと打ち明けたが、それは彼女が〝すっかり手なずけられた〟あとだった。わたしのことを重大な秘密だと言い、愛していたけれど、やがて大人になりすぎ、テイラーと同じ年だったころのようにはしっくりこなくなったのだと語ったという。

「本当に悲しそうだった。どうかしてると思うけど、わたしとのことがはじまったとき、彼はまっさきに『ロリータ』を読ませたの。あなたも読んだでしょ。彼があなたのことを話すのを聞いて、ハンバート・ハンバートの初恋の相手のことを思いだした。死んでしまったことで、ハンバートが小児性愛者になるきっかけを作ったとされてる子を。あのときはそんなふうに傷ついた男の人を〝ロマンティック〟だと思った。いま考えると、なにもかもまともじゃないけど」

わたしはカップを持ちあげようとしたが、ひどく震えていて取り落とし、両手にコーヒーをこぼす。テイラーがぱっと立ちあがって紙ナプキンを取りに行き、テーブルを拭きながら話を続ける。やがて彼女は、ストレインがまだわたしと会っているのではと疑いはじめた。それで彼の携帯電話を覗いて通話とメールの履歴を残らず調べ、事実を知ったのだという。

「彼があなたと会うはずの日はすごく妬ましかった」向かいに立ったテイラーが濡れた紙ナプキンを前後させてテーブルを拭うたび、三つ編みの先がわたしの腕をこする。

「彼とセックスした？」わたしは訊く。

テイラーがまじまじとわたしを見下ろす。

「というより、彼はあなたとセックスした？　それを強要した？　それとも……」そこで首を振る。「うまく言葉が見つからないけど」

ゴミ箱に紙ナプキンを投げ捨てて、テイラーがまた腰を下ろす。「いいえ。しなかった」

「ほかの子たちは？」

首が横に振られる。

わたしは深々と安堵のため息をつく。「じゃあ、正確にはなにをされたの」

「性的虐待を受けた」

「でも……」ほかのテーブルの客が助けてくれでもするかのように、店内を見まわす。

「それはどういう意味で？　キスされたとか、それとも……」

「詳しいことは言いたくない。ためにならないから」

「ためにならない？」

「目的を果たすために」

「目的って？」

テイラーは首をかしげて眉をひそめる。わたしの呑みこみが悪いときにストレインがよく見せた表情と同じだ。また彼の真似だろうか、ちらりとそう思う。「彼の罪を問うこと」

「でも、死んだのに？　どうするっていうの、死体を市中引きまわしにでもする気？」

テイラーが目を見開く。

「ごめんなさい。ひどい言い草で」

テイラーは目を閉じて息を吸い、しばらく留めて、それを吐きだす。「いいの。話しにくいことだし。お互い、精いっぱいなんだし」

そして記事について話しはじめる。目的はわたしたちがどんなふうに切り捨てられたかを世に訴えることだという。「向こうは知ってた」ブロウィック校の管理部のことらしいが、いちいち訊くのはやめておく。早口でまくしたてられてついていくのに苦労する。記事のもうひとつの目的は、ほかの被害者たちとつながることだという。

「被害者全般ってこと？」

「じゃなくて、彼の被害者と」

「ほかにもいるの？」

「いるはず。だって、三十年も教えてたんだから」テイラーは空っぽのカップを両手で包み、口をきゅっと閉じる。「あなたが記事に載りたくないのは知ってる」返事をしようとしたが、テイラーが先を続ける。「名前は一切出さなくていい。あなただと知られることはない。怖いのはわかるけど、どんなに意義のあることか考えてみて。ヴァネッサ、あなたが経験したことには……」顔を近づけ、まともにわたしの目を見る。「それを語ることには、人の考えを変える力がある」

わたしは首を振る。「できない」

「怖いのはわかる」テイラーが繰り返す。「最初はわたしもびくついてた」

「違う。そうじゃない」

説明を待つテイラーの目が小刻みに揺れる。

「わたしは自分が性的虐待を受けたとは思ってない。あなたたちとは全然違う」

テイラーが驚いて淡い色の眉を吊りあげる。「虐待だったと思ってないの?」

店内の空気が一気に失われたような気がする。雑音が耳に響き、視界がモノクロに変わる。「自分が被害者だとは思ってない。自分がしていることはわかってた。自分で望んだの」

「十五歳だったのに?」

「そう、十五歳でも」

自分を正当化する言葉をさらに並べたてる。いつもの言い訳を。彼とわたしはどちらも心に黒い翳を持っていて、同じものを求めていた。ふたりの関係はまともではなかったけれど、けっして虐待ではなかった。テイラーの表情が険しくなればなるほど、わたしは意地になって続ける。ふたりの関係は偉大なラブストーリーに描かれるようなものだったと言うと、テイラーは吐き気を催したように手で口を押さえる。

「それに、本音を言うと、あなたとあの記者がやってることはおかしいと思う」

テイラーは信じられないと言いたげに顔をしかめる。「本気で言ってる?」

「信用できないの。彼についてのあなたの主張が、わたしの知ってる事実といくつか食い違うから」

「わたしが嘘をついてるってこと?」

「彼を実際以上に悪人に見せようとしてると思う」

「わたしがされたことを知っていて、よくそんなことが言えるものね」

「いいえ、なにをされたかは知らない。言おうとしないじゃない」

テイラーがまつ毛を震わせ、目を閉じる。気を静めようとするように両のてのひらをテーブルに押しつける。そしてゆっくりと口を開く。「彼は小児性愛者だった」

「いいえ、違う」

「あなたは十五歳、わたしは十四歳だった」

「それは小児性愛（ペドフィリア）じゃない」テイラーがまじまじと見る。わたしは咳払いをしてから、慎重に告げる。「正確にはエフェボフィリア、思春期の子が対象だから」

そのとたん、ふたりのあいだにぴんと張っていた糸がたるむ。テイラーは〝もういい〟と両手を掲げ、仕事に戻ると言い捨てて目も合わせずに空のカップと携帯をひっつかむ。

わたしもあとについて店を出ようとして、出口で少しつまずく。手を伸ばしてテイラーの三つ編みをつかみ、引きとめたい衝動に駆られる。外へ出ると、コートのポケットに手を突っこんで歩道に目を落とした男がひとり、ひとつの音程を繰り返し口笛で吹きながら歩いてくる。腹立たしげにそちらを見たテイラーは黙れと怒鳴りつけそうな顔をするが、男とすれ違いざま、くるりと振り返ってわたしに指を突きつける。

「虐待を受けていたとき、ずっとあなたのことを考えてた。わたしの苦しみをわかってくれるのはあなただけだと思ってた。わたしは……」そこでひと呼吸置き、片腕を投げだす。「どんな気持ちだったかなんて言っても無駄ね。わたしの勘違いだった、まるっきり勘違いしてた」歩きだし、足を止めて、付けくわえる。「この件を告発してから、殺害予告を何度も受けた。知ってる？　住所をネットにさらされて、レイプして殺すと脅された」

「ええ、知ってる」

「ほかのみんなが信じてもらえずにいるのを知ってて、手を差しのべないなんて身勝手じゃない？　あなたが声をあげてくれたら誰も無視できない。あなたの話なら信じざるを得ないし、そうしたらわたしたちのことも信じてもらえる」

「でも、それであなたになんの得が？　彼は死んだ。もう謝罪もできない。罪を認めることだってできないのに」

「彼のことじゃない。あなたが声をあげてくれたら、ブロウィック校も事実だと認めざるを得ない。責任を問われることになる。そうなれば運営方針も変わるはず」

期待のこもったまなざし。わたしが肩をすくめると、テイラーはいらだってため息をつく。

「かわいそうな人」

そう言って歩み去ろうとしたので、わたしは手を伸ばす。指先が背中をかすめる。

「彼になにをされたか教えて。虐待されたとかじゃなく。実際にあったことを教えてほしい」

振りむいたテイラーの目は怒りに燃えている。

「キスされた？　教員室に連れこまれた？」

「教員室？」と訊き返される。とまどった様子に安堵して、わたしは目を閉じる。

「そんなこと、なぜ気にするの」

わたしは口をあけ、なぜって、と言おうとする。なぜって――なぜって、あなたがどんな目に遭ったにせよ、それほどひどいことのはずがないから。誰より苦しい思いをしたのはわたしなのに、あなたがそんなに騒ぎたてるのなんておかしいから。一生消えない傷を負ったのはわたしだから。

「撫でまわされたの、それでいい？　教室の、机の陰で」

わたしはふうっと息を吐き、脱力する。身体がぐらつく。ハロウィンのダンスパーティーの夜、トウヒの下に立ったストレインのように。いまなにをしたいかわかるかい。あの時点ではまだ、彼はわたしに軽く触れただけだった。机の陰で撫でただけだ。

「でも、ほかのやり方でも加害された。虐待は肉体的なものとはかぎらない」

「ほかの子たちは？」

「みんな撫でまわされた」

「それだけ？」

テイラーが冷ややかに答える。「ええ、それだけだと思う」

ストレインはその子たちを触った。本人から聞かされていたとおりだ。自宅で初めて打ち明けたとき、彼は両手でわたしの顔を包んでこう言った。触れただけだ。それだけだよ。あのときわたしはほっとした。あの安堵が甦るのを待ったが、なにも感じられない。怒りもショックも湧いてこない。テイラーから聞かされたことで、なにかが変わったわけではないからだ。もう知っていたのだから。

「あなたの場合とは比べものにならないのはわかってる」とテイラーが続ける。「でも、はじまりは同じだったはず。机のそばに呼ばれたんでしょ。ブログに書いてあった。あのブログを見つけたときのことはよく覚えてる。自分のことを読んでるみたいだった」

「当時から読んでたの？」

テイラーがうなずく。「あの人のコンピューターにブックマークされてるのを見つけたの。匿名でコメントを残したこともある。本名を使う勇気はなくて」

知らなかった、とわたしは答える。コメントのことも、読まれていたことも。

「だったら、なにを知ってたの。本当にわたしのことは知らなかった？」その質問にはすでに答えたが、今度は意味合いが違っている。彼がテイラーにしたことを知っていたかと訊いているのだ。

わたしは事実を告げる。「知ってた。あなたのことは知ってた」そのことを打ち明けたとき、ストレインは彼女のことをなんとも思っていないと言い、わたしはそれを受け入れた。彼を許した。もっとひどいこと、彼がまだやってもいないことにまで許しを与えた。彼がわたしにしたことに比べたら、脚を撫でられたくらいなんだというのか。たいしたことには思えなかったし、こうして本人を前にしても、どれほどの傷を受けたのか疑問に思う。彼にされたことが、本当にそんなにつらかった？　こんなに大騒ぎするほどのこと？

「あなたには些細なことに思えるかもしれない。でも、わたしはぼろぼろになった」

そう言うと、テイラーは歩道の真ん中にわたしを残し、背中で三つ編みをはずませながら歩み去る。わたしは家へ帰ろうと広場を突っ切る。巨大なクリスマスツリーにイルミネーションがほどこされ、昼休みの高校生たちがたむろしている。フードをかぶった男の子たち。デニムジャケットとすり減ったスニーカーで連れだって歩く女の子たち。剝げかけたマニキュアにポニーテール、笑い声——ぎゅっと目を閉じると火花と星が飛ぶ。ストレインはまだわたしのなかにいて、自分と同じ目で彼女たちを見させようとする。教室のテーブルについた名前も知らない子たち。ストレインはその子たちのことをなんとも思っていなかった。わたしがそう覚えておくことを彼は望んでいる。見分けもつかないほど意味のない存在だったのだと。わたしとは比べものにもならないのだと。

きみのことは愛していた。わが黒きヴァネッサ。

ルビーのクリニックでわたしは訊く。「わたしって身勝手だと思う?」

遅い時刻で、いつものセッションとは曜日も時間帯も違う。〝緊急事態発生〟とわたしがメッセージを送ったせいだ。いつでもそうしていいと言われていたが、必要になるとは思ってもいなかった。

「すべてをさらけださなくても、前に進む方法はあると思う。もっといい方法が」肘掛椅子にすわったルビーはそう言って、わたしの様子を見ながら慎重に反応を待つ。窓の外の空には青のグラデーションが広がっている。スカイブルー、コバルトブルー、ミッドナイトブルー。わたしは頭をのけぞらせて顔にかぶさった髪を払い、天井に向かって言う。「質問に答えてくれてない」

「いいえ、身勝手だとは思わない」

わたしは頭を起こす。「思ってるでしょ。彼があの子にしたことをわたしはずっと知ってた。十一年前、彼女に触ったと彼から聞かされたから。嘘をつかれたわけじゃない。隠されもしなかった。でも、わたしは気にしなかった」

ルビーは表情を変えない。まつ毛の揺れだけがかすかな動揺を示している。

「ほかの子たちのことも知ってた。彼が触っているのを。ここ何年もずっと、彼が夜遅くに電話してきて、それで――それで、わたしが若かったころにしたことをふたりで振り返ってた。セックスのことを。でも、彼はほかの子たちのことも話した。クラスの女子生徒のことを。机のそばに呼びつけるんだって。なにをしたかも聞いた。わたしはそれも気にしなかった」

ルビーの表情はやはり変わらない。

「彼を止められたかもしれない。あの人が自分で自分をコントロールできないのはわかってた。わたしが彼を放っておきさえすれば、それでやめられたかもしれない。望んでもいないのに、わたしが無理やり思いださせたの」

「彼があなたやほかの子たちにしたことは、あなたのせいじゃない」

「でも彼が弱い人間なのはわかってた。覚えてる？　ルビーもそう言ったでしょ。そのとおりだとわたしは知ってた。わたしが自分の翳の部分を引きだしてしまうから、そばにはいられないと彼は言っていたのに、わたしは離れなかった」

「ヴァネッサ、自分の心の声を聞いて」

「彼を止めることができていたかも」

「わかった。仮に止められたとしても、それはあなたの責任じゃないし、あなたにとってはなにも変わらなかったはず。彼を止めたからといって、あなたが虐待された事実は変わらないんだから」

「虐待はされてない」

「ヴァネッサ――」

「いいから聞いて。自分の言ってることがわかってないんでしょ、みたいな顔はやめて。彼は無理強いなんてしなかった、いい？　わたしがイエスと言うかを、いちいちたしかめた。とくに若いときは。慎重だった。やさしかった。わたしを愛してた」最後のひとことを繰り返すうち、それはあっけなく意味を失う。わたしを愛してた、わたしを愛してた。

わたしが頭を抱えたので、ルビーが息をしてと声をかける。いや、聞こえるのはストレインの声だ。奥まで入れるために、深呼吸するようにと言っている。そうだ、それでいい。すごくいい。

「もういや、うんざり」わたしはつぶやく。

ルビーが目の前にしゃがんで両手をわたしの肩に置く。触れられるのは初めてだ。

「なにがうんざりなの？」

「彼の声が聞こえることにも、姿が見えることにも。やることなすことに彼が入りこんでくる」

沈黙が落ちる。わたしの呼吸が落ち着くと、ルビーは立ちあがって肩から手を離す。そしてやわらかい声で言う。「最初に起きたことを振り返れば――」

「そんなの無理」わたしは椅子の背に頭をあずけ、クッションに沈みこむ。「あそこには戻れない」

「戻らなくていいの。この部屋にいればいい。ただ、ふたりのあいだに初めて親密さが生まれた瞬間がいつかを考えてみて。その最初の記憶のなかで、先に行動に出たのはあなた、それとも彼？」

ルビーが返事を待つが、答えを口にできない。彼。彼が机のそばにわたしを呼んで、クラスメートたちが課題をしている横でわたしに触れた。わたしは彼の隣にすわり、窓の外をぼんやり見ながら、されるがままになっていた。なにが起きているのか理解できなかったし、自分が求めたことでもなかった。

息を吐き、うなだれる。「やっぱり無理」

「大丈夫、焦らないで」

「だって……」てのひらの付け根を太腿に食いこませる。「こんなに長いあいだしがみついてきたものを、手放すなんてできない。わかる?」言葉を絞りだす苦痛に顔がゆがむ。「これはラブストーリーじゃないといけないの。わかる? 本当に、本当にそうじゃないと困る」

「わかってる」

「だって、そうじゃなかったら、なんだっていうの?」

顔を上げると、ルビーのまなざしは翳り、顔には隠しようのない同情が表れている。

「これがわたしの人生なの。人生のすべてだった」

目の前に立ったルビーに向かってわたしは告げる。悲しいの。すごく悲しい。ごく短い、単純なひとことだが、子供のように痛む胸をつかんで訴えるべき言葉は、それしか思いつかない。

## 二〇〇七年

春学期になるとわたしはまたお酒を飲みはじめ、ベッドサイドテーブルには空き瓶が並んだ。授業に出ていないときは、ノートパソコンをお供にベッドで過ごした。冷却ファンがうなりつづけ、画面のライトが夜遅くまであたりを照らした。そのころ神経衰弱に陥っていたブリトニー・スピアーズの画像を延々と見ていたこともある。頭を丸刈りにする姿、檻に囚われた獣みたいな目をして、パパラッチを傘で攻撃する姿。どこのゴシップブログにも〝元ティーンポップの女王、いまやどん底！〟といった見出しとともに、同じような写真が繰り返しアップされ、喜々としたコメントが何ページにもわたって寄せられていた。〝悲惨そのもの！……結局みんなこうなっちゃうなんてほんと残念……今月末には間違いなく死んでるね〟

夜は携帯電話をベッド脇の窓台に置いて眠り、朝はまっさきにストレインから何回電話があったか確認した。ブリジットとバーで飲んでいて着信があったときには、バッグから携帯を引っぱりだして、画面に表示された名前をブリジットに見せて言った。「悪いとは思うけど、話す気になれない」ブリジットにはブロウィック校の調査のことを打ち明け、ストレインにならってそれを〝魔女裁判〟と呼んでみせ、彼は悪いことなどしていないと説明したうえで、それでも怒っているのだと話してあった。腹を立てる権利くらいあるでしょ？「あるに決まってる」とブリジットは言った。

テイラー・バーチのフェイスブックのプロフィールをチェックするのがすっかり日課になっていた。公開された写真を次々にクリックして眺めるのは、不快でもあり快感でもあった。歯列矯正器にこしのないホワイトブロンドの髪、テイラーの見た目はあまりにぱっとしなかった。一枚だけ目に留まったのは、フィールドホッケーのユニフォーム姿で笑っている写真だった。スカートから半分覗く日に焼けた太腿、臙脂色の〝ブロウィック〟の文字が入った平らな胸。でも、とわたしは考えた。十五歳のわたしの身体を見て、発育がいいので大人の女性に近いとストレインが言ったことは覚えている。トンプスン先生の女らしい身体のことも。彼をことさらモンスターに仕立てようとすべきじゃない。

　単位は足りていたけれど、ヘンリーのゴシック文学ゼミを履修することにした。授業中に学生たちの議論がだらだら長引くと、ヘンリーは決まってわたしの意見を求めた。教室に沈黙が流れるたび、ほかの学生たちをさっと見まわしたあと、かならずわたしのほうを見た。「ヴァネッサ、きみの考えは？」心を囚われた女と怪物じみた男の物語についてなら語るべきものがあるはずだと、いつもわたしをあてにしていた。

　授業のあとには、ヘンリーの研究室についていく口実が毎回用意されていた。貸したい本があるとか、学部の賞にわたしを推薦したとか、来年応募できる指導補助員（ティーチングアシスタント）の仕事のことで話があるとか、大学院受験に備えてやるべきこととか。でも、いざふたりきりになると、おしゃべりをして笑ってばかりだった。笑うだなんて！　ストレインとはそんなふうに笑ったことなどなかった。彼のことはまだ無視を続けていて、毎晩電話が来るようになり、留守番電話には頼むから連絡をくれというメッセージがいくつも残されていたが、どんなに切羽詰まっているかといった話を聞く気にはなれなかった。わたしが求めているのはヘンリーだった。研究室に腰を落ち着け、壁に一枚だけ貼られた絵葉書を指差して、どんな逸話があるのか聞きたいとせがみ、それは学会でドイツに行ったとき買ったもので、その際に荷物をなくし、スウェットパンツ姿で歩きまわる羽目になったのだと話してもらうほうがよかった。きみは愉快でチャーミングで優秀で、これまでで最高の教え子だと言われ、どんなにすてきな未来が待ちうけているかを聞かせてもらうほうがよかった。「大学院に進んだら、かっこいいアシスタントになるだろうね。コーヒーショップで学生と面談するような」なにげないそんな言葉に、わたしははっとした。担当する教室の前に立って、学生たちに読み書きを教える自分の姿が浮かんだ。もしかしたらそういうことだったのかもしれない――求めていたのはストレインでもヘンリーでもなく、彼らのようになることだったのかもしれない。

ブログには、ヘンリーにどんな言葉をかけられ、どんな目で見られ、どんなふうに笑いかけられたかを残らず書き綴った。そこにこめられた意味を知りたくてたまらず、すべてを文字にすることで答えを得ようとした。いっしょに学生会館でランチを食べたこと、わたしが送ったメールに夜中の一時に返信してくること、わたしの冗談に冗談で応えてくれること、クラス全体宛てのメールの差出人名は〝H・プラウ〟なのに、わたしへのメールは〝ヘンリー〟が使われていること。〝なんでもないことかもしれないけど、なにか意味はあるはず〟という一文を、わたしはブログの画面を埋めつくすほど繰り返し入力した。十歳のとき面白半分に「ジャバウォックの詩」を暗記したと聞かされたとき、少年時代のヘンリーが目に浮かんだ。ストレインといてもそんなことは一度もなかった。そもそもヘンリーは、少年そのものとは言えないまでも、少年の面影をまだ残していた。冷やかすと顔を赤くしてははにかんだように笑った。メールに《シンプソンズ》のエピソードのことを書いたり、大学院生時代に流行っていた曲を話に出したりした。「ベル・アンド・セバスチャンを知らないって？」驚いたようにそう言ってCDをコピーしてくれたので、ヒントを求めて歌詞をじっくり読みこんだ。彼の目に映るわたしがそこに現れてはいないかと。

でも、ヘンリーはわたしに触れなかった。触れないどころか、握手さえしなかった。ただ見つめるだけだった。研究室でも、教室でも。授業中にわたしが発言をはじめたとたんに顔をほころばせ、わたしの言うことならなんでも褒めるので、しまいにほかの学生たちが、またあの子かとうんざりしたように目と目を見交わすようになった。あまりにも覚えのある、おなじみのパターンに思えて、ふたりきりになったときうっかりヘンリーに抱きつかないように、拳を握りしめてこらえなければならなかった。なにもかもわたしの思いこみだ、出来のいい学生にこんなふうに接するのは教授として普通なのだと自分に言い聞かせた。ちょっぴり特別扱いされているだけだ、夢中になるようなことじゃない。わたしが不純なのだ、ストレインにすっかり洗脳されて、ただのえこひいきを性的な興味に取り違えているだけだ。でもそれだけなら――わざわざCDまでコピーしてくれる？　毎回自分の研究室に呼んだりする？　やはり普通じゃない、身体がそう言っていた。頭が混乱していても身体にはわかる。こちらが行動に出るのを待たれているように感じることもあったけれど、十五歳のころのようには大胆になれなかった。拒絶されるのは怖いし、おまけにヘンリーのそぶりもあいまいなままで、膝に触れようとも、木の葉を髪のそばにかざそうともしなかった。思いきった行動に出てみようと、ある日シルクのキャミソールの下にブラを着けずに出かけてみたものの、ヘンリーの視線を感じると不快になった。だったら、どうしてほしいのか。わからない、わからない、わからない。

ある晩遅く、酔った勢いでノートパソコンを開いてブラウザにブロウィック校のアドレスを入力し、職員紹介ページを開いた。ペネロピ・マルティネスは二〇〇四年にテキサス大学の学士号を取得しているので、二十四歳ということになる。トンプスン先生がストレインと親しげにしていたときの年齢だ。あのとき、二十四歳の女の子と四十二歳の男の関係をなぜ誰も問題視しなかったのだろう。なぜ〝女の子〟かといえば、当時のトンプスン先生はシュシュやパーカーを愛用していて、大人の女性というよりは女の子に近かったからだ。ペネロピも女の子に見える。つやつやの黒髪、小ぶりな鼻、華奢な肩。初々しい顔立ちで若さにあふれた、ストレインの好みのタイプだ。

キャンパスを歩くふたりを想像してみた。背中で手を組んだ彼がペネロピを笑わせるところを。身体に触れられそうになったら、彼女はどうするだろう。ヘンリーに最初に触れられたときはどうしたのだろう。ふたりがいつ出会ったのかはわからないが、十歳の年の差があるのははっきりした。ヘンリーが大きな手でおずおずと彼女に触れるところが目に浮かんだ。髭面に熱い息遣いで。

ある日の午後、研究室で話しているとヘンリーの携帯電話が鳴った。応答するときの様子を見て、彼女だとぴんと来た。ヘンリーは背を向けて訊かれたことに短く答えはじめ、口調にぎこちなさを感じたわたしは邪魔にならないように腰を上げたが、〝待って〟と口の動きで止められた。

「もう切らないと」ヘンリーはいらだちの混じった声で電話の相手に向かって言った。「学生といっしょなんだ」挨拶もなしに通話を切ったので、勝った気がした。

彼女のことは一切話さなかった。

ペネロピが奥さんで、〝友人〟ではないことをヘンリーは明かそうとしなかった。存在を感じさせるものはゼロだった。話す理由がどこに？　でも、話さない理由は？　結婚指輪も、研究室に飾られた写真もなし。わたしに会ったことで、待てばよかったと思うこともあるのだろうか。わたしはつとめて彼女のロピが意地悪だとか、退屈だとか、ふたりでいても幸せじゃないとか？　わたしに会ことを考えようとした。人としてそうすべきだと思った。でも、その姿は頭の片隅におぼろげに浮かぶだけだった。ペネロピ。ヘンリーはそう呼んでいるのか、それともニックネームがあるのだろうか。ブロウィック校のウェブサイトの職員紹介ページをもう一度覗いてみながら、わたしがヘンリーと話しているとき、彼女もストレインと話しているといった偶然が起きるところも想像した。ストレインはたびたび電話してきては、きみのことが必要なんだ、こんなふうに電話に出ないのは残酷でやりすぎだと訴えていた。わたしに無視されて孤独を募らせたストレインが、若くてかわいいカウンセラーにちょっかいを出す可能性もあるかもしれない。ペネロピは話しやすいはずだ、きっとわたしよりも。笑顔を絶やさず、辛抱強くストレインの訴えに耳を傾ける姿が目に浮かんだ。申し分のない聞き手だ。ストレインは喜ぶはず。わたしがヘンリーを笑わせているとき、ストレインがペネロピを笑わせているところも思い浮かべた。ヘンリーが自宅の居間で夜遅くわたしにメールを書いているとき、ペネロピが寝室でストレインにメールを書いているところも。しまいにすべて想像だということを忘れそうになった。

それでも結局は残酷な現実に引き戻された。わたしが受け入れるのを知っていながら、ヘンリーは手を出そうとしないのだ。肝心なのはそれだとわかっていた。ほかのことはすべて無意味だと。

## 二〇〇七年二月十三日

Sと最後に話してから六週間。そのとき彼は、自分が追いつめられていて、敵の誰かがわたしに連絡してくるかもしれないと言っていた。わたしは忠誠を誓ったし、その忠誠を保ちつづけるつもりだ（ほかにどうできる？　彼を裏切る？　ありえない）。でも、家に泊まりに行った日以来、彼のことがうっとうしくなっている。留守電が溜まる一方だ。ディナーに行こうとか、元気でいるかとか、会いたいとか、きみが欲しいとか。いつもほんの数秒聞いただけで携帯を部屋の向こうに投げてしまう。こんなふうに必死に追い求められる感じは初めてだ。彼が過ちを告白したすぐあとにこんな状態になったのは、もちろん偶然じゃない。

彼のしたことを書く気にはなれないけれど、あいまいな書き方しかしないと、恐ろしい罪を犯したみたいに思われそうだ。人を殺したとか、そんなことはしていない。誰かを傷つけてさえいない。ただし、〝傷つく〟というのはすごく主観的な言葉だ。考えてみれば、みんななんの気なしに誰かに痛みを与えている。たとえば腕にとまった蚊なら、叩きつぶすのをためらったりしない。

授業のあと、ヘンリーがわたしに訊きたいことがあると言った。「メールしようと思ったんだが、直接話したほうがいいと思ってね」

研究室に入るとヘンリーはドアを閉じた。そして顔をこすり、深々と息を吸った。

「どう訊いたものかな」

「深刻なことですか」

「いや」ヘンリーはあわてて言った。「その、どうだろう。きみがいた高校の噂をちょっと耳にしたんだ。英語教師が生徒に不適切な行為を働いたというような。又聞きだから、はっきりしたことはわからないんだが、ただ……そうだな。ちょっと気になってね」

わたしはごくりと唾を飲んだ。「お友達から聞いたんですか。あそこで働いてる人から」

ヘンリーはうなずいた。「ああ、彼女から聞いた」

わたしはゆっくりと一拍の間を置き、相手が本当のことを打ち明ける時間を与えた。

「ちょっと責任を感じてね。きみから話を聞かされているから」

「でも、先生には関係ないでしょ」ヘンリーが驚いた顔をしたので、付けくわえた。

「悪い意味じゃないんです。先生は心配しなくていいってことです。先生の問題じゃないので」

喉がぎゅっと締めつけられ、息が詰まる。それをごまかそうと微笑んでみせた。ソファにすわったテイラー・バーチが、同情の色を浮かべたカウンセラーのペネロピに涙ながらに訴えるところが浮かんだ。ストレイン先生に触られたんです。なんであんなことをしたんでしょう、なんでいまはしないの？　想像は留まるところを知らず、最後はストレインの教員室へと舞い戻る。音を立てるラジエーター、緑がかった窓ガラス。

「ほら、あそこは寄宿学校だから。そんな噂はいつでも飛び交ってます。お友達が昔からあそこにいたんじゃないなら、深刻に受けとめるべきことと、放っておけばいいことの区別がついていないのかも。そのうちわかりますよ」

「ぼくが耳にしたのは、かなり深刻な話だった」

「でも、又聞きなんですよね。わたしは実際に起きたことを知ってます。彼から聞いたので。女の子の脚に触れただけだって」

「えっ」ヘンリーは驚きの声をあげた。「まだ彼と連絡をとりあっているとは思わなかった、というか気づかなかったよ」

自分のミスに気づき、口のなかがカラカラになった。まともな被害者なら、レイプ犯とその後も話をしたりしないはずだ。ストレインとわたしがまだ連絡をとりあっているとなると、ヘンリーに話したことの信憑性が一切なくなる。「複雑なんです」

「そうだろうね。もちろん」

「彼がわたしにしたことは、いわゆるレイプとは違ったから」

「説明する必要はないよ」

ふたりとも黙りこみ、わたしは床に目を落としたままヘンリーの視線を感じていた。

「ほんとに心配しないでください。その子に起きたことは、わたしの場合と全然違うので」

ヘンリーはわかった、きみを信じると言い、その話は終わりになった。


三月の第一週、ストレインの角ばった筆跡で宛名書きされた封書が送られてきた。なかには便箋三枚と、ホッチキス留めされた書類の束が入っていた。ふたりの関係が問題になったときに署名した、二〇〇一年五月三日付の宣誓書のコピー。ストレインとジャイルズ校長と両親が面談したときの手書きメモ。書いた記憶がおぼろげに残っている、孤島の少女と水夫たちの詩。末尾にわたしの署名が入った退学届。ジャイルズ校長宛ての、わたしとストレインが恋愛関係にあるという噂に関する意見書。筆跡に見覚えはなかったが、署名を見てわかった。パトリック・マーフィー、ジェニーの父親。これがすべての発端となった意見書だ。

書類を一枚ずつベッドに並べた。わたし宛ての手紙にはこう書かれていた。

ヴァネッサ

こちらは元気とは言いがたい。きみの沈黙をどう捉えていいものか、測りかねている。沈黙によってなにかを伝えようとしているのか、怒っているのか、私を罰したいのか。すでにいやというほど自分を罰したことをわかってほしい。ハラスメント騒ぎは続いている。じきにおさまることを願っているが、状況はよくなるどころか、悪化する恐れもある。私への攻撃材料としてきみを使うために誰かが連絡してくる可能性も残っている。きみがまだ味方でいてくれることを祈るばかりだ。

こんな手紙を書くこと自体、愚かなことかもしれない。きみは私の人生を左右するほどの絶大な力を持っている。しかるべき場所への電話一本でひとりの男を破滅させられると知りながら、平凡な女子大生の仮面をかぶって日々を送るのはどんな気分なのか、私には想像もつかない。だが、まだきみのことを信じている。でなければ、不利な証拠になりうる手紙など送ったりはしない。

同封した書類を見てほしい。六年前の残骸だ。あのときのきみはとても勇敢で、少女というより戦士だった。きみは私のジャンヌ・ダルクで、足もとまで火が迫ってこようと屈しなかった。あの勇気はまだきみのなかにあるだろうか。この書類は、きみが私を深く愛していたあかしだ。あのときのきみを覚えているかい。

わたしはその手紙を自分のブログに転記した。説明は添えず、〝これが郵便受けに届いたらどんな気がするかわかる?〟という大文字のタイトルだけつけてそのまま載せた。誰に訊くともなく、そう問いかけた。ブログの記事にコメントをもらうことは滅多になく、常連の読者もいなかったが、翌朝目を覚ますと匿名のコメントがついていた。投稿時間は午前二時二十一分。〝彼を人生から締めだしなさい、ヴァネッサ。あなたにはふさわしくない〟

その記事を削除してもコメントは続き、いつも夜中に送信されて目を覚ましたわたしを待っていた。詩の草稿を投稿したときにはすべての行に批評がつき、自撮り写真を何枚か載せると〝ゴージャス〟と感想が来た。〝あなたは誰?〟と返信してみたが、反応はなく、それきりコメントはつかなくなった。

＊

寝室の入り口にブリジットが現れて訊いた。「行く？」

スプリング・フリングの初日だった。授業をサボって昼間からお酒を飲む、大騒ぎの春の一週間だ。その日の午後は桟橋でパーティーがあった。

わたしはノートパソコンから顔を上げた。「ねえ、これ見て」画面の向きを変えてテイラー・バーチの最新の写真を見せた。アップの自撮りで、口をへの字に結び、目はアイラインで真っ黒に縁取られている。ブリジットが無反応なので、わたしは言った。「ほら、彼のことを告発した例の子」

「どうかした？」

「だって、おかしくって」わたしは笑った。「このしかめっ面！　元気出しなさいよってコメントしてやりたい」

ブリジットは眉をひそめて口を引き結んだ。しばらくしてこう言った。「ヴァネッサ、その子はまだ子供なんだから」

わたしは画面の向きを戻し、頬を熱くしてページを閉じた。

「その子のフェイスブックばっかり見てちゃだめ。むかつくだけでしょ」

わたしはパソコンをぴしゃりと閉じた。

「それに、笑いものにするなんて、ちょっと意地悪だと思う」

「うん、まあね。ありがと、わざわざ教えてくれて」

ブリジットの視線を感じながら、わたしはベッドを出て憤然と部屋を歩きまわり、床に積みあがった服をひっかきまわした。「で、行くの?」とブリジットが訊いた。

気温はまだ十八度、それでもメイン州の四月にしては夏も同然だった。桟橋には安ビールのケースが積まれ、鉄板でホットドッグが焼かれていた。女の子たちはビキニトップで日光浴をし、サーフパンツ姿の若者三人が花崗岩の岩場を越えて冷たい水に膝まで浸かっている。ブリジットがカクテルゼリーのトレイを見つけて、ふたりで歯のあいだから吸うようにして三杯ずつ飲んだ。卒業後の予定を人に訊かれたので喜々として答えた。「ヘンリー・プラウのアシスタントをしながら院試の準備をするつもり」ヘンリーの名前を聞いて女の子が振り返り、わたしの肩に触れた。ゼミでいっしょのエイミー・デュセットだ。

「ヘンリー・プラウって言った？」すっかり酔っていて、視線が定まらない。「ああ、彼ってほんとセクシー。もちろん肉体的にじゃなく、知的にだけど。あの頭をかち割って、脳みそにかぶりつきたい。わかる？」そう言って笑い、わたしの腕をぽんと叩いた。「ヴァネッサならわかるよね」

「それ、どういう意味？」と訊いたが、エイミーはもう背を向けて巨大なスイカに目を奪われていた。たったいまヘンリーの頭をそうしたいと言ったように、スイカがかち割られようとしている。「ウォッカを二本しみこませてあるんだ」と誰かが言った。ナイフも皿もないので、誰もがアルコールたっぷりの果汁を桟橋にこぼしながら手づかみで食べた。

わたしはぬるい缶ビールをがぶ飲みしながら、床板の隙間から波を見下ろした。ブリジットが両手にホットドッグを一本ずつ持ってやってきて、ひとつ差しだした。わたしが首を振って、もう帰ると言うと、だらんと肩を落とした。

「なんで一生に一度くらい楽しもうとしないわけ」そう訊いたが、わたしの傷ついた顔を見て言いすぎたと気がついたようだ。歩きだすと、ブリジットの声が追ってきた。「本気じゃないってば！　怒らないでよ、ヴァネッサ！」

はじめは家に向かって歩いていたものの、またベッドで酔っぱらうだけの午後を過ごすのかと思ったとたん、ヘンリーの研究室がある校舎へと足が向いていた。月曜日の午後は大学にいるはずだ。勤務スケジュールはすっかり頭に入っていた。いつ校内にいて、いつ授業があり、いつ研究室に——おそらくはひとりで——いるかも。

ドアは細くあいていたが、室内には誰もいなかった。机の上には書類の山と開いたノートパソコンが置かれている。席にすわって抽斗(ひきだし)を片っ端からあさってみたくなった。

机を見下ろしているところをヘンリーに見つかった。「ヴァネッサ」

わたしは振りむいた。ヘンリーはリングノートの束を抱えていた。英作文クラスの学生たちの日記だ。ヘンリーはそれを採点するのをなにより嫌っている。彼のことにすっかり詳しくなっていた。まともじゃないほどに。

ヘンリーがノートの束を机に置くと、わたしは来客用の椅子にすわりこんで両手で頭を抱えた。

「なにかあったのかい」

「いえ、酔っぱらってるだけです」首をもたげるとヘンリーがにっこりするのが見えた。

「酔っぱらって、衝動的にここへ来たってわけかい。光栄だな」

わたしはてのひらを両目に押しつけてうめいた。「甘やかさないでください。こんなことすべきじゃないのに」

ヘンリーがちらりと傷ついた顔を見せた。いまのは失言だった。ふたりのしていることに注意を向けすぎるとすべてが台無しになりかねないのは、誰よりも知っているのに。

わたしはポケットの携帯電話を取りだし、画面をスクロールしてヘンリーに不在着信の履歴を見せた。「ほら、彼からこんなに電話が来るんです。放っておいてくれなくて。頭がおかしくなりそう」

〝彼〟が誰かは、わざわざ言うまでもない。わたしを見るたび、ヘンリーがまっさきにストレインを思い浮かべるのはわかっている。ふたりは顔を合わせたことがあるのだろうか。想像のなかではすでにふたりを握手させていた。ストレインの身体に残ったわたしの痕跡がヘンリーに伝わる――その想像が、これまでのところ彼との触れ合いに最も近いものだった。

ヘンリーが携帯をにらみつけて言った。「いやがらせだな。番号をブロックできないのかい」

首を振ったが、本当は知らなかった。たぶんできるのだろうが、かかってくること自体は望んでいた。うなじに息を吹きかけられるようなその感じを。一方でヘンリーの同情を得るには、わたしが正しい振る舞いをし、正しいことを望み、自分を守るためにあらゆる手を尽くす必要があることもわかっていた。

「いやがらせといえば、もうひとつ。数週間前、わたしがブロウィック校を追いだされたときの書類が彼から送られてきたんです」

「え?」ヘンリーが仰天してわたしを見た。「追いだされたなんて初耳だ」

また嘘をついたことになるのだろうか。厳密には自主退学で、ストレインが送ってきた封書には退学届のコピーも入っていた。でも、気持ち的には追いだされたというほうが近い。落ち度はあったとしても、わたしが選んだことではないからだ。

気づけば事情を明かしていた。ストレインを刑務所に入れないためにわたしが罪をかぶったこと、校長室での話し合い、教室の前に立って嘘をついたと告白し、記者会見のように質問に答えたこと。聞いているヘンリーは呆然と口をあけ、同情をにじませていて、その顔に動揺が浮かべば浮かぶほど、話にはずみがついた。こんなの間違っている、わたしはひどい目に遭わされた、悲惨な経験のせいで人生を真っぷたつに引き裂かれたのだ、そんな思いが押し寄せた。試練に耐えたいま、その後遺症としてこんなふうに告白したい欲求に駆られているのだ。話したければ話してもいいのでは？　事実にいくらか手を加え、細かい部分はぼかすとしても、相手が見せる同情によって、ストレインにされたことを確認する権利くらいあるのでは？

「それにしても、彼はなぜそんなことを？　書類を送りつける理由が出てきたとか？」

「わたしが彼を無視してるからです。いま起きていることのせいで」

「彼に対する告発のことかい」

わたしはうなずいた。「わたしが暴露するのを心配してるんです」

「暴露する気は？」

わたしは答えなかった。つまりノーだ。両手で携帯をもてあそびながらこう言った。

「わたしのこと、ひどい人間だと思うでしょ」

「思わないよ」

「いろいろ複雑なんです」

「説明しなくていい」

「身勝手だと思ってほしくなくて」

「そんなことは思わないよ。いいかい、ぼくから見ればきみは強い人だ。本当に、信じられないくらい強いよ」

ストレインはまともではない、わたしを操って十五歳のころの精神状態に引き戻そうとしているのだとヘンリーは言った。わたしにしたこと、いまもしていることを考えれば、社会から追放されてもおかしくないのだと。それを聞いたとたん、荒涼とした色のない空と一面の焼け野原が目に浮かんだ。立ちのぼる煙の向こうに見え隠れするシルエットは、冬の薄日に舞う埃のなか、わたしの白い肌に浮いた青い静脈を指でたどるストレインの姿だった。

「彼のことを暴露するつもりはありません。どんなにひどい人でも」

ヘンリーの表情がやさしくなった。とてもやさしく、とても、とても悲しげに。いま身を寄せれば、なにをしても拒まれないだろうと感じた。ノーとは言われないだろう。ヘンリーは手を伸ばせば触れるほど近くにいて、膝をまっすぐこちらに向けて待っている。開いた腕のなかに抱き寄せられるところを想像した。口からほんの数センチのところにヘンリーの首が近づき、そこに唇を押しつけると彼が身を震わせる。そうさせてくれるはず。なんだってさせてくれるはずだ。

わたしは動かなかった。ヘンリーがため息をついた。

「ヴァネッサ、きみのことが心配だ」

春休み前の金曜日、ブリジットがタオルにくるまれた仔猫を抱いて帰ってきた。グリーンの目と鍵尻尾の三毛猫で、お腹はノミだらけだった。「ベーグル屋の裏のゴミ捨て場で見つけた」

わたしは仔猫の鼻に指先を近づけ、親指を嚙ませた。「魚のにおいがする」

「スモークサーモンの容器に頭を突っこんでたから」

ふたりで仔猫をお風呂に入れ、ミヌーと名づけた。日が暮れるころ、猫用トイレとフードを買いにエルズワースの〈ウォルマート〉まで車を走らせた。仔猫は家に残しておけないので、ブリジットがトートバッグで肩にかけて連れていった。帰りの車中で、鳴いて甘えるミヌーをわたしが膝に抱いていると、携帯電話が何度も鳴った。ストレインだ。

四回連続で〝拒否〟ボタンを押すのを見て、ブリジットが笑った。「ほんと、意地悪なんだから。彼が気の毒になってきた」

さらに一件留守電が入るのを聞いて、ブリジットはわざとらしく息を呑んでみせた。ふたりとも仔猫のせいで興奮してあけっぴろげになり、遠慮なくお互いをからかっては大笑いしていた。

「聞いてもみないの？　緊急事態かもよ」

「絶対違う」

「わからないじゃない！　聞いてみたほうがいいってば」

自分が正しいことを示すためにわたしは通話をスピーカーに切り替え、電話をくれと訴える切羽詰まった声が聞こえてくるのを待った。返事がないので困っている、封筒は受けとってくれたか、と。ところが、聞こえてきたのは風音と雑音が混じった不明瞭な怒りの声だった。「ヴァネッサ、きみの家に向かっている。とにかく電話に出ろ」そこで留守電は切れた。

わたしの様子を窺いながらブリジットが訊いた。「緊急事態みたいね」

ストレインの番号にかけると、最初の呼出音の途中で応答があった。「家にいるか？あと三十分で着く」

「ええ。いいえ、違う。いまは家じゃない。仔猫を拾ったから、猫用トイレを買いに出てる」

「なにをって？」

わたしは首を振った。「なんでもない、気にしないで。なんでこっちへ来るの」

はっと笑い声があがる。「わかってるだろ」

ブリジットはこちらが気になるように、前方とわたしに交互に目をやっていた。ダッシュボードの明かりでその口が動くのが見えた。〝大丈夫？〟

「わからない。いったいなんなの？　とにかく、勝手に来られても――」

「なにがあったか、あいつからもう聞いたのか」

わたしはフロントガラスの向こうを眺めやった。真っ暗な幹線道路にヘッドライトのトンネルが続いている。ストレインが吐き捨てるように〝あいつ〟と言うのを聞いて、うなじがぞくっとした。「誰のこと？」

ストレインがまた笑った。その姿が目に浮かぶ。険しい目、食いしばった奥歯、別の誰かに向けるところしか見たことのない怒りの表情。その怒りがわたしに向けられることを思うと、足もとの地面がぼろぼろと崩れていくような気がした。

「とぼけるのはやめろ。十分で着く」

ついさっき三十分と言ったじゃないと言い返そうとしたが、電話はすでに切れ、画面に〝通話終了〟の文字が光っていた。隣のブリジットが訊いた。「大丈夫？」

「うちに来るって」

「なんで？」

「わからない」

「なにかあったの」

「わからないんだってば、ブリジット。話は全部聞こえてたでしょ。なにからなにまで説明されたわけじゃない」

車内に漂っていた心地いい連帯感は消え去り、沈黙が落ちた。膝の上でミヌーが鳴いた。哀れっぽくか細いその声に怒りを覚えられるのはモンスターくらいなものだろう。でも、それがわたしの正体なのだ。そのときなによりしたかったのは、仔猫の小さな顔を両手でつかんで叱りつけることだったから。ちょっと黙ってて、考えさせてと怒鳴りつけたかった。仔猫も、ブリジットも、誰彼かまわず。

今夜は出かけるからアパートメントはふたりで使ってとブリジットは言った。本当のところは、わたしからも、不気味な中年の恋人からも、絶えずわたしを包んでいるぴりぴりした空気からも逃げだしたかっただけだ。数週間前に家に連れこんだ男にもこんなふうに言っていた。**ああ、ヴァネッサはいつでも警戒モードなの。厄介事を引き寄せちゃうタイプだから。**

ブリジットが家を出ると、わたしはミヌーを膝にのせてソファにすわり、コーヒーテーブルに置いたノートパソコンを開いた。事情を説明するメールでも来ないかと、数分ごとに身を乗りだして画面を更新した。正面入り口のドアがあいて階段をのぼる重たい足音が聞こえたので、ミヌーを押しやって携帯電話をつかんだ。ドンドンとノックの音が響くと仔猫はソファの後ろに逃げこみ、わたしは親指をキーパッドに這わせた。緊急通報するという考えは、ヘンリーからのメールを期待するのと同じくらいばかげている。電話したところでなにも解決しない。助けを求めれば、オペレーターからの答えようのない質問に答え、説明しようのないことを説明しなければならない。ドアを叩いている男性は誰ですか。どういったお知り合いです？　その人との正確なご関係は？　ちゃんと説明していただかないと。選択肢はふたつ。七年にわたるこの泥沼を抜けだし、わたしの話を信じるかどうかもあやしい第三者の情けにすがるか、あまりにひどい事態でないことを期待してドアをあけるか。

なかに通されると、ストレインはドアを入ったところで膝に手をついて身を支え、ぜいぜいと肩で息をした。倒れるのではと不安になり、わたしは一歩近づいた。ストレインが片手を上げた。

「近寄るな」

そう言って身を起こすと、コートをラウンドチェアにぽんと置いてから室内を見まわし、バスルームの入り口からあふれた使用ずみのタオルや、コーヒーテーブルの上のマカロニチーズがこびりついたボウルに目を留めた。それからキッチンに入って食器棚をあけた。

「きれいなグラスはないのか。ただのひとつも？」

カウンターに置いたプラスチックの使い捨てコップをわたしが指差すと、ストレインはこの自堕落女めという目でにらみつけ、コップに水道水を注いだ。それを飲む姿を見ながら、相手の怒りにふたたび火がつくのを一秒、また一秒と待ったが、コップが空になると、彼は空気が抜けたように力なくカウンターにもたれた。

「来たわけを本当に知らないのか」

射るような視線を感じながら、わたしは首を振った。顔を合わせるのはクリスマスにテイラー・バーチの話を聞かされて以来だ。数カ月のあいだにストレインはどこか変わったようだった。顔の印象が違う。しばらく考えて気づいた。眼鏡だ。縁なしの、ほとんど目立たないものに替わっている。わたしにひとこともなくそんなに重要なものを替えたのだと思うと、ちくりと胸が痛んだ。

「教員のパーティーを抜けて来たんだ。それとも、資金集めの会だったか。くそ、どうだっていい。行くつもりもなかったんだ。ああいう集まりが嫌いなのは知ってるだろ。だが、今夜もまた引きこもって過ごすのかと思うと耐えられなくてね」ストレインはため息をつき、瞼を揉んだ。「つまはじきにされるのは、いいかげんうんざりだ」

「なにがあったの」

ストレインは両手をだらんと下ろした。「同僚何人かとすわっていて、そこにペネロピもいたんだ」と言ってわたしの反応を窺う。息を呑んだのに気づいたはずだ。「ほら、なんの話かわかっているはずだ。とぼけるのはよせ。いいから——」カウンターに両手を叩きつけ、わたしに一歩近づいて、肩をつかもうと腕を突きだしたが、そこで思いとどまったように両手を拳に握った。

カーテンがあけっぱなしにされていた。人目を避ける癖がしみついているせいで、とっさにわたしの頭に浮かんだのは、通行人が見上げればなかの様子が丸見えだということだった。ブラインドを下ろそうとすると腕をつかまれた。

「彼女の夫に話しただろ。きみの教授に。私にレイプされたと」

ストレインは手を離してわたしを突き飛ばした。そんなに強い力ではなかったものの、それでもよろめいて後ろのゴミ箱にぶつかった。元はシンクの下にあったものだが、ずいぶんまえからキッチンのど真ん中に放置されていた。わたしが倒れると、コンロの上のレンジフードが強風の日のように音を立てた。立ちあがろうとするわたしに彼は手を貸さなかった。怪我はないかと訊いただけだった。

わたしは首を振った。「大丈夫」そう答えたが、お尻にあざができていそうだ。外の暗がりに興味津々の見物人がいないかと、また窓に目をやった。「なぜその人はわたしの話なんてしたの？　奥さん、つまりペネロピが」

「彼女はなにも言ってない。夫のほうだ。夫が一時間半もこちらをにらみつけていて、便所にまで追いかけてきて――」

その瞬間、自分のなかでなにかがはじけ、抑えが利かなくなった。「ヘンリー？彼に会ったの？」

ストレインは口をつぐんだ。わたしがセックスのあとのため息のように別の男の名を口にしたことにたじろいだようだ。少しのあいだ、その顔から力が抜けた。

「彼はなんて？」

それを聞いてストレインはまた表情を硬くし、眉根を寄せて目を光らせた。「だめだ」きっぱりとそう言った。「質問するのはこっちだ。なぜあんなことをしたのか言いなさい。私にレイプされたなどと、なぜ言ったりしたのか。よりによって、私の同僚と結婚している男に」〝レイプ〟のところで声がくぐもった。不快すぎる言葉に吐き気を催したように。「なぜそんなことをしたのか教えるんだ」

「ブロウィック校を去ることになったいきさつを説明しようとして、なぜだか、ぽろっと口から出てしまって」

「なんでそんな説明をする必要が？」

「私立高校で教えたことがあると言われたから、わたしもそういう学校にいたと言ったら、友達がブロウィック校で働いてるって聞かされて。自然な流れだったの。わたしから話を持ちだしたわけじゃない」

「なら、誰かがブロウィック校の名前を出しただけで、ぺらぺらレイプの話をはじめるってわけか。かんべんしてくれ、ヴァネッサ。どうかしてるんじゃないか」

わたしは身をすくめてストレインの非難を浴びた。そんな告発をすればどんな影響が及ぶかわかっていなかったのか。これは名誉毀損、まさに犯罪行為だ。どんな男でも破滅させられる。すでに崖っぷちにいる者ならなおさらだ。下手な相手に話が漏れれば一巻の終わり、死ぬまで刑務所暮らしだ。

「しかもきみは承知している。そこが理解できないんだ。そんな告発を受ければ私がどうなるかをわかっていて、あえて……」ストレインが両手を掲げた。「それが解せない。わざわざ嘘をつく、その残酷さが」

言い訳したかったけれど、彼の非難をなにひとつ否定できそうになかった。あの言葉をぽろりと口にしてしまったあと、わたしはそれを訂正しなかった。嘘をそのままにして、何十件もの着信履歴をヘンリーに見せ、ストレインのことを〝まともではない〟〝社会から追放されてもおかしくない〟などと言わせた。傷ついたか弱い女の子として、やさしく扱われたかったからだ。でも、それを言うなら、ストレインが保身のために書いた覚書(おぼえがき)はどうなのだろう。当時のわたしはひたすら言いなりで、まともに頭が働いていなかった。だからストレインは、いともたやすく、わたしを彼にのぼせあがった情緒不安定な女子生徒に仕立てあげた。それがわたしにどんな影響を及ぼすかを知りながら。わたしが嘘つきで残酷だと言うのなら、彼も同じだ。

「どうして例の子の件を何カ月も話さなかったの」

「やめろ。話をすり替えるな」

「でも、そういうことでしょ。こんなに怒ってるのは、それでなくてもまずい状況だからでしょ、ほかの子を撫でまわしたせいで――」

「撫でまわした？　なんて言い草だ」

「子供を触ったんだから、どう言われたって当然じゃない」

ストレインはコップをつかんで蛇口をひねった。「そんな態度をやめないなら、話しても無駄だな。私をひたすら悪者にしようとするなら」

「悪いけど、無理みたい」

彼は水を飲み、手の甲で口を拭った。「だろうな。私を悪者にするのはたやすいから。この上なくたやすい。だが、同じくらい、きみのせいでもあるだろう？　自分がレイプされたと心底思いこんでいないかぎりは」水が半分残ったカップをシンクに投げ入れ、カウンターに手をつく。「オーガズムにもだえながらレイプされたとでも言う気か。まったく、かんべんしてくれ」

わたしは両の拳を握りしめ、てのひらに爪を食いこませて、意識を部屋のなかに、身体のなかに留めるようにと脳に命じた。「どうして子供を持たないことにしたの」

ストレインが振り返った。「なんだって？」

「三十代のときにパイプカットしたんでしょ。ずいぶん早くに」

彼は困惑の色を浮かべた。手術を受けた年齢をわたしに話したのだったか、そうでなければなぜわたしが知っているのかと考えているようだ。

「カルテを見たの。高校生のとき、病院でアルバイトをしたから。保管庫で見つけた」

ストレインが近づいてくる。

「お医者さんのメモに、あなたは子供を持つ気がないとはっきり書いてあった」

さらに近づいてきたので、わたしは寝室のほうへ後ずさった。「なぜそんなことを訊くんだ。なにが言いたい？」

寝室の奥までしりぞくと、ふくらはぎがベッドの側面にぶつかった。答えたくなかった。答えようがなかった。訊きたいことはひとつではなく、もやもやとしたわだかまりがいくつも溜まっている感じだからだ。わたしと同じようにほかの子にも惹かれたのでないなら、なぜわたしにしたのと同じようにその子にも触れたのか。わたしにイチゴ柄のパジャマを渡したとき、なぜ彼の手は震えていたのか。それをわたしに与える彼が、長年の秘密を明かすように見えたのはなぜなのか。電話で〝愛してる、パパ〟と呼びかけてほしいと言われたとき、いつものようにテストされているのだと感じた。それに応じたのはテストに落ちたくなかったから、心が狭いとかすぐに大騒ぎするとか、そんなふうに思われたくなかったからだ。そのあとストレインはそそくさと電話を切った。自分をさらけだしすぎたのを悔やむように。あの夜の彼からは、羞恥の念が脈打つようにあふれだしていた。回線を通じてそれがまっすぐ流れこんでくるのを感じるほどに。

「言い逃れのために、私をモンスターに仕立てるのはやめろ。そうでないことはわかっているはずだ」

「なにがわかっているのかもわからない」

ストレインはわたしが過去にしたことを持ちだした。自分になんの責任もないと思うのは卑怯だ。二年も離れていたあとで戻ってきて、いきなり戸口に現れたのはきみだろう。ふたりのことなど忘れて、前へ進むこともできたはずだ。

「傷つけられたというなら、なぜ戻ってきたりした？」

「終わった気がしなかったから。まだあなたとつながってる気がしたから」

「だが、こちらから求めはしなかった。きみが電話してきたときも。覚えてるか。きみのか細い声が留守電から聞こえていた。私はそこに立って、なにもするまいと自分を抑えたんだ」

そこで彼は泣きだした。タイミングを見計らったかのように、血走った目に涙があふれた。

「私は慎重じゃなかったかい。いつもきみの気持ちをたしかめていただろ」

「そうね、慎重だった」

「どんなに心を砕いていたか。きみには想像もつかないだろう。でもきみはためらいなど見せなかった。自分の望みがわかっていた。覚えてるかい。キスしてほしいと自分が言ったことを。本気かどうか、私はたしかめた。じきにきみにうんざりされたが、それでもたしかめるのをやめなかった」

その頬を涙が伝い、髭に吸いこまれた。泣き顔に懐柔されそうになりながら、わたしは平静を装った。

「きみはいいと言った」

わたしはうなずいた。「それはわかってる」

「なら、いつ私がレイプしたんだ。いつやったか教えてくれ。ずっと――」ストレインは震える唇で息を吸い、てのひらの付け根で目を拭った。「ずっと努力してきたんだ、だから理解できない……」

そしてわたしに続いてベッドに上がり、顔を伏せて、わたしの胸もとに湿っぽく荒々しい息を吹きかけた。やがて感情の波が引き、別の波が取って代わったように、唇をわたしの首に這わせ、ワンピースの裾をたくしあげた。裸にされ、押したおされ、どこを触れられても痛みを感じながら、わたしはされるがままになった。脚を広げられて顔をうずめられると、涙があふれて頰を伝った。二日後が誕生日だった。二十二歳の。これがわたしの七年間のすべてだ。振り返っても、ほかにはなにも見つからない。

やがて正面入り口のドアがあいて、二組の足音が階段をのぼってくるのが聞こえた。ブリジットの笑う声に続いて、つまずいたような音がした。「大丈夫？」ドアが開き、若い男の声がした。「抱えていこうか」

「酔っぱらっちゃった」ブリジットが言った。笑い声が居間を満たした。「すっごく、

すっごく、酔っぱらっちゃった！」

鍵束が床に落ちる音、ブリジットが相手を寝室に連れこんでドアを閉じる音。笑い声が聞こえないかと耳を澄ましたが、こちらが叫んでもかき消されそうなほどの大音量で音楽が流れはじめた。

ストレインに抱かれながら、わたしの一部は寝室からキッチンへとさまよい出た。彼が水を飲んだコップがシンクに転がっている。水が滴る蛇口、低くうなる冷蔵庫。仔猫が居間からやってきて、抱きあげてほしいとせがむ。わたしの片割れは仔猫を腕に抱え、窓際に立ってひっそりとした通りを見下ろす。いつのまにか嵐が来ていて、街灯のオレンジの明かりが雨のカーテンを照らしている。わたしの片割れは降りしきる雨を眺めながら、寝室から漏れてくる音を鼻歌でかき消す。ときどき息をひそめて、まだ終わらないかとたしかめる。金属のベッドフレームがきしみ、肌と肌がぶつかりあう音が聞こえると、仔猫をきつく抱きしめ、また雨に目をやる。

翌朝、ストレインが階下のベーグル店でコーヒーを買ってきた。わたしはベッドにすわって湯気の立つカップを手にぼんやり宙を眺めながら、彼がブロウィック校のパーティーでの一部始終を話すのを聞いていた。保護者や卒業生や教員が講堂でワインとオードブルを楽しむその集いの最中、ヘンリーが自分をにらみつけていることに気づいたが、最初は気にせずにいたという。ところがトイレで用を足して出ると、バーで喧嘩をふっかける酔っぱらいよろしく、ヘンリーが廊下で待ちかまえていた。

「共通の教え子がいるとやつは言った。そしてきみの名前を出した。きみにいやがらせをしているだろうと食ってかかって、私を壁に押しつけたんだ。きみになにをしたか知っているとも言って、私をレイプ魔呼ばわりした」そう言うとストレインは唇を噛み、深々と息を吸った。

わたしはコーヒーを口に運び、そんなふうに逆上したヘンリーを想像しようとした。

「きちんと誤解を解いておいてくれ」

「そうする」

「もしもペネロピに伝わっていたら――」

「わかってる。本当のことを言うから」

ストレインはうなずき、コーヒーをひと口飲んだ。「これも言っておかないとな。きみが書いているブログのことも知っている」

わたしはとまどった。すぐには理解できなかった。わたしのコンピューターで見たのだとストレインは言った。部屋を見まわしても、どこにも見あたらない。居間のコーヒーテーブルの上に置いたままだ。夜中に起きて見に行ったのかと思ったが、そうではなく、見つけたのは二年ほどまえのことだという。そんなに長いあいだ知っていたなんて。

「きみが暴露したくてうずうずしているのは知っていた。ブログという形でその欲求を満たすなら害はないだろうとも思っていた。以前は自分の名前が出ていないかたしかめるためにときどき覗いていたんだが、正直なところ、最近まで忘れていたんだ。十二月にセクハラだのなんだのとばかげた騒ぎが起きたとき、削除するように言うべきだった」

わたしはあきれて首を振った。「ブログのことを知ってて黙っていたなんて、信じられない」

彼は信じられないというわたしの言葉を謝罪だと誤解した。「いいんだ。怒っているわけじゃない」ただし、削除は必要だという。「妥当な要求だと思うがね」

コーヒーを飲んでしまうと、わたしはストレインのあとについて居間へ行った。身体と頭、どちらからも切り離されたような感じがしていた。ブリジットの部屋のドアは閉じたままだった。まだ早いので、あと数時間は起きてこない。彼がソファの上で丸くなった仔猫を指差した。「どこで拾ったんだ?」

「路地裏のゴミ捨て場で」

「へえ」ストレインはコートのファスナーを閉じ、ポケットに手を突っこんだ。「まあ、ある意味、きみがあの教授の罪悪感を刺激した面もあるだろうな、知らないうちに。やつのあの反応は、ある程度は自分自身の結婚に対するものなんじゃないかと思う。いささか微妙な問題があるからね」

「どういうこと」

「ペネロピはやつの教え子だった。高校ではなく大学のだが、それでもね。彼女はきみといくつも違わないし、やつのほうは――もう四十近くか？　彼女は十九歳で結婚したそうだ。不意打ちさえ食らわなければ、あいつの偽善を指摘してやれたんだが。黙らせてやれたはずだ」

二年もまえからブログのことを知っていたと聞かされたばかりでなければ、そして前夜の出来事のせいでひどい吐き気と痛みを覚えていなければ、その言葉にショックを受けたかもしれない。でもくたびれはてたわたしは、壁にもたれて笑いだした。息も絶え絶えになるほどに。ペネロピは彼の教え子だった。当然だ、なんの不思議もない。

ストレインは眉を吊りあげてわたしを見ていた。「なにかおかしいか」

わたしは首を振り、まだ笑いながら言った。「いいえ、全然おかしくない」ストレインのあとについて一階へ下り、彼が正面入り口を出るまえに、まだ怒っているかとわたしは訊いた。彼にレイプされたと言ったこと、秘密を漏らしたことを。小さく舌を鳴らして額にキスしてくれるものと思った。もちろん怒ってないさ、と。でも、彼は少し考えてからこう言った。「怒っているというより悲しいよ」

「悲しいって、なぜ？」

「そうだな、きみが変わったから」

わたしはドアに手をかけた。「変わってなんかない」

「いや、変わったよ。私とのことも卒業だな」

「そんなことない」

「ヴァネッサ」ストレインは両手でわたしの顔を包んだ。「もう終わりにしよう。少なくともしばらくのあいだは。いいね。どちらのためにもならない」

ショックのあまり、わたしは顔を包まれたまま立ちつくした。

「きみは自分の人生を歩んでいかないといけない。私にばかりこだわらずに」

「怒ってないって言ったのに」

「怒ってないさ。こっちをごらん、怒ってないだろ」そのとおりだった。少しも怒りは感じられず、縁なし眼鏡の奥の目は穏やかだった。

二週間のあいだ、わたしはアパートメントに引きこもり、隣で身を丸めたミヌーをお供にテレビの前で過ごした。《ツイン・ピークス》のＤＶＤセットを一気見したあと、いくつかのエピソードを繰り返し見なおした。ときにはブリジットもいっしょに見たが、邪悪な霊に取り憑かれた善良な男の登場人物が十代の少女たちをレイプし殺害するエピソードで、わたしが暴力と悲鳴のシーンを何度も再生すると、寝室に引っこんでドアを閉じた。

そのころ、カトリーナという十四歳の少女がオレゴン州で行方不明になった事件がニュースになっていた。きれいで、白人で、写真映えするその顔をあらゆるところで目にするせいで、記事の見出しとドラマの区別がつかなくなった。〝誰がカトリーナを攫ったのか〟〝誰がローラ・パーマーを殺したのか〟。どちらも最後に目撃されたのは、ベイマツの森に必死に駆けこんでいく姿だった。カトリーナの失踪事件でまっさきに疑われたのは、精神疾患の病歴があり、何週間も連絡が取れなくなっている別居中の父親だった。カトリーナの写真が十枚以上も公開されているのに比べ、ニュースに登場する父親の写真は、飲酒運転で逮捕されたときによれよれの姿で撮影された一枚だけだった。やがてふたりは、ノースカロライナ州の電気も水道もない小屋で暮らしているところを発見された。父親は逮捕時に〝終わってくれてよかった〟と言ったと伝えられた。後日、さらに詳細が明らかになった。逃亡生活でカトリーナは痩せ衰え、小屋では野草を食べて生き延びていたという。テレビの光に青く照らされた居間にぽつんとすわったわたしは、人には聞かせられないひどい言葉をつぶやいた。賭けてもいい、この子は心のどこかでそんな生活を楽しんでいて、捕まらなければいいと願っていたはずだと。

寝室から出てきたブリジットは、マリファナで朦朧となり、涙を流して咳きこむわたしに気づいて、猫に餌をやり、空き瓶を拾いあつめ、コーヒーテーブルに電気代の請求書と自分の分の半額を置き、切手を貼って宛先を書いた封筒も添えておいてくれた。ストレインが来た晩につらいことがあったのは知っていて、それでもわたしがひとりで立ちなおるまで、立ち入ろうとはしなかった。なにも訊かず、知りたがってもいなかった。

＊

**宛先**　vanessa.wye@atlantica.edu
**差出人**　henry.plough@atlantica.edu
**件名**　ゼミ欠席
ヴァネッサ、元気にしているかい。今日はゼミで会えずに残念だった。ヘンリー

**宛先**　vanessa.wye@atlantica.edu
**差出人**　henry.plough@atlantica.edu
**件名**　心配している
こちらはますます気になっている。なにがあった？　メールより気が楽なら、電話してくれてもいい。学外で会うこともできる。きみのことが心配だ。ヘンリー

**宛先**　vanessa.wye@atlantica.edu
**差出人**　henry.plough@atlantica.edu

**件名**　とても心配

ヴァネッサ、もう一度欠席したら、きみの成績は不可か保留にしなければならない。保留にして、埋め合わせの方法を相談することはできるが、そのためには大学に来て書類に記入してもらわないといけない。明日はどうだろう？　怒ってはいない、とにかく心配なんだ。連絡を待っている。ヘンリー

研究室に顔を出すと、ヘンリーがぱっと笑顔になった。「来てくれたんだね。本当に心配していたんだ。なにがあった？」

ドア枠にもたれたまま、わたしは無言でヘンリーをにらんだ。てっきり謝罪の嵐が待っているものと思っていた。すぐに理由に思いあたらないなんて理解できない。ブロウィック校のパーティーがあったのは三週間前、忘れてしまうほど昔じゃない。

わたしは退ゼミ届を差しだした。「これにサインしてもらえます？」

ヘンリーは驚いて顔を上げた。「まずは相談したほうがよくはないかい」

「不可になるんでしょ」

「ゼミに来なくなったからね。なんとかきみの気を引こうと思ったんだ」

「わたしを操ろうとしたってことですか。すてき。ほんと、最高」

「おいおい、ヴァネッサ」ヘンリーはわたしがばかげたことでも言ったように笑った。

「いったいどうしたんだ」

「なんであんなことしたんですか」

「あんなことって？」とヘンリーはとぼけてみせ、椅子の上で前後に身を揺らした。

嘘がばれた子供みたいだ。

「彼に暴力を振るったでしょ」

ヘンリーの動きが止まった。

「トイレの外で待ち伏せして、彼につかみかかって——」

それを聞いたヘンリーはぱっと立ちあがり、研究室のドアを勢いよく閉めた。そして、わたしをなだめようと両手を差しだした。「聞いてくれ。悪かった。たしかに、あんなことをすべきじゃなかった。言い訳はできない。でも、暴力なんて振るってない」

「壁に押しつけたって聞きましたけど」

「どうやってそんなことが？　相手は大男なのに」

「彼の話では——」

「ヴァネッサ、彼にはろくに触れてもいないよ」

その言葉を聞いて、喉に塊がつっかえた。〝彼にはろくに触れてもいないよ〟〝彼女には触れただけだ、それだけだよ〟。どちらの言葉も、わたしが過剰反応を起こして相手を悪者だと決めつけているような気にさせた。

「どうして奥さんのことを隠したりしたんですか。あそこで働いているのが奥さんだってわたしにばれるのは、わかりきってたでしょ」

話の矛先が変わり、ヘンリーはたじろいだ。「プライバシーを守りたいからだ。学生に私生活を明かすのは好きじゃない」

嘘だ。わたしはヘンリーの私的な情報を山ほど知っている。本人から聞かされた細かな事柄を。出身地、両親が結婚していないこと、わたしがストレインからされたのと同じことを、彼の妹も年上の男からされたこと。高校時代に好きだったバンドも最近好きなバンドも知っているし、大学時代に燃えつきてしまい、半年のあいだ授業をサボって十二単位を落としたことも知っている。自宅から大学まで車でどれくらいかかるかも、レポートの採点時にはわたしのものを後まわしにして、頭が疲れて気分転換したくなったときのためにとっておくことも。なにも知らなかったのは奥さんのことだけだ。

「だいたい、教え子と結婚するのだって、どうかしてますよね」

ヘンリーは顔を伏せ、ひと呼吸置いた。そう来るのがわかっていたのだ。「事情はまるで違うよ」

「彼女の先生だったんでしょ」

「教授だ」

「たいした違いですね」

「実際違うんだ。わかってるだろ」

ストレインに言ったのと同じことをヘンリーにも言いたかった。なにがわかっているのかもわからない、と。何カ月かまえ、ヘンリーとのことはこれまでとは違う、今回は都合よく利用されたりしないと書いた。その違いが、いまはひどくあいまいに感じられた。二十七歳差と十三歳差、教師と教授、犯罪と社会的に許容される行為、その境目を誰かに示してほしかった。それとも、そんな違いにこだわる必要はないのだろうか。十八歳の誕生日から何年もたち、わたしはもう法的になんの問題もない、性的同意年齢に達した大人なのだから。

「先生が彼にしたことを報告すべきですね。ここの教員がどんな人間か、大学側に知ってもらう必要があるので」

かちんと来たのか、ヘンリーは顔を紅潮させて声を張りあげた。「報告する？　ぼ、くのことを？」その瞬間、ストレインにも向けたにちがいない怒りが顔を覗かせた。けれども閉じたドアの前を通りすぎる話し声のせいで、すぐに声はひそめられた。

「ヴァネッサ、きみはあの男が別の教え子にしたことを知っていて、その話をしたとき、ぼくは間抜けな思いをさせられた。そのあときみはここへやってきて、あの男のいやがらせに苦しめられていると告白した。いったい、どうすればよかったんだ」

「彼はその子にはなにもしてません。膝に触れただけ。それがなんだっていうの」

わたしの顔を探るように見ていたヘンリーの目から怒りが消えた。そして、子供に対するようなやわらかい口調で、それだけではなかったと聞いている、膝に触れる以上のことをストレインはさんざんしているはずだと言った。詳しい説明はなく、わたしも訊かなかった。話したところでなんの意味が？　言葉にしにくいことばかりだし、無理にそうしようとしても、支離滅裂になるのはわかっている。レイプされたと言ったかと思うと、すぐに訂正する――その、いわゆるレイプとは違うんです――といった具合では、話をややこしくするだけだ。

「帰ります」とわたしが言うと、ヘンリーはこちらに手を伸ばしたものの、触れる寸前に止めた。大学に告げ口されるのではと思って心配になったのだろう。それから、本当に退ゼミ届にサインしたほうがいいのかと訊いた。ゼミに出席さえすればいい、あと二、三週間で終わりじゃないか、欠席のことは不問にできる。

「きみが大丈夫ならそれでいいんだ」


でも、大丈夫ではなかった。その後何日も、自分が踏みにじられたような気持ちがつきまとい、ぼんやりとした頭で過ごした。指導教員の女性教授との面談で、問題はないかと尋ねられた。教授はいつものよそよそしい反応を予想していたはずだが、わたしは起きたことの一部を打ち明けることにした。ストレインを巻きこまないように話をあいまいにしたせいで、断片的でつじつまの合わない、頭のおかしい人間が話すような内容になった。

「それはヘンリーのこと?」教授の声は囁き声に近かった。研究室の壁が薄いせいだ。「あのヘンリー・プラウが?」着任から一年もたっていないのに、ヘンリーはすでに誠実な人柄で評判だった。

教授は両手を組み、言葉を慎重に選びながら言った。「ヴァネッサ、この数年あなたの書くものを読んできて、高校時代になにかあったのではと思っていたの。あなたがいま悩んでいるのは、本当はそのことでは?」

答えを待ちながら、教授は同意を促すように眉を吊りあげた。こういった話を語ることの代償はこれだと思った。フィクションの形を借りようと、いったん語ってしまえば、誰もがそういう目でしか見なくなる。否応なく自分という人間が定義されてしまう。

教授は微笑み、手を伸ばしてわたしの膝を軽く叩いた。「負けないでね」

研究室を出るときにわたしは訊いた。「ヘンリーが自分の教え子と結婚したことは知ってますか」

爆弾を投下したつもりだった。でも、ややあって教授はうなずいた。ええ、知ってる。そしてお手上げの仕草をした。「たまにあることなの」

ヘンリーから正式の謝罪は受けていないものの、わたしは許すと伝えた。学期が終わるまでのあいだ、ヘンリーはなにも変えようとしなかった。授業中は相変わらずわたしに頼ろうとしたが、答える気にはなれず、研究室に呼ばれてあの手この手で懐柔されても、ただただ逃げだしたかった。ヘンリーはわたしのことを最高の教え子だと褒め（奥さんよりも？）、ストレインにあんなことをしたのは、それだけわたしのことを気にかけているからだと言った。院試の出願用に書いた推薦状も見せられた。二ページ半にわたって、わたしの優秀さがびっしりと書きつらねてあった。ゼミの最終週、また研究室に呼ばれた。室内に入るとヘンリーはドアを閉め、打ち明けることがあると言った。わたしのブログを読んでいたのだという。非公開にする何カ月もまえから。

「突然消えてしまって、おまけにきみがゼミに来なくなったから、心配したんだ。わけがわからなかった。いまでもわからない」

そもそもどうやって見つけたのかと訊くと、覚えていないと言われた。わたしのメールアドレスか適当なキーワードで検索したような気がするが、はっきりしないと。夜遅く、奥さんが別室で寝ているあいだに、ノートパソコンを覗きこんだヘンリーがわたしの名前を検索バーに入力し、ブログを見つけだすところが目に浮かんだ。自分の存在が彼の生活に入りこむ、この一年それを夢想してきたはずだった。なのに、いざ現実だったとわかると、胃がむかついた。吐きそうだった。

ヘンリーはわたしの様子を知るためにブログを読んでいたのだと言った。心配だったのだと。「それに、きみがずいぶん夢中のようだったから、その点も注意が必要でね」

「夢中？　なにに？」

ヘンリーが片眉を上げた。わかるだろ、と。わたしが無言で見返すと、こう言った。

わたしがなにも言わないので、弁解するように続けた。「勝手な思いこみだったかな。きみはひどく積極的だったろ？　圧倒されるほどだった」

わたしは唖然としてヘンリーを見つめた。まっさきに困惑を覚え（そっちだってわたしに目をつけたんじゃなかったの？）、やがてそれが羞恥に変わった。たしかにわたしはそんな振る舞いをしたのかもしれない。以前にもやったことだ。

「学生が自分に熱をあげてると感じたら、そんな対応をするんですか。ネットでストーカー行為を」

「ストーカーなんてしていない。ブログなんて誰でも見られるものだろ」

「わたしがなにをすると思ってたんですか。ここに駆けこんできて、無理やり抱きつくとでも？」

「正直な話、わからなかった。例の教師との話を聞いてからは、きみの意図を測りかねてね」

「彼のことを〝例の教師〟なんて呼ばなくても。名前は知ってるでしょ」

ヘンリーは唇を嚙み、椅子をまわして窓のほうを向いた。そのまま長いあいだ中庭を見下ろしていたので用件は終わりかと思ったが、わたしが出ていこうとすると、口を開いた。「きみに恥をかかせたくてこんな話をしたんじゃない」

わたしはドアノブに手をかけたまま動きを止めた。

「お互い、正直に話すきっかけになるかと思ったんだ。ぼくに言いたいことがあるんじゃないかい」ヘンリーがこちらに向きなおった。「きみの話ならなんでも聞くよ」

わたしは首を振った。「なんのことかわかりません」

「あそこに書かれたものを読むと、ぼくに伝えたいことがありそうだがね」

ヘンリーのことを書いた記事の内容をわたしは思い返した。身体じゅうが疼くほど彼を求めていると書いたこと、ときどき深夜に届いたコメント。あれはヘンリーから？　わたしはごくりと唾を飲んだ。手足が震える。脳まで震えだした。

「もう読んだなら、なぜ言う必要が？」

返事はなかったが、なぜかはわかった。わたしにその気があることをたしかめたいのだ。自分も罪を背負うと口に出して言わせたストレインと同じだ。口に出して言ってほしいんだ、ヴァネッサ。そうでないと自分を許せない。きみがあれほど望んでいなければ、私もこんなことはしなかっただろう。

「きみは謎だ。理解できないよ」

手を伸ばせば彼は受け入れる、またそんな感じがした。両手で触れたとたん、檻から解き放たれたように飛びだしてきて、こんなふうに言いそうな気がした――やっとだね、ヴァネッサ。初めて会ったときからこの瞬間を待っていたんだ。翌年の自分が目に浮かんだ。彼のアシスタントとして働き、ふたりで研究室に閉じこもる姿が。関係は長く続くにちがいない。ストレイン以外の相手との経験はなくても、ヘンリーとのセックスはたやすく想像できた。ずっしりとした身体、荒い息遣い、そして緩んだ口もと。

そのとき霧が晴れ、クリアになった目に映ったのは、向かいにすわってわたしの告白を引きだそうとするヘンリーの醜悪さだった。奥さんがいるんでしょと言ってやりたくなった。どうかしてるんじゃないの。

来年はアトランティカ大学には残らないと伝えた。「アシスタントは別の人に頼んでください」

ヘンリーが驚いて訊いた。「大学院は？　どこか受験するつもりかい」

そんな未来も目に浮かんだ。どこか別の教室、ミーティングテーブルの正面に立ち、出席簿のわたしの名前を読みあげる別の男。その目がわたしを見つめる。想像しただけでうんざりしてしまい、こう思わずにはいられなかった――こんなことを繰り返すなら死んだほうがまし。

卒業式の前日、ヘンリーにランチをご馳走になり、餞別にブロンテの小説を贈られた。わたしたちの内輪のジョークにちなんだもので、献辞とHの署名が記されていた。アトランティカを去ったあとは、半年に一度ほどの頻度でヘンリーの名前がメールの受信箱に現れ、そのたびに胃が飛びだしそうな思いをした。やがてフェイスブックでつながり、想像するばかりだった彼の生活を垣間見ることになった。ペネロピや娘の写真、白髪が増えて老けていくヘンリーの写真も。年を追うごとにヘンリーはストレインに似てくるようだった。わたしのほうは、時とともにひねくれて疑い深くなった。幻想をかなぐり捨て、出会ったときのヘンリーは退屈と衰えを感じていただけだと自分に言い聞かせた。わたしは若くて彼に憧れていた。年上の男が、自信を取りもどすために若い女を利用した——恋というフィルターを外して見れば、とたんに陳腐な話になる。

ある年のわたしの誕生日、午前二時にヘンリーからメールが来た。〝きみはぼくにとって最高の教え子のひとりだ。これからもずっと〟。いったいどういう意味ですか、ヘンリー、とわたしは返信を打ちはじめたが、途中でやめてヘンリーのメールごと削除し、それ以降のメールはゴミ箱へ直行するように設定した。

ぼくにとって最高の教え子のひとり。教え子を妻にした男から送られると、その賛辞は異様に感じられた。

＊

アトランティカ大学を卒業後、ブリジットはロードアイランドに戻り、猫も連れていった。わたしはポートランドで秘書と受付とアシスタントの求人に片っ端から応募したが、連絡をくれたのはメイン州だけだった。児童相談所の書類整理係で、時給十ドル、組合費が引かれるので手取りは九ドルと少しだ。児童虐待の記述を朝から夕方まで毎日目にすることになるが、さしつかえないかと女性面接官に訊かれた。

「大丈夫です、そういった経験はないので」とわたしは答えた。

ポートランドの海沿いにワンルームの部屋を見つけた。ベッドに寝転がったまま、湾を行き来する石油タンカーやクルーズ船を眺められた。仕事は退屈で、一日一食にしなければ家賃も払えなかったが、一年か二年の辛抱だ、そのうちなんとかなるはずと自分に言い聞かせた。

職場でヘッドフォンを着けてファイルを整理していると、病院のカルテ保管庫に戻ったような気がした。そっくりのスチール棚に色分けシール、髪を乱すエアコンの風。ただし、その場所のファイルに保存されているのは、癌よりも、死よりも恐ろしい話だった。大便まみれでベッドに寝ているところを発見された子供、漂白剤を浴びて皮膚がまだらになった幼児。ファイルの中身は詳しく見ないようにしていた。とくに止められてはいなかったが、無遠慮に読みふけるのは冒瀆に思えた。男性たちの萎えたペニスの話とはわけが違う。なかにはいくつもの紙フォルダーに無数の書類がおさめられたファイルもあった。法廷審問の記録にケースワーカーの報告書、どれもが文書化された虐待の証拠だ。

ある少女の事案では、ぱんぱんに膨らんだファイルが十冊、輪ゴムで束ねられていた。一冊のファイルからは、色褪せた紫の画用紙と塗り絵帳のページがはみだしていた。一枚は子供の手で描かれた家族の構成図のようだった。もう一枚の画用紙にはその子が家族に望むことが書かれていた。〝ほしいもの――おかあさんとおとうさん、いぬ、おとうと〟。末尾にはでかでかとこう書き添えられていた。〝ぎでんしゃはおことわり〟

その下には、無地の白い紙に書かれた手紙が入っていた。細かく、女性的な、大人の筆跡だった。読んでみずにはいられなかった。それは女の子の母親が書いたもので、表裏三枚にわたって謝罪が綴られていた。何人かの男性の名前が挙げられ、誰とはまだ付き合いがあり、誰とはすでに別れたといったことが説明されている。熱心に目を通しているところを見られないように、書類棚の前に立ったままこっそりファイルを覗いていたので、読むことができるのは半分だけだった。

〝あなたが虐待されていたことを知っていたら〟と母親は書いていた。〝とりわけ性的に虐待されていたことを知っていたら、わたしはけっして――〟。その続きは隠れていて読めなかった。手紙の最後は〝海のような愛をこめて、母より〟と結ばれていた。〝海のような愛〟の下には女の子の泣き顔と涙でできた水たまりが描きこまれ、矢印とともに〝海〟という字が添えられていた。

＊

ストレインがポートランドにわたしを訪ねてきたのは一度きりだった。仕事の研修のついでだったし、わたしもそわそわと落ち着かず、泊まっていくかどうかを訊けなかった。ストレインが家に到着すると、狭い室内を案内し、きれいにしていると言ってもらうのをうずうずしながら待った。食器はすべて洗って片づけ、床も掃除機をかけてあった。彼は居心地のいい部屋だと言い、猫足のバスタブを褒めた。居間兼寝室に置いたベッドの前で、わたしは愚かなほどあけすけなことを口にした。「寝心地よさそうでしょ?」セックスは一年近くご無沙汰で、彼に触れられ、見られたくてたまらなかった。ワンピースの下のやわらかいなめらかな素肌にはあえてなにも着けず、タイツも穿いていなかった。そのサインにストレインは反応するはずだった。下着を着けていないことに気づいた彼が喉から漏らす音を、何日も想像して過ごしていた。

ストレインは外出しようと言った。オールド・ポート地区のシーフードレストランが予約されていた。フィッシャーマンズシチューと、ロブスターテールをのせたリングイーネ、白ワインのボトルを注文した。わたしにとっては、実家に帰省したとき以来のご馳走だった。がつがつと料理を頬張るわたしを、ストレインは眉をひそめて見ていた。

「仕事はどうだい」

「最悪。でも一時的なものだから」

「長期的にはどんな計画を?」

そう訊かれてわたしは奥歯を嚙みしめた。「大学院」いらついた声になった。「まえにも言ったじゃない」

「今年度の願書は出したのか。そろそろ合格通知が届くころだろ」

わたしは首を振って片手を投げだした。「来年にする。もうちょっと準備が必要だし、学費も稼がないといけないから」

ストレインはまた眉をひそめ、ワインをひと口飲んだ。わたしの話がでたらめで、計画など皆無なのはお見通しだ。「きみならもっとやれるはずだ」彼が負い目を感じているのがわかった。自分のせいでわたしの能力が無駄になるのではと気に病んでいて、たしかにそのとおりかもしれないが、負い目を感じさせては、セックスしてもらえない。

「わたしのことはわかってるでしょ。自分のペースでやるから」精いっぱい無邪気な笑みをこしらえ、これは彼のではなく自分の問題だと安心させようとした。

ディナーのあと、ストレインに車で送ってもらい、家へ招き入れようとすると、断られた。その言葉でわたしの身体は真っぷたつになり、助手席にはらわたが飛び散った。あと一カ月で二十三歳になり、いつかは三十三歳、四十三歳になる日が来る。そんな年になるなんて、死ぬのと同じくらい想像もつかない。頭のなかはそんな考えでいっぱいだった。

「わたしはもう年を取りすぎ？」

罠ではないかと疑うように、ストレインはこちらを一瞥した。それからわたしの真剣な表情に気づいた。

「真面目に言ってるの」その夜初めて彼がまともに目を合わせた。アトランティカのアパートメントでの夜以来かもしれない。ヘンリーに責められたストレインがわたしを責めに来たあの夜。あのときのことがレイプだったのかどうか、まだ判断がつかずにいた。

「ネッサ、私はいま正しくあろうとしているんだ」

「正しくなくていいじゃない。わたしといるときは」

「わかってる。それが問題なんだ」

こういう結果になるのは必然だったのだとわたしは気づいた。彼が心に秘めていた人には言えない願望をわたしは叶えた。罪を犯す場として自分の身体を差しだした。しばらくのめりこんだものの、彼は根っからの悪人ではなく、いまは正しくありたいと望んでいる。手っ取り早くそうなるには、誰でも知っているように、自分を悪に染めようとするものを切り捨てればいい。

ドアハンドルに手をかけたとき、またすぐに会えるかと訊くと、彼がとてもやさしい声でそうだねと言ったので、気休めだとわかった。忘れてしまいたいものの証拠がそこにあるかのように、ストレインはわたしから目をそらした。

ストレインのいない数年が過ぎた。父が最初の心臓発作に襲われた。母はようやく学位を取得した。帰省していたある夏の午後、庭を走りまわっていたベイブが動脈瘤の破裂を起こして銃で撃たれたみたいに倒れた。父とわたしは、人間にするように胸を押したり口から息を吹きこんだりして助けようとしたが、無駄だった。湖の水で肢(あし)をびしょびしょにしたまま、ベイブは冷たくなった。わたしは児童相談所を辞めて事務補助の職を転々とした。すべてにうんざりしていた。仕事の内容にも、殺風景な職場にも、ペーパークリップにも、付箋紙にも、薄っぺらいカーペットにも。自分が〝職場で自殺したくなったときは〟と検索しているのに気づいたとき、ようやく目が覚めた。こんなふうに生きていたらそのうち自滅すると悟り、高級ホテルのフロント係の仕事に就いた。給料は安いけれど、自分のなかで大きくなる一方の、ぎらぎらした蛍光灯の下で正気を失う恐怖からは逃れられた。

出会った男たちと恋人になることはなかった。誰もがわたしの混沌ぶり（文字どおりの意味でも、比喩としても）をカーテンごしに覗き見るだけだった。服やゴミが散乱し、ベッドとバスルームをつなぐ細い通り道以外は足の踏み場もない部屋。飲酒、絶え間のない飲酒。意識をなくしてするセックス、悪夢。「どうかしてるね」最初は笑ってそう言い、ちょっとのあいだ遊ぶにはよさそうだという態度でいる男たちも、わたしが呂律(ろれつ)のあやしい舌で経験を語りだすと——先生、セックス、十五歳、でも好きだった、まだ恋しい——たちまち降参した。「きみはまともじゃない」そう言って出ていくのだった。

なにも語らず、男たちが中身を空にするための受け皿になるほうが楽だと学んだ。マッチングアプリで二十代後半の男と出会った。服装はカーディガンとコーデュロイパンツ、生え際が後退し、シャツの胸もとから濃い胸毛が覗いていて、ストレインによく似ていた。最初のデートのあいだ、わたしはそわそわと貧乏ゆすりをし、紙ナプキンをぼろぼろに千切りつづけた。そして飲み物が半分も空にならないうちに言った。「面倒なことはすっ飛ばして、セックスしない?」相手はビールにむせ、頭がおかしいのではという顔でわたしを見たが、ああ、もちろんいいよ、きみがそうしたいならと答えた。

二度目のデートで、聖職者の小児性愛についての映画を観に行った。二時間のあいだ、わたしが手にじっとり汗をかき、喉からかすかなうめき声を漏らしていることに、相手は気づかなかった。いつもは動揺するような内容ではないかを事前にチェックしておくのに、そのときはうっかりしていた。そのあと、わたしのアパートメントに向かってコングレス通りを歩いているときに言われた。「ああいうやつらは獲物の選び方を知ってるんだよな。まさにプレデターってやつだよ。群れを観察して、弱い個体を選ぶんだ」

そう言われて、自分の姿が思い浮かんだ。十五歳のわたしが必死な目をして、両親から遠く離れたツンドラの大地をパニックになって逃げまどい、追ってきたストレインに捕まって軽々と連れ去られる姿が。耳の奥で響きだした潮騒が、隣の男の映画の話をかき消した。それだけのことだったのかもしれない、そんな考えが頭をよぎった。わたしは格好の標的だった。ストレインがわたしを選んだのは特別だったからではなく、彼が飢えていて、わたしが捕まえやすかったからだ。自宅に戻ってセックスしているあいだ、何年ぶりかでわたしは自分を抜けだした。ベッドの男の隣に身体を残し、心はアパートメントをさまよい、ソファで丸くなり、なにも映っていないテレビ画面をただ見つめた。

男からのメッセージには返信せず、二度と会わなかった。彼の言ったことは間違いだと自分に言い聞かせた。十五歳のわたしは弱くなんかなかった。賢かった。強かった。

二十五歳のときのこと。出勤の途中、黒いスーツと黒のフラットシューズでコングレス通りを渡ったとき、ストレインを見かけた。美術館の前に十数人の子供たちとともに立っていた。ティーンエイジャーの生徒たちで、大半が女の子だった。わたしは肩にかけたバッグをぎゅっと脇に押しつけ、遠くから様子を窺った。ストレインの先導で生徒たちは美術館に入りはじめた。遠足でワイエス展を観に来たのかもしれない。ひとり、またひとりと入ってくる女の子たちを、ストレインはドアを押さえて待っていた。

奥に消える直前、彼が振りむいてわたしに気づいた。野暮ったい仕事着姿の、色褪せて老けたわたしに。何年ものあいだ彼に見られることを望んでいたのに、いざとなると自分の顔が、そこに刻まれた小皺や加齢のしるしが恥ずかしくてたまらず、足を踏みだすことができなかった。

ドアが閉まって彼が消えると、わたしは仕事に向かった。コンシェルジュデスクにつき、ストレインが明るい髪の女の子たちを引きつれて展示室をめぐる様子を想像した。頭のなかでは、彼を見失うまいと、わたしもあとについて歩いていた。これから一生こうやって過ごすのかもしれないと思った。ストレインと彼に与えられたものを追い求めて。悪いのは自分だ。とっくに卒業していなければならなかった。彼は永遠の愛を誓いはしなかったのだから。

翌日の夜、ストレインから電話があった。わたしは遅い時間に帰宅する途中で、通りで窓に明かりが見えるのはバーとスライス売りのピザ屋だけだった。携帯電話の画面に表示された彼の名前を見て、膝から力が抜けた。ビルの壁にもたれてどうにか応答した。

彼の声に、喉が締めつけられた。「あれはきみだったのか。それとも幽霊を見たのか」

それからは毎週、いつも遅い時間に電話が来るようになった。わたしの近況を少し伝えた。ホテルの仕事、現れては消える無数の男たち、わたしを見る母の苦々しげな顔、父の糖尿病と心臓病。でも、話の大半は昔のわたしのことだった。ふたりでいくつもの記憶を振り返った。教室の奥の狭い教員室でのこと、彼の家で過ごしたこと、ブルーベリーの茂るなだらかな荒地を走り、古い伐採道路脇にとめたステーションワゴンのなかで彼にまたがったこと。下ろしたウィンドウごしに聞こえていたコガラの鳴き声と養蜂箱の羽音。細かな記憶を持ち寄り、ひとつにした。ふたりでそれを鮮明に再現した。あまりにも鮮明に。

「こんなふうに思い出に耽るのをあえて我慢していたんだ。また歯止めが利かなくなってては困るから」とストレインは言った。

わたしは教室の机の奥にすわった彼を思い浮かべた。その目がテーブルを囲んだ女子生徒たちに走らされる。ひとりが目を上げ、見られているのに気づいて微笑む。

「なら、やめましょ」

「いや、それが問題なんだ。やめられるとは思えない」

わたしの思い出話がすみ、彼がクラスの女の子たちのことを語りはじめると、わたしは聞き役にまわった。彼女たちが手を挙げるときの二の腕の内側の白さ、ポニーテールの後れ毛、きみは特別でかけがえのない存在なんだと伝えると、バラ色に染まる喉もと。あふれんばかりの美しさには抗いがたいのだと彼は言った。その子たちを自分の机に呼んで膝に触れているのだと。「きみだと思ってる」そう言われて、抑えつけてきた欲望を呼び覚ますベルが鳴ったように、口に唾がわいた。わたしは腹這いになり、股に枕をはさんだ。もっと続けて、やめないで。

# 二〇一七年

感謝祭の前週にジャニーンの記事が公開されたが、内容はストレインに関するものではなかった。冒頭近くの背景説明の段落に、テイラーの名前と彼女がネットで受けたいやがらせへの言及がある。残りはニューハンプシャー州の寄宿学校の教師が四十年にわたって女子生徒を性的虐待していた件について報じていた。記事には八人の被害者の実名が挙げられている。現在と在校時の顔写真、十代のころの日記のコピー、教師から送られたラブレターも掲載されている。長年にわたり、その教師は彼女たち全員に同じ言葉をかけ、同じ愛称を使っていた。〝私を理解してくれるのはきみだけだよ、おちびさん〟。記事の見出しには寄宿学校の校名も記載されている。誰もが知る名門校なので、かなりのクリック数を稼ぎそうだ。結局はそれが目当てなのかと、勘ぐらずにはいられない。

ブロウィック校はストレインへの告発に関する内部調査の結果を発表した。事実の隠蔽を疑わせるような、持ってまわった言いまわしが使われている。「性的な性質を有する不適切な行為がなされた可能性はあるものの、調査の結果、性的虐待が行われたことを示す確固たる証拠は認められないとの結論に至った」学業面では厳しく、かつ安全で配慮に満ちた環境作りに努めるといった学校の方針を強調する公式声明も発表された。教職員に対するセクハラ研修に関しても、自発的に内容の更新を行うという。懸念をお持ちの保護者の方はこちらの番号へお電話を。なんなりとお尋ねください。

それを読みながら、わたしはセクハラ研修を受けるストレインを思い浮かべる。最後まで席についているのすら苦痛で、なにひとつ心に響かなかったにちがいない。わたしのことを知っているほかの教師たちもそこにいる。わたしをストレインのお気に入りと呼んだ男の先生、なにかありそうだと気づいていながら、わたしの情緒面の問題だと決めつけられたときに声をあげてくれなかったトンプスン先生とアントノヴァ先生。研修を受ける彼らがもっともだというようにうなずき、そう、とても大切なことです、われわれはこういう子供たちを守らなくてはなりません、と発言する姿も目に浮かぶ。でも、実際に改善すべき状況を前にしたとき、あの人たちはなにかしただろうか。歴史の教師が毎年キャンプに生徒を連れていくという話を耳にしたとき、指導教員がたびたび生徒を自宅に招くのを目にしたときに。なにもかも、ただのパフォーマンスにしか思えない。結局はどうなるかを知っているから。みんなあっさりお手上げの仕草をして、こんなふうに言うのだ。〝たまにあることなの〟とか、〝彼がなにかしたとしても、そこまでひどいことじゃなかったはずだ〟とか、〝わたしがなにかすればやめさせられた？〟とか。加害者をかばうのはもってのほかだが、自分をかばうのに比べればずっとましだ。

ストレインを悼む気持ちから自分を悼む気持ちに変わってきたようだと、わたしはルビーに伝える。自分自身が死んだみたいだと。

「あなたの一部も彼とともに死んだ。それは正常なことよ」

「一部じゃなくて全部。わたしのすべてが彼につながってる。毒の部分を取りのぞいたら、なにも残らない」

自分のことをそんなふうに言っちゃだめ、そんなことないんだからとルビーが言う。「五歳のときのあなたに会ったら、そのころから複雑な性格だったのがわかるはず。

五歳のころのこと、覚えてる?」わたしは首を振る。「八歳はどう? 十歳は?」

「彼と会うまえの自分のことなんて思いだせそうにない」わたしは短く笑い、両手で顔をこする。「ほんと、いやになる」

「そうね。でも、過去の月日が消えたわけじゃない。しばらく忘れられていただけ。ちゃんと自分を取りもどせるから」

「内なる子供を見つけるってやつ? やだ、かんべんして」

「しかめっ面したってかまわないけど、やってみる価値はあるから。ほかに手がある?」

わたしは肩をすくめる。「抜け殻みたいに惰性で生きて、飲んで忘れてあきらめる」

「そうね、そうしたっていい。でも、あなたはそんなふうに終わらないと思う」

感謝祭に帰省すると、母の髪はショートカットにされ、耳が丸見えになっている。

「みっともないでしょ。でも、見せたい相手がいるわけじゃなし」母がバリカンで刈りあげられたうなじに手を触れる。

「みっともなくない。よく似合ってる、ほんとに」

母は苦笑いで手を振ってみせる。ノーメイクの素肌に刻まれた皺(しわ)は、隠すべきものというより、れっきとした顔の一部に見える。脱毛していない唇の上の産毛(うぶげ)も似合っている。これまでとは違い、どこか肩の力が抜けたようだ。話すときもゆったりと間を置いてから口を開く。唯一の心配は痩せたことだ。ハグすると、その身体はひどくか細い。

「ちゃんと食べてる?」

母は聞いていないようで、手をうなじにあてたままわたしの背後をぼんやり眺めている。しばらくしてから、冷凍庫をあけてフライドチキンの青い箱を取りだす。ふたりでチキンと市販の分厚いパイを食べ、テレビの前でミルクを入れたコーヒーブランデーを飲む。休日向けの心温まる映画はパス。もっぱら自然番組と母がメッセージに書いていたイギリスの料理番組ばかり見る。ソファに寝そべり、母がお尻の下に足をもぐりこませてきても文句は言わず、いびきをかきはじめても蹴って起こしはしない。

家のなかも庭もひどいありさまだ。母もわかってはいるが、弁解さえしなくなった。壁の幅木には埃が溜まり、バスルームはあふれた洗濯物で出入り口がふさがっている。芝生は枯れて茶色になっているが、夏の芝刈りもやめにしたのは知っている。母は野原に戻したのと言っている。ミツバチが喜ぶからと。

ポートランドに戻る日の朝、ふたりでキッチンに立ってコーヒーを飲み、容器から直接ブルーベリーパイを食べる。母が窓の外に目をやる。雪が降りはじめている。車の上にはすでに二センチ以上積もっている。

「もう一泊していけばいいのに。職場に電話して、雪道で帰れないと言ったら?」

「スノータイヤだから平気」

「最後に車のオイル交換をしたのはいつ?」

「車は大丈夫だってば」

「だとしても、ここにいたほうがいい」

「母さん」

母が両手を上げる。わかった、わかった。わたしはパイをひとかけ切りとり、粉々にする。

「犬を飼おうかと思って」

「庭がないじゃない」

「散歩に連れてくから」

「あのアパートメントじゃ狭すぎるでしょ」

「犬に寝室は必要ないし」

母はパイを口に運び、唇のあいだからフォークを引き抜く。「お父さんといっしょね。犬の毛にまみれてないと幸せじゃないんだから」

ふたりで雪を眺める。

「ずっと考えてたの」母が言う。

わたしは窓から目を離さない。「なにを」

「わかるでしょ」母がふうっと息を吐く。「後悔してるの」

返事はせずにおく。フォークをシンクに置いて口を拭く。「荷物をまとめなきゃ」

「あの男のことが騒ぎになっているのは知ってた」

身体が震えはじめるが、今回は意識が抜けださない。数を数えながら呼吸して、というルビーの声が聞こえる。ゆっくり吸って、もっとゆっくり吐いて。

「話したくないのはわかってる」母が言う。

「母さんも話したそうじゃなかったし」

母は容器に残った歪（いびつ）な形のひと切れにフォークを突き刺す。「そうね」静かな声。

「あんな態度はよくなかった。あなたが話しやすいようにしてあげるべきだった」

「こんな話やめない？　ほんと、大丈夫だから」

「これだけ言わせて」母は言葉を選ぼうとするように目を閉じる。息を吸いこむ。

「あの男が苦しんで死んだことを願ってる」

「母さん」

「あなたにあんなことをしたんだから。地獄で朽ち果てればいい」

「ほかの子たちも被害に遭ってた」

　母がかっと目を見開く。「いえ、ほかの子たちのことはどうでもいい。肝心なのはあなたのこと。あの男があなたにしたことよ」

　わたしはうつむいて頬の内側を噛む。彼がわたしにしたことというのは、なにを指しているのだろう。母が知らないことはいくらでもある。いつまで続いたのか、わたしがどれほどの嘘をついたのか、わたしがどんなふうに彼の行為を助長したのか。とはいえ、母が知っているわずかな部分だけでも、一生分の罪悪感を抱えるのに十分だ。ブロウィック校の校長室で、わたしが情緒に問題があってまともではないとストレインから聞かされたあとで、寮の部屋でふたりの関係を示す写真が床に落ちるのを見たのだから。母と立場が逆転し、いま初めて、なかったことにしようとわたしが言って聞かせたくなる。

「お父さんとふたりで、あの学校があなたにした仕打ちのことを話したものよ。あんなふうに扱われるのを許してしまうなんて、あれ以上に悔やんだことはない」

「許したわけじゃないでしょ。どうしようもなかったんだから」

「あなたをあれ以上残酷な目に遭わせたくなかったの。うちに連れて帰ってから、もう大丈夫、なにがあったにせよ、終わったんだと自分に言い聞かせた。まさか――」

「母さん、お願い」

「あの男を刑務所に入れるべきだった。あいつにふさわしい場所に」

「でも、わたしはそんなこと望んでなかった」

「あなたを守るためだったんだと思うこともある。警察や弁護士や裁判から。あなたを苦しめたくなかった。でも、怖気づいていただけだと思うこともあるの」声がかすれ、口もとに手が押しつけられる。

見ていると、母は濡れてもいない頬を拭う。泣いてもいないのに。母は泣くのを嫌う。本気で泣くのを一度でも見たことがあるだろうか。

「許してほしい」

笑って母を抱き寄せたい気持ちもある。許すってなにを？　わたしは平気だってば、母さん。ほら見て、もう終わった。もう大丈夫。母の懺悔(ざんげ)を聞いて、ルビーの気持ちがわかった気がする。罪悪感でいっぱいのわたしの聞き役を務めるのは、さぞかしもどかしいにちがいない。しばらく聞いているとルビーは、あなたは悪くないと繰り返すのをやめる。無意味だと気づくからだ。わたしが求めているのは免罪ではなく、証人の前で責任を認めることなのだと。だから許しを乞う母に、わたしは「もちろん」とだけ返す。どうしようもなかったの、母さんのせいじゃないから自分を責めないでとは言わない。呑みこんだそれらの言葉はわたしの奥深くに根を下ろし、やがて育つかもしれない。


雪は降りやまない。どうにか車を出して砂利道を走りだすが、幹線道路に入るために坂をのぼろうとエンジンをふかしたところでタイヤが空転をはじめる。それでUターンしてもう一泊する。テレビを見ていると、冬季オリンピックのコマーシャルが何度も流れる。雪を巻きあげるフリースタイルスキーの選手、氷の張ったコースを猛スピードですべり下りるまばゆいボブスレー、腕をたたみ目をきつくつぶって宙を舞うフィギュアスケーター。

「スケートが好きだったの、覚えてる?」母が訊く。

記憶をたぐってみる。ひびだらけの白い革の感触と、薄い刃の上で一時間身を支えつづけた足首の痛みがおぼろげに甦る。

「夢中だったころがあったでしょ。ちっとも家に入ろうとしなくて、でも、湖でひとりにさせるわけにはいかなかった。穴に落ちるんじゃないかと怖くて。それで、お父さんがホースで水を撒いて前庭に氷を張ったの。覚えてる？」

うっすらと覚えている。日が落ちたあとも、でこぼこの氷から突きだした木の根を避けてすべりまわり、思いきってジャンプしようとしたことを。

「あなたはなにも怖がらなかった。わが子のことはみんなそう思うんでしょうけど、あなたは本当に怖いもの知らずだった」

画面では女性スケーターがリンクを滑走している。くるりと刃先をひるがえしたかと思うと、腕を広げ、ポニーテールの先を顔にまとわりつかせながら後ろ向きにすべりはじめる。また向きを変え、今度は片脚を上げてスピンに入る。両腕が頭上に掲げられ、回転スピードが上がるにつれて、その身体は高々と伸びていくように見える。

翌朝は青空が広がり、降りつもった雪が目に痛いほどの輝きを放っている。猫砂と融雪剤を路面に撒くと、ようやくタイヤがすべらなくなる。わたしは坂の上で車をとめ、猫砂と融雪剤の袋を積んだ橇（そり）を引いてゆっくりと家へ引き返す母の後ろ姿を眺める。

犬舎の通路はつんとするアンモニア臭が漂い、コンクリートの床は灰色と病院のような緑色に塗られている。一匹の犬が吠えはじめると残りも続き、ありとあらゆる鳴き声がコンクリートブロックの壁に反響する。犬が吠えるのは、犬だよ！　犬だよ！　犬だよ！　と言っているだけだと子供のころに父と冗談を言ったものだった。でも、いま聞こえるのは怯えきった必死な声ばかりだ。むしろ、お願い、お願い、お願いに聞こえる。

＊

ごつい顔と幽霊みたいな灰色の毛並みをした雑種犬のケージの前で足が止まる。説明書きの犬種欄には〝ピットブル、ワイマラナー、？？？〟と書かれている。わたしがケージに手を押しつけると、犬がピンクの耳をぴんと立てる。てのひらのにおいを嗅いでから、二回舐める。尻尾が控えめに揺れる。

名前はジョリーンに決める。連れて帰った晩にドリー・パートンの〈ジョリーン〉を聞いたとたんに頭をもたげ、いっしょに吠えだしたからだ。毎朝、歯磨きより先に散歩に連れだし、半島の街を海岸に沿って端から端まで歩く。交差点で信号待ちをするときジョーはわたしの脚にもたれかかり、吐く息で冷気を白く曇らせながら、いかにもうれしげにわたしの手をくわえる。

　コマーシャル通りを歩いていて、公営埠頭を通りすぎたとき、パン屋の入り口からコーヒーと紙袋を手にして出てくるテイラーに気づく。それが間違いなく本人で、自分の脳が生んだ幻ではないと確信するのにしばらくかかる。

　テイラーはまずジョーに目を留める。尻尾がぱたぱたとわたしの脚を打っているのを見て目尻を下げ、それからわたしに気づいて二度見する。彼女のほうも、自分の妄想ではないかと疑うように。

「ヴァネッサ、犬を飼ってるなんて知らなかった」テイラーがコーヒーと紙袋を高々と掲げて膝をつくと、ジョーが飛びついて顔を舐める。

「飼いはじめたばかりなの。ちょっとお転婆で」

「大丈夫」テイラーが笑う。「こっちも踏んばるから」そして調子をつけて繰り返す。「大丈夫、大丈夫」それを聞いたジョーは背中を弓なりにして身をくねらせる。テイラーがちらっとわたしに笑いかけ、細長い歯を覗かせる。犬歯は小さな牙みたいに尖っていて、わたしのと似ている。

「期待を裏切ったのはわかってる」

そう言えたのは偶然の出会いだったせいだ。心の準備もなくばったり出くわしたからだ。テイラーは顔を曇らせただけで、わたしを見ようとはしない。ジョーに目を据えたまま耳の後ろを掻いてやっている。聞こえなかったふりをするつもりだろうか。

「いえ、そんなことない。そうだとしても、わたしも同じだし。彼がほかの子たちも傷つけていたのを知ってて、行動を起こすまでに何年もかかったから」テイラーが目を上げると、そこはふたつの青い泉のように涙をたたえている。「なにができた？ わたしたち、ほんの子供だったのに」


言いたいことはわかる。あえてなにもしなかったわけじゃない、世間にそう強いられたのだ。誰が信じてくれた、誰が気にしてくれた？

「記事を見たけど」わたしは言った。「その……」

「がっかり？」テイラーは立ちあがって肩のバッグをかけなおす。「そっちはそうでもないか」

「あなたが真剣だったのは知ってる」

「ええ、まあね。それでけりをつけられるかと思ってたけど、いまはもっと怒ってる」テイラーは鼻に皺を寄せ、コーヒーカップの蓋をいじる。「はっきり言って、あの人は不誠実だと思う。気づくべきだったのに」

「あの記者のこと？」

テイラーはうなずく。「本当に気にかけてくれてたとは思えない。たんに流行りに乗って、目立つ署名記事が書きたかっただけ。だとしても、自分が強くなったとか、そんなふうに感じられるかと思ってた。なのに、また利用された気分」と、苦笑混じりにまたジョーの耳の後ろを掻く。「セラピーを受けてみようかと思って。まえにも試してみたけど、あんまり役に立たなくて。でも、なにかやってみないと」

「わたしは役に立ってる。でも、すべて解決ってわけじゃない。で、犬を飼ったってわけ」

テイラーは笑みを浮かべてジョーを見下ろす。「わたしもそうするべきかも」

その姿はもろく壊れそうに見える。コーヒーショップでの会話からも、彼女のネットの投稿からも、感じることのなかったものだ。明らかだったはずのことが、いまにしてわかる。彼女は途方に暮れ、すべてを理解する方法を探していたのだ。彼を、自分を、彼のしたことを、ごく些細なはずのことが、なぜいまだに大きな意味を持っているのかを。頭のなかでストレインが問いかける。いらだたしげに、悪びれもせず。テイラーの頭にもその問いが鳴り響いているはずだ。いつになったら忘れるんだ。脚に触っただけだろう。

テイラーがわたしを見る。「少なくともわたしたち、頑張ってる。でしょ?」

いまこそ腕を広げて彼女を抱きしめ、妹のように思いはじめるべきなのだろう。ふたりの経験したことがもう少し近いものだったなら、わたしがもっとやさしい人間だったなら、そうなっていたかもしれない。とはいえ、同じ男に撫でまわされたのがきっかけで、ふたりの女が大の仲良しになるというのもおかしな話に思える。そのうち、彼にされたこと以外のなにかで自分を定義できるときも来るはずだ。

別れぎわにテイラーはもう一度ジョーの耳の後ろを掻き、わたしにはぎこちなく小さく手を振る。

わたしはその後ろ姿を見送る。噂ではなく生きた人間、かつては少女だった女性を。わたしも生きている。そんなふうに素直に考えられたことがあっただろうか。ささやかな気づきだ。ジョーがリードを引っぱり、そのとき初めて、彼のものではない、彼と同じではない自分がどんなものかを想像できそうな気がする。いいことだってあるかもしれない、そんな気持ちを。

顔に降りそそぐ日差し、傍らには犬、よくなる見込みは大いにある。

まずはここからはじめるしかない。やさしく手を引くリードの感触、金具が鳴る音とレンガを踏む爪音とともに。本当に変わったと感じるには時間がかかるとルビーは言う。彼の目を通さずに世界を見るようにしていかなくてはならないのだと。もう変化は感じはじめている。目の前は澄んで、明るい。

人影のないオフシーズンのビーチに着くと、ジョーが砂に鼻を近づける。

「海に来たことある?」そう声をかけるとぴんと耳を立ててわたしを見上げる。リードを外してやると最初のうちジョーは気がつかず、ぽかんとしているが、背中をぽんと叩いて「行って」と言うと、砂浜を駆けだし、打ち寄せる波に向かって吠えたてる。呼びかけても、まだ名前を覚えていないせいで振りむきもしないが、わたしが砂浜に腰を下ろすのに気づくと、舌を突きだし目を輝かせてはずむように駆けもどってくる。そしてわたしの足もとにすわりこみ、満足げに小さく鼻を鳴らす。

淡い冬空の下、家に帰りつくと、ジョーは片っ端から部屋をたしかめ、隅という隅を嗅ぎまわる。自由と広さにまだ慣れきっていないのだ。わたしがソファに寝そべるとジョーは脚の横のスペースを見る。「どうぞ」と声をかけると飛びのってきて、くるりと身を丸めてため息をつく。

「あの人はあなたに会えないのね」厳然としたその事実には、悲しみと喜びがないまぜになっている。ジョーが目をあけ、頭を下げたままこちらの様子を窺う。絶えずわたしの表情と声の調子を気にしていて、わたしのことにはなんでも気づく。わたしがまどろみはじめると尻尾がソファのクッションを打つ。ドラムのような、鼓動のような、心落ち着くリズムだ。あなたはここにいるとそれは語りかける。あなたはここ、あなたはここ。

# 謝辞

誰よりもまず、エージェントのヒラリー・ジェイコブソンと編集者のジェシカ・ウィリアムズに感謝しなければなりません。才気あふれるふたりの女性がこの小説に捧げてくれた支えと愛に、いまも胸がいっぱいです。

この小説を世に出すために尽力してくれたウィリアム・モロー／ハーパーコリンズのみなさん、アナ・ケリーをはじめとするフォース・エステイト／ハーパーコリンズUKのみなさん、カーティス・ブラウンUKのカロリーナ・サットン、ソフィー・ベイカー、ジョディ・ファブリに感謝します。

スティーヴン・キングにも感謝を捧げます。早くから後押しをしてくださり、「なあスティーヴ、娘の小説を読んでみてくれないか」という父の頼みを聞き入れてくれました。

修正のたびに原稿を読んでくれたローラ・モリアーティにも感謝を。その寛大さと励ましのおかげで、冗長で漠然としていたわたしの物語を小説にすることができました。

学びと執筆の機会を与えてくれたメイン大学ファーミントン校、インディアナ大学、カンザス大学の文芸創作プログラムに感謝します。そこで出会った友人たちは、本書の初期バージョンを読んで愛してくれました。チャド・アンダーソン、ケイティ・（ボーム・）オドネル、ハーモニー・ハンソン、クリス・ジョンソン、アシュリー・ラター、本当にありがとう。学部時代の指導教員だったパトリシア・オドネル先生には格別の感謝を捧げます。二〇〇三年にわたしが書いた少女と教師の短い物語の余白にこう書いてくれました。〝ケイト、本物の小説を読んでいる気になりました〟。作家として真剣に受けとめてもらったのはあれが初めてで、あのコメントのおかげでわたしの人生が変わりました。

あきらめて定職に就けと一度も言わなかった両親に感謝します。父は本の出版が決まったと聞いたとたんに「一秒だって疑わなかったよ」と言ってくれました。母が家を本で満たしてくれたおかげで、わたしは言葉に囲まれて育つことができました。

タルーラ、わたしを落ち着かせ、救ってくれてありがとう。

オースティン、ありがとう。これだけ書いて、困ってしまいました。支えとやさしさを惜しみなく与えてくれるパートナーにどんな言葉を捧げればいいでしょう。〝すべてに感謝を〟と言うしかありません。

ネットの友人たちにも感謝します。いつも最初の読者になってくれ、わたしが執筆に取り組んでいた十八年にわたって支え、励ましてくれました。いまでも親しい人も、疎遠になってしまった人もいますが、ときには浮かれ、ときには傷つき、厳しいことも言いあったあの日々をありがたく思っています。みんな最高で最愛の仲間です。

優れた詩人であり、わたしの知る最高の書き手である、姉妹も同然のエヴァ・デラ・ラナに特別な感謝を。友となって以来、変わることなくインスピレーションと安心の源でいてくれます。十代の少女時代に出会い、それぞれの暗い旅路を経て、声も才能も心も損なうことなく生き延びた、それがどんなにすごいことかわかる、エヴァ？ どんなに稀有なことか。

そして最後に、ニンフェットを自称し、愛の顔をした虐待という共通の経験を持ち、ドロレス・ヘイズに自分を投影する、これまでにわたしが出会ったロリータたちに謝意を表します。この本はあなたたちのために書きました。

# 訳者あとがき

これはラブストーリーじゃないといけないの。
そうじゃなかったら、なんだっていうの？

#MeToo ムーブメントが巻き起こり、性的暴行やセクシャルハラスメントの被害告発が相次ぐ二〇一七年十月。メイン州でも若い女性が高校時代に教師から受けた性的虐待をＳＮＳで公表し、多くの支持を集める。三十二歳のヴァネッサ・ワイは、その熱狂を複雑な思いで眺めていた。自分は十五歳のときから、訴えられたその教師ジェイコブ・ストレインと性的関係にあったからだ。
同じ被害者として声をあげてほしいと告発者の女性に求められても、ヴァネッサは応じようとしない。別れたあともやりとりを続けているストレインのために沈黙を守り、しきりに自分に言い聞かせる。わたしは虐待なんかされていない、彼はわたしを愛していた……。その葛藤の合間に、十七年に及ぶふたりの関係が綴られていく。

二〇〇〇年秋。寄宿学校の特待生として二年目の新学期を迎えたヴァネッサは、親友との絶交で悲嘆に暮れていた。多感な少女の孤独を埋めたのが四十二歳の英語教師、ストレインだった。彼はヴァネッサの詩を褒め、きみは特別だと繰り返す。われわれは似た者同士だ、ふたりとも黒い翳のようなものに惹かれるのだと訴えかける。

やがてストレインに薦められてウラジーミル・ナボコフの『ロリータ』を読んだヴァネッサは、いともたやすく思いこむ。先生はハンバートで、わたしはドロレスだ。キスを交わし、セックスにいたるまで、長くはかからなかった。あまりに残酷な裏切りがその先に待っているとも知らずに――。

グルーミングという言葉がある。一般的には動物の毛づくろいを意味するが、性犯罪の文脈では、大人が性的な目的で子供に近づき、手なずける行為を指す。相手の孤独や承認欲求に巧みにつけこんで心を開かせ、その信頼や尊敬を利用して性的な行為に及ぶ。日本でも近年使われはじめ、二〇二一年から政府の法制審議会によってグルーミングに関する罪の新設が審議されている。

ストレインがヴァネッサにしているのはそのグルーミングそのものだ。読者にはそれが手に取るようにわかるが、十五歳のヴァネッサは気づかない。わたしは特別、わたしだけが彼の暗い願望や苦しみを理解し受け入れられる、そう思いこまされている。ストレインはまた、キスからセックスへと段階を踏むたびに同意を求める。そうしておいて、嫌われたくない、傷つけたくないという気持ちにさせ、じつに狡猾にノーと言えないようにしむけるのだ。そして、すべては自分が望んだことだと信じさせる。十七年が過ぎてもまだ、ヴァネッサはその呪縛から自由になれずにいる。どれほど傷つけられ、操られ、利用されても、ストレインの存在を心から締めだすことができない。あれは愛の物語だった――それを否定することは人生そのものを否定するに等しいからだ。

ときには読みつづけるのが苦しいほどのつらい描写が続くが、一方でこの作品は、ストレインを邪悪そのもののモンスターとして描いてはいない。ゆがんだ形ではあれ、ヴァネッサに対する彼なりの思いや苦悩も窺える。ヴァネッサもまた、清らかで非の打ちどころのない被害者としては描かれず、だからこそ心の傷はいつまでも膿んでふさがることがない。長年にわたり人生に影を落とすその関係の複雑さ、残酷さを、圧倒的なリアリティと密度で描きだしたダークで苦い衝撃作だ。《ＥＬＬＥ》には〝完璧な被害者などおらず、性的虐待に対する完璧な反応も存在しない。それこそがこの非凡な作品の核心だ〟と評されている。

教師が『ロリータ』を利用し、教え子に大人の男と少女の恋愛を美しいものだと教えこむ話といえば、本書と同じ二〇二〇年にアメリカで刊行されたアリソン・ウッドの手記 *Being Lolita* が挙げられる。『わたしが先生の「ロリータ」だったころ』（服部理佳訳、左右社）のタイトルで、先日邦訳も出版されたばかりだ。

十四歳で『ロリータ』を読んだという本書の著者ケイト・エリザベス・ラッセルは、一九八四年生まれ。メイン州バンゴー近郊の田舎町で育ち、メイン大学ファーミントン校卒業後、インディアナ大学でＭＦＡ（美術学修士号）を、カンザス大学で文芸創作の博士号を取得している。本作の着想を得たのは十六歳のときで、そこから十八年もの年月をかけて物語を完成させたそうだ。過去の実体験にもとづいた部分もあると明かしているが、ストーリー自体は完全なフィクションだと述べている。著者の成長とともに、ヴァネッサとストレインの関係にも変化が生じていったそうで、当初はヴァネッサと同じように大人の男性と少女の恋をロマンティックに捉えていたものの、博士課程在学中にさまざまな虐待被害やＰＴＳＤに関するリサーチを行い、性的虐待をテーマに据えて大幅に修正を加えたと語っている。

そうして発表された本作は、#MeToo 時代のマストリードとして数多くの主要紙誌に二〇二〇年の注目本として取りあげられ、《ニューヨーク・タイムズ》のベストセラーリスト入りを果たした。三十か国以上で翻訳出版され、二〇二一年のディラン・トマス賞最終候補作にも選ばれている。

現在は夫とともにウィスコンシン州マディソンに暮らし、執筆を続けている。ちなみに著者の父はかつてバンゴーのラジオ局でＤＪを務めており、局のオーナーであるスティーヴン・キングから本書にこんな賛辞が寄せられている。

〝読むのがつらく、読むのをやめるのはもっとつらい……巧みに構成された、ダイナマイトのような作品だ〟

二〇二二年三月

中谷友紀子

本書は河出文庫訳し下ろしです。

ダーク・ヴァネッサ 下

二〇二二年 五 月一〇日 初版印刷
二〇二二年 五 月二〇日 初版発行

著 者 K・E・ラッセル
訳 者 中谷友紀子（なかたにゆきこ）
発行者 小野寺優
発行所 株式会社河出書房新社
〒一五一－〇〇五一
東京都渋谷区千駄ヶ谷二－三二－二
電話〇三－三四〇四－八六一一（編集）
〇三－三四〇四－一二〇一（営業）
https://www.kawade.co.jp/

ロゴ・表紙デザイン 粟津潔
本文フォーマット 佐々木暁
印刷・製本 中央精版印刷株式会社


Printed in Japan ISBN978-4-309-46752-8

## O嬢の物語

ポーリーヌ・レアージュ　澁澤龍彥〔訳〕　46105-2

女主人公の魂の告白を通して、自己の肉体の遍歴を回想したこの物語は、人間性の奥底にひそむ非合理な衝動をえぐりだした真に恐れるべき恋愛小説の傑作として多くの批評家に激賞された。ドゥー・マゴ賞受賞！

## 眼球譚［初稿］

オーシュ卿（G・バタイユ）　生田耕作〔訳〕　46227-1

二十世紀最大の思想家・文学者のひとりであるバタイユの衝撃に満ちた処女小説。一九二八年にオーシュ卿という匿名で地下出版された当時の初版で読む危険なエロティシズムの極北。恐るべきバタイユ思想の根底。

## 悪徳の栄え　上

マルキ・ド・サド　澁澤龍彥〔訳〕　46077-2

美徳を信じたがゆえに身を滅ぼす妹ジュスティーヌと対をなす姉ジュリエットの物語。悪徳を信じ、さまざまな背徳の行為を実践する悪女の遍歴を通じて、悪の哲学を高らかに宣言するサドの長篇幻想奇譚!!

## 悪徳の栄え　下

マルキ・ド・サド　澁澤龍彥〔訳〕　46078-9

妹ジュスティーヌとともにパンテモンの修道院で育ったジュリエットは、悪の道へと染まってゆく。悪の化身ジュリエットの生涯に託して悪徳と性の幻想がくり広げられる暗黒の思想家サドの傑作長篇小説！

## 毛皮を着たヴィーナス

L・ザッヘル＝マゾッホ　種村季弘〔訳〕　46244-8

サディズムと並び称されるマゾヒズムの語源を生みだしたザッヘル＝マゾッホの代表作。東欧カルパチアとフィレンツェを舞台に、毛皮の似合う美しい貴婦人と青年の苦悩の快楽を幻想的に描いた傑作長篇。

## ソドム百二十日

マルキ・ド・サド　澁澤龍彥〔訳〕　46081-9

ルイ十四世治下、殺人と汚職によって莫大な私財を築きあげた男たち四人が、人里離れた城館で、百二十日間におよぶ大乱行、大饗宴をもよおした。そこで繰り広げられた数々の行為の物語「ソドム百二十日」他二篇収録。

## ボヴァリー夫人

ギュスターヴ・フローベール　山田𣝣〔訳〕　46321-6

田舎町の医師と結婚した美しき女性エンマ。平凡な生活に失望し、美しい恋を夢見て愛人をつくった彼女が、やがて破産して死を選ぶまでを描く。世界文学に燦然と輝く不滅の名作。

## 愛人　ラマン

マルグリット・デュラス　清水徹〔訳〕　46092-5

十八歳でわたしは年老いた！　仏領インドシナを舞台に、十五歳のときの、金持ちの中国人青年との最初の性愛経験を語った自伝的作品として、センセーションを捲き起こした、世界的ベストセラー。映画化原作。

## 高慢と偏見

ジェイン・オースティン　阿部知二〔訳〕　46264-6

中流家庭に育ったエリザベスは、資産家ダーシーを高慢だとみなすが、それは彼女の偏見に過ぎないのか？　英文学屈指の作家オースティンが機知とユーモアを込めて描く、幸せな結婚を手に入れる方法。永遠の傑作。

## いいなづけ　上

A・マンゾーニ　平川祐弘〔訳〕　46267-7

レンツォはルチーアと結婚式を挙げようとするが司祭が立会を拒む。ルチーアに横恋慕した領主に挙げれば命はないとおどされたのだ。二人は村を脱出。逃避行の末――読売文学賞・日本翻訳出版文化賞受賞作。

## いいなづけ　中

A・マンゾーニ　平川祐弘〔訳〕　46270-7

いいなづけのルチーアと離ればなれになったレンツォは、警察に追われる身に。一方ルチーアにも更に過酷な試練が。卓抜な描写力と絶妙な語り口で、時代の風俗、社会、人間を生き生きと蘇らせる大河ロマン。

## いいなづけ　下

A・マンゾーニ　平川祐弘〔訳〕　46271-4

伊文学の最高峰、完結篇。飢饉やドイツ人傭兵隊の侵入、ペストの蔓延などで荒廃を極めるミラーノ領内。物語はあらゆる邪悪のはびこる市中の混乱をまざまざと描きながら、感動的なラストへと突き進む。

## 新生

ダンテ　平川祐弘〔訳〕　46411-4

『神曲』でダンテを天国へと導く永遠の女性・ベアトリーチェとの出会いから死別までをみずみずしく描いた、文学史上に輝く名著。ダンテ、若き日の心の自伝。『神曲』の名訳者による口語訳決定版。

## キャロル

パトリシア・ハイスミス　柿沼瑛子〔訳〕　46416-9

クリスマス、デパートのおもちゃ売り場の店員テレーズは、人妻キャロルと出会い、運命が変わる……サスペンスの女王ハイスミスがおくる、二人の女性の恋の物語。映画化原作ベストセラー。

## 太陽がいっぱい

パトリシア・ハイスミス　佐宗鈴夫〔訳〕　46427-5

息子ディッキーを米国に呼び戻してほしいという富豪の頼みを受け、トム・リプリーはイタリアに旅立つ。ディッキーに羨望と友情を抱くトムの心に、やがて殺意が生まれる……ハイスミスの代表作。

## 贋作

パトリシア・ハイスミス　上田公子〔訳〕　46428-2

トム・リプリーは天才画家の贋物事業に手を染めていたが、その秘密が発覚しかける。トムは画家に変装して事態を乗り越えようとするが……名作『太陽がいっぱい』に続くリプリー・シリーズ第二弾。

## アメリカの友人

パトリシア・ハイスミス　佐宗鈴夫〔訳〕　46433-6

簡単な殺しを引き受けてくれる人物を紹介してほしい。こう頼まれたトム・リプリーは、ある男の存在を思いつく。この男に死期が近いと信じこませたら……いまリプリーのゲームが始まる。名作の改訳新版。

## 見知らぬ乗客

パトリシア・ハイスミス　白石朗〔訳〕　46453-4

妻との離婚を渇望するガイは、父親を憎む青年ブルーノに列車の中で出会い、提案される。ぼくはあなたの奥さんを殺し、あなたはぼくの親父を殺すのはどうでしょう？……ハイスミスの第一長編、新訳決定版。

## オン・ザ・ロード

ジャック・ケルアック　青山南〔訳〕　46334-6

安住に否を突きつけ、自由を夢見て、終わらない旅に向かう若者たち。ビート・ジェネレーションの誕生を告げ、その後のあらゆる文化に決定的な影響を与えつづけた不滅の青春の書が半世紀ぶりの新訳で甦る。

## 裸のランチ

ウィリアム・バロウズ　鮎川信夫〔訳〕　46231-8

クローネンバーグが映画化したW・バロウズの代表作にして、ケルアックやギンズバーグなどビートニク文学の中でも最高峰作品。麻薬中毒の幻覚や混乱した超現実的イメージが全く前衛的な世界へ誘う。

## ジャンキー

ウィリアム・バロウズ　鮎川信夫〔訳〕　46240-0

『裸のランチ』によって驚異的な反響を巻き起こしたバロウズの最初の小説。ジャンキーとは回復不能になった麻薬常用者のことで、著者の自伝的色彩が濃い。肉体と精神の間で生の極限を描いた非合法の世界。

## 麻薬書簡　再現版

ウィリアム・バロウズ／アレン・ギンズバーグ　山形浩生〔訳〕　46298-1

一九六〇年代ビートニクの代表格バロウズとギンズバーグの往復書簡集で、「ヤーヘ」と呼ばれる麻薬を探しに南米を放浪する二人の謎めいた書簡を纏めた金字塔的作品。オリジナル原稿の校訂、最新の増補改訂版！

## 詩人と女たち

チャールズ・ブコウスキー　中川五郎〔訳〕　46160-1

現代アメリカ文学のアウトサイダー、ブコウスキー。五十歳になる詩人チナスキーことアル中のギャンブラーに自らを重ね、女たちとの破天荒な生活を、卑語俗語まみれの過激な文体で描く自伝的長篇小説。

## くそったれ！　少年時代

チャールズ・ブコウスキー　中川五郎〔訳〕　46191-5

一九三〇年代のロサンジェルス。大恐慌に見舞われ失業者のあふれる下町を舞台に、父親との確執、大人への不信、容貌への劣等感に悩みながら思春期を過ごす多感な少年の成長物語。ブコウスキーの自伝的長篇小説。

## 死をポケットに入れて

チャールズ・ブコウスキー　中川五郎〔訳〕　ロバート・クラム〔画〕　46218-9

老いて一層パンクにハードに突っ走るＢＵＫの痛快日記。五十年愛用のタイプライターを七十歳にしてMacに替え、文学を、人生を、老いと死を語る。カウンター・カルチャーのヒーロー、Ｒ・クラムのイラスト満載。

## 西瓜糖の日々

リチャード・ブローティガン　藤本和子〔訳〕　46230-1

コミューン的な場所アイデス〈iDeath〉と〈忘れられた世界〉、そして私たちと同じ言葉を話すことができる虎たち。澄明で静かな西瓜糖世界の人々の平和・愛・暴力・流血を描き、現代社会をあざやかに映した代表作。

## エドウィン・マルハウス

スティーヴン・ミルハウザー　岸本佐知子〔訳〕　46430-5

11歳で夭逝した天才作家の評伝を親友が描く。子供部屋、夜の遊園地、アニメ映画など、濃密な子供の世界が展開され、驚きの結末を迎えるダークな物語。伊坂幸太郎氏、西加奈子氏推薦！

## どんがらがん

アヴラム・デイヴィッドスン　殊能将之〔編〕　46394-0

才気と博覧強記の異色作家デイヴィッドスンを、才気と博覧強記のミステリ作家殊能将之が編んだ奇跡の一冊。ヒューゴー賞、エドガー賞、世界幻想文学大賞、ＥＱMM短編コンテスト最優秀賞受賞！　全十六篇

## はい、チーズ

カート・ヴォネガット　大森望〔訳〕　46472-5

「さよならなんて、ぜったい言えないよ」バーで出会った殺人アドバイザー、夫の新発明を試した妻、見る影もない上司と新人女性社員……やさしくも皮肉で、おかしくも深い、ヴォネガットから14の贈り物。

## 触れることの科学

デイヴィッド・J・リンデン　岩坂彰〔訳〕　46489-3

人間や動物における触れ合い、温かい／冷たい、痛みやかゆみ、性的な快感まで、目からウロコの実験シーンと驚きのエピソードの数々。科学界随一のエンターテイナーが誘う触覚＝皮膚感覚のワンダーランド。

著訳者名の後の数字はISBNコードです。頭に「978-4-309」を付け、お近くの書店にてご注文下さい。